有 态 度 的 阅 读

小马过河（天津）文化传播有限公司

梵高的早餐

— 方东流 著 —

华龄出版社
HUALING PRESS

目　录

迟　到

一

　　我五岁那年，姑妈和村里面几个女孩子来到重庆一家棉纺厂打工。一年以后，就和厂里当时的办公室主任，也就是我现在的姑爷，组建了家庭。

　　我八岁那年，妈妈突然离开人世。

　　就这样，我们一家三代只剩下爷爷、爸爸和我三个男人了。

　　妈妈走了以后，爸爸很少管我。我一天到晚跟着村里的大小光棍瞎胡闹，听他们瞎编些肮脏下流的故事，跟着他们说浑话，有事无事都在嘴上吼着毫无意义的顺口溜。

　　我就在那些故事和浑话的陪伴下一天天长大。

　　小学毕业，我考了全镇第九名。爷爷说，村子里从来都没有出过一个大学生，我们家修房子打地基时，他找风水先生看过，说我们家房屋朝向特别好，风水顶呱呱，三代之内必能出个大学生。爷爷还说，奶奶也会在阴间保佑我。爷爷毅然决定，让我到城里读中学。爷爷让我给姑妈写信，他口述，我执笔，提出我在城里上学期间住在姑妈家里。

姑妈考虑到就我一个亲侄子，也就勉为其难地答应了。

就这样，我连做梦也没想到，会从乡下来到了重庆。

二

我进入一所三流中学。班上大多数同学也都是从乡下来的。跟我不同的是，他们的父母也都在城里，当棒棒①、卖蔬菜、做缝纫、擦皮鞋，也有补皮鞋、配钥匙、修自行车、补轮胎以及收废品的。我和这些同学很要好，无话不谈，而跟我玩得最好的是方宝强、赵小刚和陈桃花。方宝强爱吹牛，说他可以一个人打十个；赵小刚经常炫耀他父亲的手艺；陈桃花喜欢打听，男生谈话，她总是要偷听。

刚开学的那段日子，上课的时候我总是和方宝强他们坐在下面偷偷说话，大都是我们三个男生说，陈桃花听，听到刺耳的地方，她就用手捂住耳朵。

前排陆璐时常转过头来凶巴巴地瞪我，我也瞪她，于是她找

① 棒棒，又称"棒棒军"，是对重庆市挑夫的一种俗称。

班主任调了位置。我被班主任警告了一次。

陆璐调走之后，我发现我会情不自禁地朝她的座位瞟，注意她听课时的神态。早上走进教室也会往她的座位瞧，看看她到了没有。

陆璐家离姑妈家很近，两个小区之间只隔一条公路。

我上课依然说话。

我就那样糊里糊涂地上学、放学，直到和陆璐走近，成为好朋友。

一天中午放学，走出校门，我看到陆璐正和班上的男生刘明辉吵架。我听到陆璐骂刘明辉不要脸。刘明辉打了陆璐一耳光。陆璐立马蹲了下去，捂住脸呜呜地哭起来。

我讨厌男生打女生，很想走过去帮陆璐讨回那一耳光，但我和她不熟，连句话都没有说过。加上刘明辉又肥又壮，我心里也很怕他，只能眼睁睁地看着他走开了。

我傻呆呆地站在那里望着陆璐，想过去跟她说句话，但不知道说什么好，直到她站起来从我身边跑过去。

我莫名有种想狠揍刘明辉的冲动，这种冲动瞬间憋得我发狂。

下午上课之前，我把这件事同时告诉了方宝强和赵小刚，并且把想揍刘明辉的想法也跟他们讲了。

赵小刚说方宝强的机会来了，他一个人可以打十个，刘明辉只有一个，他完全可以把刘明辉揍个稀巴烂。

方宝强嘿嘿地笑了笑，叫我少管闲事。

上课时我忍不住偷看陆璐，发现她有些走神。她发现我在看她，但连个眼神也没回应我。

我感觉她是在藐视我，心想我看着她被刘明辉打都不去帮忙，我一定是怕刘明辉，她把我当成了胆小鬼。

我觉得自己太窝囊了，原本可以在刘明辉打她之后，立即冲上去也给刘明辉一耳光。

我后悔起来，越来越觉得自己没面子。

我盘算着找机会跟刘明辉公平打一架，故意找碴儿也行，借此长点儿面子。

虽然未必能赢，未必是刘明辉的对手，但我就是想打一架。

我突然觉得，我在班上一点儿地位也没有，除了方宝强他们，根本没人注意到我。回到姑妈家里，表妹又跟个白痴一样，老是讲她们班的那个女同学，数学考了100分，她妈妈给她买了一条漂亮得不得了的红丝巾；姑爷对我一直不冷不热，连句话都懒得跟我说；只有姑妈偶尔问我在学校的成绩怎样。

我在等下课的铃声响起。喉咙老感到不自在，好像被什么东西堵住了似的，想咳嗽又咳不出，心里莫名其妙地惊慌。

我总是忍不住偷偷地看陆璐，为了不被发现，我假装望着黑板听老师讲课，但其实什么也没有听进去。

我想咽口水，但嘴里干得要命，半天也没咂出一点儿唾液。

总算挨到放学了。等了整个下午的铃声终于响了，我却又希望它没有响。

赵小刚和方宝强疯跑着冲出教室，陈桃花也跟一群女生走了出去。

我木头一般坐在座位上，不知道该干什么。

陆璐正慢吞吞地收拾着书包。我站起身，提着书包赶在她前面走出了教室。刚刚走出校门，我就知道自己想要干什么了。

我看到刘明辉跟他的伙伴马飞正舔着雪糕。两人都很神气的样子，边舔着雪糕边发出快活的笑声。

那笑声好像是在嘲讽我，是在向我示威。

我紧紧攥住书包带子，怒气冲冲地朝刘明辉冲了过去，径直冲到他的面前，挡住了去路，什么也没想，什么也没说，照准他的鼻子，一拳砸了过去。我是用右拳揍他的，左手提着书包。我以为刘明辉会闪躲，但他好像根本没有反应过来。他的一个鼻孔流血了，雪糕掉在地上。他跟个傻子一样呆呆地望着我，任由鼻血顺着嘴角往下淌。

我没多停留，转身就走。

我只回了一次头，心脏剧烈地跳动着。

我没有看到淌着鼻血的刘明辉，只看到了陆璐，她正站在校门口，远远地望着我。

我看不到陆璐的表情。

我的脚步乱了。

我跑了起来，害怕刘明辉止住鼻血追上来揍我。更为重要的是，我不想当着陆璐的面被揍，若在没人的地方单独被揍，那便无所谓。

刘明辉始终没有追上来。快到姑妈家了，我放下心来，慢慢地走回了家。

回到姑妈家，表妹正和她的一个同学玩游戏机。那个女生看了我一眼，转过头偷偷地笑了，并用胳膊肘碰了碰表妹。表妹望了我一眼，告诉那位女生我是她表哥。

我提着书包走进卧室，只听表妹说："珊珊，我们继续玩吧！"

吃晚饭的时候我才出来，那位叫珊珊的女生也在。我一句话也没有说，只顾吃饭。珊珊很有礼貌，每次夹菜夹得很少，还一边跟姑爷说这说那。她说话总是伴着快乐的笑声。我感觉她的笑声特别讨厌，就故意用筷子把碗撞得叮当响。吃完饭后，我又把自己关进了卧室。我听到姑爷和珊珊说话，姑爷在问她的学习情况，表妹一旁搭话，说她作文写得很好，老师经常拿出来当范文读。珊珊开始讲她都看了些什么书。

我在卧室里烦躁不安，真想出去将她赶走。

我想一脚把门踢个稀巴烂，结果踢在了墙上。

三

第二天我很早就来到教室。我坐在座位上，桌上放着英语课本。

我怕刘明辉找人揍我。陆璐来了，进教室的时候，一直低垂着头。我期待陆璐看我一眼。陆璐径直走向座位，只留给我忧伤而惨淡的背影。

快到上课的时候刘明辉才进教室。

方宝强他们早就到了，他们还不知道我揍了刘明辉。

刘明辉进教室的时候，眼睛朝教室四周打量。

我知道他是在打量我。就在他的目光同我的目光相对的时候，我不知哪儿来的胆子，一点儿也不怕他，也做出一副恶狠狠的样子。

结果，他败下阵来。我捏了一把冷汗。

令我感到奇怪的是，刘明辉一直都没有找人来揍我，只是偶尔跟我对上两眼，但往往都是他的眼皮先盖下去。

刚开始的那一周，我一直心神不宁，总是担心刘明辉找人来揍我。

我想，如果他真的找人来，我就告诉姑妈。可一直到周五放学走出校门，我都完好无损。

我跟方宝强他们分开以后，便朝姑妈家走去，发现陆璐跟在我身后。

我停了下来，想跟她打招呼，却开不了口。

我正窘迫，陆璐却先开了口："谢军，妈妈叫你到我们家去玩。"

"为什么？"我事先准备的开场白，一句也没用上。

陆璐站在我面前，很认真地望着我。

我盯着提在手里的书包，等她回话。

"我把你帮我打刘明辉的事情告诉了妈妈。"陆璐一本正经地说，"妈妈让我叫你明天到我们家去玩啊，她说要当面谢谢你！"

我没有否认打刘明辉是为了帮她出气，自然也没承认。直到今天，我也无法弄清当初为什么要那样做。

陆璐在等着我的答复，她的目光从我的脸上游离到了我们的脚下。

"嗯——我要回去跟姑妈说一声。"我半天才吐出一句，"不然姑妈会到处找我。"

"你住姑妈家呀！"

"是啊！"

"明天上午九点，我出来找你！"

"好——"

跟陆璐分开后，上姑妈家楼梯的时候，我就在想，陆璐的妈妈长什么样子，她的爸爸又是什么样子。我想出十几种她妈妈的样子，甚至把平时从身边一闪而过的形象想象成陆璐妈妈的样子。陆璐爸爸的样子却很模糊，我始终没有想出一个完整的形象来。后来，我又开始幻想她家会是什么情况，同样也想出很多种。

　　晚饭桌上，表妹又说珊珊测试得了第一名。

　　姑爷将话题转移到我身上，问我最近在学校里学得怎么样，我支支吾吾半天，也没说出个所以然。

　　姑妈似乎知道了些什么，忙说："学习又不是一天两天的事情，先吃饭吧！"

　　吃完饭后，我来到厨房门口，靠在墙上，对姑妈说周六出去跟同学打篮球。表妹说她也要去。姑妈不允许，说她得写作业。我趁机溜进卧室。这一夜我迟迟不能入睡。后来我做梦了。我梦到了陆璐，还有她的爸爸，没有梦到她妈妈。她爸爸总是问我老家的事情，我感到很厌烦，每次回答都慢吞吞的，他就背过身去笑。

　　第二天早上，我吃了两个大馒头、一个煮鸡蛋，喝了杯豆浆。

　　表妹不肯喝豆浆，嚷着要喝酸奶，吃鸡蛋只吃蛋白，将蛋黄弄得到处都是。姑妈说她不听话，她就跟姑妈赌气。

　　时间到了八点十五分，离我跟陆璐约定的时间还有四十五分钟。

我坐在饭桌前摆弄着蛋壳，表妹把不吃的蛋黄往地上乱扔。

姑爷制止，大声吼道："再不听话，我要揍你了！"

表妹哭了，将手上未吃完的鸡蛋砸向姑爷，用两只脏兮兮的拳头揉眼睛，额头上的刘海跟睫毛都粘上了蛋黄粒。

姑妈从卫生间拿出洗脸帕，拉过表妹给她擦起脸来。

我感到浑身不自在。

姑爷再没有说话。姑妈一边蹲着给表妹擦脸，一边对表妹说："女孩子家家，怎么这么不听话呢？"

表妹哭泣着说："豆浆难喝死了！"

姑妈愠怒地说："有喝的就不错了！你都已经八岁了，还这么不懂事！妈妈八岁的时候还在饿肚子呢！你还以为你三岁呀！"

我坐在旁边的椅子上，感到姑妈不是在说表妹，倒像是在旁敲侧击地说我。

我听到窗外有蝉鸣，声音拉得很长，懒懒散散，有些模糊。但我肯定，那就是蝉鸣。

姑爷回卧房看报去了。

姑妈收拾好饭桌，将桌子折叠起来。

我坐着没动，一句话也没有说。

姑妈无意中说道："你不是说要跟同学打篮球吗？"

我没回话，眼睛定定地望着窗台，蝉鸣变得清晰起来。

姑妈转身朝厨房走去，撂下几句话："不要成天只想着玩，有时间多看看书。要是自己不争气，那就只好回乡下'修理地球'了。"

我站起来走到门边，拉开门走到门外，随手将门关上了。我感到手上的力量很重，门在关上的瞬间发出一声巨响。

我来到楼下，估计陆璐还没出来，于是在小区里漫无目的地转悠。

一位长得很好看的少妇牵着一只纯白色哈巴狗——狗在前面，少妇跟在后面。狗跑到我面前，在我脚跟前嗅着。少妇叫了一声什么，我没听清，狗就跑开了。

那边石凳上坐着两位老人。一位一只裤脚挽到膝盖，在指手画脚；另一位侧坐着，专心地听她讲。

我没听清她们说些什么。我当时想：这些老太太什么事也不干，她们吃什么？我想起乡下那些老人，七八十岁了还要下地干活儿，否则浑身不自在。

就在这时，我听到陆璐叫我。

四

陆璐家住六楼，没有电梯。"你爸爸在家吗？"我跟在陆璐后面，走上第一级楼梯。

"去了你就知道了呗。"陆璐说。

"呃——"我随意回答，继续跟着她，一步一伸腰，双手交替撑在大腿上。

"到了。"陆璐站在门口，按了按门铃按钮。

我听到屋内响起了铃声，接着是一个女人的声音。

女人的声音很甜美："璐璐吗？"

陆璐转头对我说："是，妈妈。"

我的脑子里顿时闪过几十种她妈妈的样子，以及她妈妈即将开门看到我的情形。

在我的想象中，陆璐的妈妈是个极其漂亮的女人——个子高高的，皮肤白白的，头发长长的。

我和陆璐站在门前等了大约五秒，门内地板上便响起了一阵脚步声。脚步声很轻但很急促，估计走路的时候脚抬得很低，差不多是擦着地板走过来的。

我有些紧张起来，望着墙壁，假装镇静。

门开了。

陆璐的妈妈第一次出现在我面前——白白的，高高的，没有长长的头发。

我的第一感觉是，陆璐的妈妈长得比我以前见到过的任何一个女人都要好看，而且很年轻，还很能干。

尽管当时我并不知道什么样的女人才算能干，但陆璐的妈妈给我很能干的印象。

"你就是谢军吧，快进来！"她站在门口，身子退到门侧，一只手把着门。

在她开门的瞬间，我就注意到了她的眼睛。她的眼睛很大，也很清澈，好像在向我发出什么呼唤。简直就是梦。但我看得出来，里面隐藏着一丝忧伤。

陆璐先进了屋，我看了一眼她的妈妈，也跟着走了进去。

我感到不那么紧张了。

陆璐的妈妈将门关上，走到客厅中央，指着沙发叫我随便坐。沙发前的茶几上已经摆好一盘水果和一把水果刀。"听璐璐说，你的学习成绩非常好，有时间也帮帮我们家璐璐吧！璐璐这个丫头成天就知道玩儿，头天在学校学的，第二天就忘得一干二净了。"陆璐的妈妈坐到我旁边，将水果盘推到我面前，拿起一个洗干净的红苹果往我手里塞。

我没有接，嘴上忙说："我自己来。"

我的手无意间触碰到她的手，一种甜甜的感觉立即在我心里漫溢开来。我的脸一下子发烧起来，赶紧接住苹果。

我没有吃，而是拿在手里翻来覆去地看着。

陆璐从盘子里抓起一个苹果就啃，蹬掉鞋子，缩回双脚，歪坐在沙发上面。

陆璐的妈妈笑着看了她一眼："一点儿礼貌也没有！你看看人家谢军，怎么不像你？还不快点儿把鞋穿上！"

"我不！"

听到陆璐的妈妈夸我，我更加不自在了。我换了个坐姿，仍觉得不自在，感到脸更加烫了。

陆璐边吃边笑，还不停地点着头，并做了一个怪模样。

"死丫头，皮都不削！"陆璐的妈妈说，眼里满是笑意和宠爱。

"我喜欢！"陆璐说着，使劲咬了一大口苹果，含在口中，难以嚼动。

陆璐的妈妈侧过身来面对我坐着。我低垂着头，将苹果放进盘子里，开始拨弄着手指甲里面的脏东西，但不知为什么，偏偏每个指甲里面都很干净。

我抬起头来，望了一眼陆璐的妈妈。

她正盯着我瞧，脸上洋溢着笑。"听我们家璐璐说，你住在姑妈家里？"陆璐的妈妈从盘子里拿起一个苹果，削了起来。

她先将苹果放到左手，苹果屁股朝上，用五根手指握着，右手拿起水果刀，大拇指按住苹果的身子，其余四指握着刀柄，将刀刃按在苹果表皮上，握着苹果的左手将苹果逆时针旋转起来，一圈苹果皮顿时脱离了肉身，像蛇一样探了出来，先是昂着头，很快又垂了下去。苹果就在她的手中由红色变成了米白色。

直到今天，我都认为陆璐的妈妈削苹果，简直就是在表演一门精彩的艺术。"嗯！"我折了一下指关节，指关节发出"啪啪"声，随即扫视了一下客厅。

客厅布置得非常整洁，地上和墙壁都很干净，房顶中间的吊灯灯泡都装在一个个漂亮的盘子中心。同样的灯姑妈家也有，但没有她们家的大。

客厅里空气很清爽，估计刚刚喷了清新剂。

"你家住哪里？"

削下来的苹果皮变成螺旋状悬着，在空中不断增长。她问我的时候，根本没有注意看手中的苹果和水果刀，但苹果和刀子依然配合默契。

"我从乡下来的。"我感到不那么紧张了，将手放在大腿下，手指头交叉在一起，上身前后摇晃起来。

"家里都有些什么人啊？"

她的声音特别好听，我忍不住想要看她，虽然我的头低垂着，但我一直在偷看她削苹果的手。

她的手洁白细嫩，左手的五根手指随意旋转着苹果，好像是在弹琴。

她的右手腕上戴着一条用粉红色丝线编织的手链。在手链打结的地方，我发现几条细细的静脉血管微呈紫色。

"爸爸和爷爷。"

她没有再问什么，估计是猜到了我妈妈已经不在人世，所以不再发问。眼看苹果皮就要削完掉落下来，她迅即将水果刀往上一扬，苹果皮的尾端就在她的拇指和刀的侧身之间固定下来，呈米白色的苹果被夹在左手的拇指和中指之间了。她将果皮丢进垃圾桶里，水果刀放到果盘边沿，直起上身，甩甩头发，将苹果换到右手，身子倾过来，将苹果递到我面前。

"接着，小军！"

我感到我的心又跳了起来。我根本没有想到，那只苹果是专门为我削的，而我以前吃水果从来都不削皮。

"妈妈，你偏心！"陆璐看到她妈妈将削好的苹果递给我，有些不服气了。

我抬起头，望着陆璐妈妈的眼睛。她的眼睛告诉我，我应当接过来。

我伸出右手，用拇指和食指接住了苹果。我本想说声谢谢，但我的嘴巴特笨，什么也没有说，就将头埋下去了。

我没有吃，就那么捏在两指间，埋头看着，同时偷看她紧绷在大腿上的裤子。

她又帮陆璐削苹果，跟刚才一样，像是手指间的舞蹈。"怎么不吃？嫌阿姨手脏？吃吧，小军！你不吃，阿姨会生气的哟！"

我知道她是开玩笑，因为她的声音是温柔的，言语间带着笑意。虽然没有说话，但我知道，那一刻我是幸福的，心里好像装满了糖水。

我举起苹果，放到嘴边，轻轻咬了一口，慢慢地嚼着，舌头舔着嘴唇。

苹果染上了陆璐妈妈的味道，我往嘴里送的时候，这种味道也留在了我的嘴唇上。

我慢慢地享受着陆璐妈妈为我削的苹果，不想吃得太快，我不想这种幸福的味道很快就消失掉。

我边吃边偷看她，咬进嘴里的苹果尽量嚼得很慢。"吃完了阿姨再帮你削。"她将削好的苹果递给陆璐，起身走到厨房去了。

我听到陆璐的妈妈放水洗手的声音。这种声音居然那么好听，我以前从未认真去听过这种声音。

陆璐的妈妈又坐回到我身旁，依然坐在我的右边。她的右边坐着陆璐。她的左手放在大腿上，手指微弯，紧绷在大腿上的裤子有一条细小的皱纹。

我又开始观察陆璐妈妈的大腿了。她的腿特别长，大腿特别圆。

她的两条腿夹得很紧，小腿交叉在一起，随意搁在地板上。脚上穿着拖鞋，裤脚在脚踝处挽了两转。

陆璐啃完苹果，跳下沙发，穿上鞋子，拿纸巾擦嘴和手。

陆璐的妈妈站了起来："璐璐，你陪军儿在家里玩，妈妈出去买点儿菜。"

我注意到她叫我"军儿"，而不像刚才一直叫我"小军"，突然感到一阵温暖。以前妈妈也是这样叫我的，妈妈最初叫我"幺儿"，后来我长高了，就改叫我"军儿"了。

陆璐"呃"了一声，重新跌进沙发里。

陆璐的妈妈走进厨房，很快又出来，走到门口，一边弯腰换鞋一边说："跟璐璐在家好好玩儿，我很快就回来！"

五

陆璐的妈妈刚走出门，我便听到她的鞋子踏在水泥楼梯上摩擦出来的声音。

声音是那样美妙，两种声音交替出现，也很分明，因为她下楼的时候两只脚踏在楼梯上面时用力轻缓不一。

接着脚步声逐渐变小，最后只剩下我脑子里面的回声。我依然盯着门听，在等门被重新打开，等陆璐的妈妈买菜回来。在她开门之前，我要先听到她上楼的声音。

陆璐打开电视，里面正播放郑少秋主演的《楚留香传奇》。陆璐又脱掉鞋子，蜷曲着坐到了沙发上，两条腿弯曲，双脚交叠盘在屁股下，双手紧紧握着遥控器。

我听到电视里面打斗的声音，将目光收了回来，突然想到些什么。

"你爸爸呢？"

"爸爸死了，一年前就死了。"陆璐心不在焉地说，连头也没有转一下，仍然盯着电视。

我稍稍转动一下身子，重新调整坐姿，感觉舒服了许多。我

"呃"了一声，开始猜测她爸爸的死因。我猜陆璐的爸爸也是得病死的，因为妈妈是得了急性脑膜炎死的。电视里面楚留香正在跟无花和尚打斗。慢慢地，陆璐的爸爸是怎么死的开始淡化，我逐渐融入电视情节，脑子里和眼睛里全是楚留香。

我正看得入迷，门开了。我没有听到陆璐妈妈的鞋踏在楼梯上面的声音，也没有听到钥匙插进锁孔的声音，隐隐感到一丝失望。

陆璐的妈妈提着几只装满蔬菜的塑料袋出现在门口。

我回过神来，立马站了起来，傻傻地望着陆璐的妈妈。她将菜提在左手，弯腰换下出门时的高跟鞋，换上出门之前的凉拖鞋。

"你们在干什么？"陆璐没有回答。陆璐的妈妈也没有再问，她已经进了屋，看到陆璐在看电视。

我也没回答。我仍站着，眼睛随着她的身影移动。确切地说，我在看她的耳坠摆动。

她提着菜直接进了厨房，我的目光便停留在厨房门口。很快她就走出来了，在厨房门口站了一下，又转回去了。

我听到关厕所门的声音。一会儿之后，我听到厕所冲水声。

我开始认真地听。这种声音在平时听起来就跟噪声一样，而且我从来也不会去注意，但在那天我觉得特别好听。

因为那些声音都跟陆璐的妈妈有关，那些声音都是陆璐的妈妈制造出来的。

"坐啊，军儿。"

陆璐的妈妈再次出现在厨房门口，并朝我们走了过来。

她的手是湿的，指尖上面还缀着水珠。她的手指特别长，指尖特别细。

我又注意到了她的脸，她的脸上堆满了笑。

我转过头望了望身后的沙发，又转回头看看陆璐的妈妈。她已经站到我面前，弯腰拍了拍陆璐的大腿，示意她往旁边挪一挪："你看看你，军儿都没法坐了。"

陆璐挪了一下身子，眼睛始终盯着电视。

"坐吧，军儿，你就把阿姨家当成你姑妈家吧！"说着她自己先坐了下去。

我也坐了下去。

我跟陆璐的妈妈之间空了很大一段。

六

"听璐璐说，你英语学得好。你是怎样学的？"

我支支吾吾起来："其实——其实——反正就是多背单词。"事实上，陆璐撒了谎，我英语学得并不好。

"我就说嘛！难怪璐璐的英语成绩那么差，我从来就没有看到她背过单词。"陆璐妈妈脸上的笑容隐去了。

她说话的时候，用右手的拇指跟食指将眼前的一绺头发往耳朵后面撩了一下。在她放手之际，那绺头发又回到了右眼的地方。

我尽管有些慌乱，眼角有些发热，但呼吸并不乱。陆璐的妈妈身上散发出一丝说不出来的清淡的香味。

我细细地闻着，不让她发现我在嗅她身上散发出来的香味。那是一种极淡极轻极柔滑的味道，仿佛乡下清晨的薄雾，仿佛月夜润泽的月华，难以抓住，却始终存在着。

"我讨厌英语！"陆璐说，"我讨厌死了英语老师！"

"你讨厌什么？没有认真就是没有认真！你看看人家军儿，他怎么不讨厌？"陆璐的妈妈说，"天天抱着电视，学习怎么能好呢？你说是吗，军儿？"

我勉强地笑了笑。我想我当时一定笑得很难看。本来我想好好地笑，因为陆璐的妈妈笑起来真好看。但我失败了。我闭上嘴，咬住下唇，低下了头。

"这个丫头，以前她爸爸在的时候，还知道学习，现在越来越不像话了，回家从来没有看过书。"陆璐的妈妈说，又用拇指跟食指撩了一下那绺遮住右眼的头发。

"反正我就是不喜欢读书！"陆璐很生气地说，眼睛转都没转一下。

正巧这集电视剧结束了，开始播放演员表。陆璐关掉电视，随手将遥控器扔到茶几上，跳下沙发，鞋也不穿，就跑进了厕所。

"你看看，璐璐这丫头在家里就是这个样子！"陆璐的妈妈又笑了，有一丝无奈，"对了，军儿，璐璐跟你们班上的男同学到底为什么吵架？璐璐那天哭着回来，饭也不吃，又不肯说。前天晚上才告诉我，跟一个姓刘的男生吵架，还说你帮她报了仇。我心里想，小孩子之间有什么仇不仇的。跟阿姨说说，到底是怎么回事？"

我看了看她，低声说："是他先打陆璐，我才打他的。"

"是吗？璐璐没有跟我说呀！"她有些惊讶，"我还以为他们只是吵架呢！他真的动手打璐璐了？"

"打了。"我的声音非常小，抬起头来望着她的眼睛。她的眼睛好像会说话，我以前从来没有见过这么好看的眼睛。

我觉得她的眼睛有一种温暖的感觉，像蓝天碧海那样美。

"我哪天抽空到学校去问问，问问他到底是哪家的孩子，竟然这么没教养。"陆璐的妈妈说，"话说回来，璐璐这丫头从小也没吃过亏。谢谢你，军儿！不过你以后也不要随意动手打人啊，万一发生什么事情，家长跟着担心。最重要的是，你们不要出什么问题。有什么事情，可以找老师。"

就在她说这番话的时候，她抓住了我的一只手。

我立即感到一股暖流沿着手臂流进了体内。

她将我的手翻过来，开始研究我的手掌："你手上的纹路很清晰，看这一条，将来一定能成大器。"我以为只有乡下人才信这些，没想到城里人也信。她用左手抓住我左手除去拇指的四根指头，将指头往下掰，使得手掌心尽量凸起来，"我看得很准哟！你将来一定有大作为的！把右手给我看看。"

我将右手在大腿上使劲地擦了几下，再将手伸给她。她像研究我的左手一样，研究起我的右手来。

我发现我的喘息急促了。她的头靠我很近，头发几乎撩到我的鼻子。

我嗅着她头发的味道，里面有我叫不出名字的香味。我吸得很轻很隐蔽，一口气要嗅很长时间。

"右手的掌纹也好。好好学习，军儿将来一定能干出一番轰轰烈烈的大事来，记住阿姨今天说的话。"

她松开了我的手。我的手毫无意识，没有要缩回的意思，是她将我的手送回来的。

"妈妈，你又骗人！"陆璐出现在我们面前。

我抬起头，又听到了早上在姑妈家听到的那种忽远忽近、若隐若现的蝉鸣。我不自觉地站起来，不经意地说："我要走了。"

"今天是周末，忙什么呢？我菜都买好了，吃了午饭再回！"陆璐妈妈说，"我马上去做饭，一会儿就好！你跟璐璐看会儿电视，要是饿了就啃苹果。"

她站了起来。我没有要走的意思。我说要回去，是因为我在乡下时大人经常教我要注意礼貌，不能让人家觉得是在等饭吃，所以我就说了。

事实上我并不想离开，到底为什么，我也说不上来。

"坐吧，我去做饭了。璐璐，你陪军儿玩。这孩子，这么拘束干什么，你是怕阿姨吃了你啊？"

她进了厨房。我仍然站着。一会儿她又出来了，她的身上多了一条围裙，两只手交叠在背后系带子。

我又看到了她的笑容。她似乎一直都在笑，而且笑起来很好看。

她就是不笑的时候，也一样好看。以前在乡下，我只在爸爸买回来贴墙上的油画上见过这么好看的笑容。

她系好围裙带，用手掸掸围裙就进了厨房。我没有坐下来看电视，对陆璐说："我们进去帮你妈妈做饭吧！"

我朝厨房门口走了过去。陆璐也跟了上来，先走了进去。我则站在厨房门口，看着她妈妈忙活。

"妈妈，谢军说要帮你做饭。嘻嘻——"

"好啊！那就帮我剥几瓣大蒜吧！"陆璐的妈妈说着，将两个大蒜递到我手中。

我剥起蒜来，陆璐帮她妈妈洗菜。陆璐的妈妈在切青椒。旁边碗里放着一只鸡，估计要混着青椒炒。

我没有说话，将剥好的蒜放到菜板旁边，退回门口望着陆璐的妈妈忙活。

"你们两个去客厅玩吧！饭一会儿就好！"陆璐的妈妈说。

陆璐将洗好的菜放进一只满是孔眼的塑料盆里，甩了甩手，又在衣服上面擦了几下，就过来了。

陆璐坐回沙发，再次打开了电视："谢军，过来看电视！"

我没有理她，仍然站在厨房门口望着她妈妈。

陆璐的妈妈忙上忙下，一点儿也不显得慌乱，一切有条不紊。她没有看我一眼，我感受到了轻微的冷落。

我靠在门框上，一言不发地望着陆璐的妈妈，时而转过头去望望陆璐。

七

吃饭的时候没有在饭桌上吃，而是在茶几上面，因为陆璐吵着要看电视。

我和陆璐坐在沙发上，陆璐的妈妈坐在茶几的另一边一只蓝色塑料小凳子上。

陆璐的妈妈不停地往我碗里夹菜，叫我多吃点儿。

饭是电饭煲煮的，第一碗快吃完的时候，我本想自己去盛，结果被陆璐的妈妈抢过碗去。

"你现在正是长身体的时候，得多吃一点儿。以后周末随时过来，阿姨做给你吃。"

我吃着可口的饭菜，目光沿着碗沿斜过去，偷偷地看着陆璐的妈妈的嘴和下颌。

陆璐妈妈吃饭的动作特别优雅，用筷子往嘴里面扒饭的时候，筷子与碗之间摩擦的声音也很小，不像乡下那些女人，将筷子在碗边扒得叮当响。

陆璐只顾吃饭、看电视，根本没有发现我在偷看她妈妈。她妈妈也没有注意到。

当我看到陆璐妈妈的碗空了，不知道为什么，我竟从她手中抢碗，要帮她盛饭。但是我失败了。

"谢谢，军儿，阿姨自己来。你到了阿姨家里，还要你帮阿姨盛饭吗？"虽然她在说话的时候是微笑着的，但我好像被人抽了一耳光。

我等她将饭盛好，再端起我放在茶几上的碗吃起来。

陆璐的妈妈叫我多吃菜，还说随时欢迎我到她们家玩，在她们家就跟在姑妈家一样。

让我自己都感到意外的是，我那天居然那样规矩，突然变得懂礼貌了。以前吃饭从不注意这些细节，经常将饭粒掉得满地都是。

那天中午，我没有掉一粒米饭，筷子和碗也没弄出响动，更没有拼命去夹自己喜欢吃的菜。那天中午，我想做陆璐妈妈眼里的好孩子。

八

吃过饭后，我抢着收拾碗筷，但被陆璐的妈妈制止了。她叫我坐着看电视。她说她自己收拾，免得我把手弄脏了。

我呆呆地站着插不上手，又一次感到了小小的失望。

陆璐双臂摊开，倒进沙发，一副懒懒的样子，想要睡觉似的。

陆璐的妈妈将碗筷收进厨房，取出抹布擦拭茶几。她擦得很仔细，直擦到上面再也看不到水珠儿和油渍的痕迹。

我注视着她的每一个动作。

陆璐的妈妈擦拭茶几的动作显得那么柔媚。她擦拭茶几的优雅动作，就像妈妈在我摔肿膝盖时帮我抹药酒一样。

抹布在茶几上面顺时针转圈，她手臂动作的幅度越来越大。开始只在中心画圆，逐渐扩展到茶几的边缘和四个角。接下来，抹布画的圆逐渐变小，退回到中心旋转。

她的手突然停下，又逆时针重复以上动作。

妈妈在往我膝盖上面抹药酒的时候也是这样画着圆，直到妈妈的手拿开时，膝盖上和她的手掌心都产生一些瞬间便消失的近似唾液的白色细沫。

不同的是，妈妈在帮我抹药酒的时候，左手捏着药酒瓶子，右手的手掌直接接触我的膝盖上面。

随着抹布在茶几上画圆，陆璐妈妈的身子跟着摇晃。她稍稍向右倾，腰弯曲着。耳边的头发全部跑到额头前面来了，跟着她身子的摇晃有规则地摆动。

我这时才发现，她的脖子上戴着一条细小的银色链子。那条银色链子也跟着在她胸部上方摆动着，但摆动的幅度极小。

她的脖子又白又嫩，好像婴儿的皮肤，就跟爸爸从镇上买回来的油画中的女子一样，细腻精致。

我又闻到了她身上的香味，上午的那种香味变淡了，多了一种菜油煎熟的香味，但我仍然可以嗅到上午的那种味道，尽管已经很淡很淡，尽管我无法抓住。

她终于擦拭完茶几，直起了身子，向右甩了一下头发，头发跟着往右边跑去。当她静止下来，那些头发又回到头中间。

她发现了我在看她，只是对着我笑。一股甜甜的滑滑的近似樱桃含在嘴里的感觉走遍了我的全身。

"璐璐，你好好地坐着吧！一个女孩子，没规没矩，像个什么样子！"她转身对陆璐嗔怪道。陆璐很不高兴地扭动两下身子，擦着沙发的靠背往上蹭了蹭。

她又对我说："坐吧，军儿，男孩子不要那么斯斯文文的！"

我坐了下去，双手垫在屁股下面。她用拿着抹布那只手的手背揉了揉额头，嘴角往两边咧一下，估计想笑，转身走向厨房。

我听到厨房里洗碗槽中水龙头的水冲在碗盘里的声音，很想走到门口看看。

我终于找到了理由。从进门到现在，已经过去了三个多小时，我还没有上过一次厕所。

我站了起来，朝厨房门口走去。当我走到厨房门口时，便放慢了脚步，慢得几乎停了下来。我的目光一直停留在陆璐妈妈的身上和手上。

我突然想，要是每天都能这样看着陆璐的妈妈，那该多好啊！

我站在厨房门口，望着她在里面洗碗筷。厕所在厨房里侧，也就是说，我要进厕所得经过陆璐妈妈的背后，打开墙上的电灯开关，向里推门，走进去，掩上门，再开始方便。

我慢吞吞地走了过去，尽量不让陆璐的妈妈发现。我一直偷偷地看她。

走到背后她才发现我，猜到我要上厕所，便说："里面有点儿黑，注意开灯，开关就在那里。"陆璐的妈妈抬起左手，指着墙上的电灯开关，指头上还缀着水滴。

"嗯——"

我稍稍停顿了一下，走了过去，用拇指拨动了电灯开关。

我在推厕所门的同时，头向右转，看了陆璐的妈妈一眼，好像我一进去就再也看不到她了似的。

我走进去把门掩上，碗已洗好并清洗干净。我站在厕所门背后，轻轻拉开拉链。

我听到陆璐的妈妈拉开了橱柜的柜门，将碗和盘子放了进去。等她关上柜门，我才开始方便，尽量不弄出一点儿声音来，但很困难，于是改为蹲着方便。

方便完以后，使劲按了冲水装置的出水开关才拉开门走出来，然后将门关上，关掉墙壁上的开关。走到洗碗槽前，认真地洗了手，将手使劲地甩，企图甩掉残留的水珠儿。

我走进客厅的时候，陆璐正和她妈妈坐在沙发上说话，见到我又都望着我笑。陆璐的妈妈指着自己左手边叫我坐。我照做了，中间空着很远的距离。

九

我想找点儿话说，但又不知道说些什么好。

我还不知道陆璐的妈妈姓什么，也不知道怎样称呼她。从进屋到现在，我发现我很想跟陆璐的妈妈说话，或许我只想听她说话。她说话的声音真的好听，很柔软，但总能钻进我的身子里。不像乡下那些女人，随时随地口无遮拦，一会儿仰天大笑，一会儿追着用拳头打或者揪你的大腿。她们说话时声音也都很粗，甚至粗鲁。一些女人的话不堪入耳，我听后总会害羞得脸红。

我在斟酌着要说的话，这样，我就可以和她顺利地交谈了。

我的意识里没了陆璐的存在，尽管她就坐在离我不远的地方，中间只隔着她妈妈，但她这时候的确就跟不存在似的。

我还在苦苦咀嚼。我想了很多开场白，但又都否定了，或者刚要开口，嘴唇却不听使唤，于是咬住嘴唇，感到一丝慌乱。

　　我似乎感到陆璐的妈妈身上有一种湿漉漉的痒痒的温暖的气息，正从她的大腿跟脖子上蒸腾出来，并且氤氲成天蓝色的雾气。

　　"在乡下生活惯了，到城里习惯吗？"打破沉默的是陆璐的妈妈，"姑妈对你好吗？"

　　"嗯——"我回答得很轻。我担心她听不到，于是又加大声音回答了一声，"嗯——"声音仍不够大，但我相信她听见了，要不然她就不会接着问我了。

　　"爸爸妈妈都在家种庄稼吗？"她的声音也小了，但我听得非常清楚，就好像是在我耳根处发出来的话语，那话语里挟着温暖和舒爽的气息。

　　"嗯——"尽管我没有把想说的说出来，但我发现自己已经变得很自然了。"我妈已经死了，庄稼是爸爸跟爷爷在种。"我接着说，松开了撑在大腿上的双肘，也松开了支撑在脸颊外侧的两只手掌，双手自然垂放在大腿之上。就在我说出"我妈已经死了"时，我发现陆璐的妈妈脸上出现了一丝变化，仿佛刚才的那道天蓝色雾气变成了火焰，瞬间又消失了。

　　"是这样啊——那你一定得好好学习——"陆璐的妈妈第一次说话不自然了。我不知道是什么原因。我想起了陆璐的妈妈出门买菜时，我问陆璐她爸爸的事，陆璐说她爸爸已经死了。我猜陆璐的妈妈之所以听到我说"我妈已经死了"会有那样的反应，很可能跟陆璐的爸爸有关。

"嗯——"

"谢军，你妈已经死了呀！"陆璐感到特别惊讶。

"多嘴！"陆璐的妈妈说。我知道那话是对陆璐说的。我偷偷看了陆璐一眼，她正瞪着一双大眼睛望着她妈妈，一副不服气的样子。

陆璐的妈妈神情很严肃，跟陆璐对视着，就好像在比试谁先认输似的。"去，把水果端过来！"陆璐的妈妈对陆璐说，"再去厨房把水果刀拿来，快点儿！"

"哼！"陆璐对她妈妈歪了一下嘴巴，耸了一下鼻翼，朝厨房走去了。

我以为陆璐的妈妈生气了，想说点什么让她高兴起来，最好能够开心地笑起来。

我感到她真的在生气，她生气的时候我就高兴不起来。我于是糊里糊涂地说："阿——阿姨——我要走了。"

"忙什么啊，周末又不用上学！要回去赶作业吗？就在阿姨家里玩儿吧，是不是觉得阿姨家不好玩儿啊？"陆璐的妈妈将全部注意力集中到我身上，目光中满是关切。

"不是——我要回去了——"我发现自己已经站了起来，竟然朝着门口走去。

陆璐端着一盘水果站在客厅中间说："还没吃水果呢！"

"吃点儿水果再走吧！"陆璐的妈妈也说。

"不用了——"我开始拉动门上的插销。陆璐仍然端着水果盘站在那里，她妈妈已经站起来，并且朝我走了过来。

十

我已经站在门外。陆璐将水果盘放到了茶几上，跟她妈妈一道站在门口。陆璐的双脚都在门里面，只是脑袋探了出来。

陆璐的妈妈站在门外，热情地笑着，嘱咐我一定要认真学习，随时欢迎来她家玩。

我一手扶着楼梯栏杆，一只脚已经下到第二级台阶。

"我走了——"我很不想离开，想要再次确定一下，陆璐的妈妈是不是叫我以后凡是周末就到她们家来玩。

陆璐的妈妈笑出声来："慢点儿走！记住阿姨的话，以后想来玩儿就来！"听她这样说，我不知道有多高兴呢！

我没再说什么，本来想表现得更热情一点儿，但我转身朝楼下走去了，甚至连头也没有回。

"想来的时候就来哈！反正璐璐在家也没有人陪她玩儿！"陆璐的妈妈在我背后说。陆璐也跟着说："谢军，后天早上一起走好不好？我在胖哥商店门口等你！"

我没有应答。我走得非常快，一口气下到了四楼。

我估计她们已经进了屋。我的脚不自觉地停了下来，开始后悔起来。我为什么要忙着走呢？我为什么不听她们的话，吃完了水果再走呢？我脑子里满是陆璐妈妈的笑脸，还有她白皙的脖子，她甩头发时的样子，她在厨房中洗碗时的情形……我想再次上楼，干脆就说忘记什么东西了……早知如此，我就把钥匙放在沙发上再走了。

　　我上了两步台阶，又停下了，接着转身往下走，刚走四五步，我又停下，转过身子，但没有再往上爬。

　　我望了一眼墙壁跟楼道以及楼道的扶手，到处都是污渍，扶手上面满是灰。

　　我不知道该怎么办了，但我的脚告诉我，我正在下楼梯。

　　我下得很慢。每下一个台阶，我扶在扶手上的手就要在扶手上面拍打一下，就这样一直下到了楼底，手上粘满了灰。

　　阳光很刺眼。小区里没有一个人，只有一只哈巴狗卧在树荫里，狗脖子伸得长长的，嘴巴搁在两只前腿上面，眼睛闭着，估计它的主人就在哪个阴凉处纳凉。

　　我朝六楼望去，意外的是，我可以看到陆璐家的落地窗户，后悔上午没有在客厅里走动走动。

　　我是从陆璐家放在窗户旁边的那盆绿竹辨认出那就是她家窗户的。我正想着陆璐的妈妈此刻就站在玻璃窗后面，哪怕只是她的影子投射在玻璃上面也好啊！就在这时，奇迹真的出现了，陆璐的妈妈真的出现在了窗玻璃后。那一刻我有说不出的高兴。然而高兴是短暂的，我发现她根本就没有看下面，她的目光是平视的，望着远方。她应当是在望对面的那栋楼，也许只是假装看对面那栋楼，实际上是在看我，目的是看我到底走了没有；也许是无意中站在那里，释放一下眼睛；也许是出于礼貌，站在自家客厅目送客人离开，以确保客人真的离开了。

太阳光扎在身上，我全然没有感觉。

我担心陆璐的妈妈发现我还没走，我在她心里留下的好孩子的印象会大打折扣，于是转过头去，近乎小跑一样地离开了。

我没有立马就回到姑妈家里。虽然陆璐家的小区离姑妈家的小区直线距离只有不到三百米，然而离开陆璐家的小区之后，我花了很长时间才走进姑妈家的小区。

我在姑妈家小区里找了一张置于树荫的木椅，舒舒服服地坐着，双手搭在靠背上，跷起了二郎腿。我感到后悔，脑中不时闪现出许多人物的影子，都是女性，有爸爸从镇上买回来的油画中的那几个女人，有我小学的同桌，有村里的大屁股女人，还有陈桃花和陆璐，最频繁闪现在脑子里的就是陆璐的妈妈。

我就那样坐着，什么也不想，但脑子里一直在活动着，没有停止，跟放电影似的。

三单元走出来一个我认识但不知道姓名的女人。我刚到姑妈家不久，看到她跟小区里另一个女人骂架。她的个子不是很高，肚子却非常大，头发很长，但有些凌乱。她穿着一双草绿色拖鞋，正朝着我这边走过来，一直从我身边走过去。直到她走出去很远，我才从她走出来的方向回过头去望了她一眼。她的屁股扭来扭去，一点儿也不好看，脚上的拖鞋与地面摩擦发出的声音也难听极了。

我再一次感到失望，没有缘由。直到那个女人走远，我仍无站起来回到一单元三楼姑妈家的意思。我估摸着姑妈他们早已经吃过午饭了。早上出门的时候，我忘记告诉姑妈我到底要不要回家吃午饭了，那时候我还不知道会不会留在陆璐家吃。我担心姑妈一家人还在等我吃饭，万一回去晚了，肯定会被说的。我于是站了起来，朝楼上走去。

姑爷在午休。表妹在写作业。姑妈也靠在沙发上打瞌睡。门是表妹帮我开的。原以为姑妈见我这么晚回来，定会说我几句，但她只是有气无力地说："饭跟菜都放在冰箱里，自己拿出来吃！吃完以后把碗收进洗碗槽，我一会儿洗。"我说我已经吃过了，姑妈也没问我在哪里吃的，就没声了。

我走进卧室，轻轻地将门关上，鞋也没有脱就倒进了床里，脚踏在床前的地板上面。我闭上了眼睛，回想着在陆璐家的情形。

我感到我是愉快的。我突然感觉那张床变得宽大起来，变成了绿色的草地，浪花一般不停地轻漾着。

十一

那个周末，我一直生活在甜蜜的回忆之中。我把我在陆璐家的每一个细节都细致地温习了上百遍。我第一次变得沉默起来，但内心活动剧烈。

周一早上，我比陆璐提前到了胖哥商店门口。我连早饭都没有吃，就背起书包离开了姑妈家。我对姑妈撒谎说头天晚上吃得太饱了，早上不想吃东西，姑妈居然相信了。

我站在那里等陆璐，我有很多问题想要问她。

我在那里站了大约十分钟，还是不见陆璐出现。我担心姑爷上班路上会看到我。我不担心姑妈，姑妈上班走另一个方向。那些上班的人从我身边走过，个个神色匆匆，谁也没有认真看我一眼。我想姑爷即便路过也不会发现我。陆璐终于出现了，老远就说："没想到你比我还早，你到了多久了？"我说我也刚到，四下望了望，没有看到熟悉的身影。

我走在前面。学校很近，走路只需十五分钟，因此不必坐公交车。

"你是不是生气了？"陆璐见我走在前面，问我，"你肯定等了很久吧？"

"没有！"我撒谎说，没有停下来等她的意思。她在说话的时候加快了脚步，很快跟我并排走了起来。

我突然想跟她分开走，不跟她一起走进校门，我不想被同学们误会。

　　"你怎么不说话？那天你走了之后，妈妈说你很害羞。可是为什么你跟方宝强他们一天到晚有说不完的话？你怎么不说话呀？"陆璐几乎小跑起来，说话好像很困难。

　　我听到陆璐提起她妈妈，立马停了下来，"你妈真那么说？她真那么说？"

　　陆璐点了点头，做了个鬼脸，跑到了我前面。我再也没有想要超过她的意思，反而跟在她后面走。

　　我们之间的距离越拉越远。

　　我感到有些失落。原来，我在陆璐妈妈的眼中只是个害羞的孩子。也许那天我真的表现很差，但我没有想到她会认为我很害羞，尽管我在面对陌生人的时候的确很害羞。

　　等陆璐跨进校门快要走进教学楼时，我才跨进校门。我确定来往的同学不会怀疑我是跟陆璐一起到来的，因为大家都没有看到我跟她走在一起。

　　早自习的时候，我拿着英语课本，精力无法集中。我偷偷地去瞧陆璐，她正跟同桌女生兰霞说话。我不知道她们在说些什么，但当我偷看陆璐时，兰霞仿佛知道我在偷看。兰霞用手碰了碰陆璐的胳膊，头稍稍往我这边抬了一下，陆璐迅即朝我这边转头，扫了一眼便又转过头去，在兰霞的肩膀上面打了一拳。

我的心一颤，意识到她们在谈什么了。我立即将目光收回到英语课本上，想要大声朗读，但是此时教室里偏偏没有人大声朗读。如果我在这个时候大声朗读，兰霞一定会发现我的慌乱，因此我改为定定地盯着课本，眼里满是英文，可是一句也看不进去。可我转念一想：我为什么要担心呢！我怕什么呢？

我斜视着偷看，仿佛感到陆璐正在跟兰霞解释什么。兰霞却像抓住什么把柄似的，一副洋洋得意的样子。正巧赵小刚在我的背后拍了一掌。我一惊，放下课本，望着赵小刚，生气地盯着他。他一副嬉皮笑脸的样子问我："你真的揍了刘明辉？你可惨了，听说刘明辉要找人还回来！"

我一听吓坏了，但是强装镇定。我不想让他看到我害怕的样子，于是强装着说："我不怕他！"我感到自己的声音在发抖，"你听谁说的？"

"听谁说的？"方宝强接话道，"班上所有人都知道了。刘明辉说你肯定是为了帮陆璐报仇才揍他的，还把他的鼻血都打出来了。你不要命了，你知不知道大家背后是怎么叫刘明辉的？大家都叫他'霸哥'，你知道吗？"

"我才不管呢！"我仍强装着，事实上，我已经害怕到了极点，"我才不怕他！有种他就把我揍死！"我的语气生硬，班上其他同学都听见了，刘明辉也听见了。

方宝强看了刘明辉一眼，一副讨好的样子，并且马上知趣地拿出书本来看。

赵小刚叹了一口气，语重心长地对我说："你去给刘明辉道个歉吧！"

"要去你去！谁去谁是孬种！"好像我的敌人是赵小刚似的。我的声音很大。我是看着刘明辉说的那句话。

当时刘明辉假装不在乎我说什么，跟最好的哥们儿在商量着什么。

整个上午的课我都没有听进去，中午吃饭我没有再跟赵小刚他们一起，一个人吃完后早早地走进了教室。

教室里只有几个女生，她们正在追着打闹，我感觉特别讨厌。

下午和上午一样，同样什么也没有听进去。我发现我一直在关注铃声，我猜测放学之后刘明辉一定会在校门外拦住我，几个人将我围起来狠狠地揍一顿。

我那时候最关心的不是挨揍，也不是担心被揍之后留下什么伤疤让姑妈看见，更不是担心被揍的时候会疼。

我害怕陆璐知道我被揍之后回去告诉她妈妈，到时候她妈妈一定会小看我的，甚至从心里讨厌我。

放学的铃声终于在担惊受怕中响了。

同学们纷纷背起书包走出了教室，赵小刚和方宝强约好了似的，理都没理我就走了。只有陈桃花对我说了一声"走了——"，说着也跟大家一起走出了教室。

我提着书包，一副心不在焉的样子，而心里却在想着：这次挨揍是免不了了，只是不知道真正面对的时候会怎样。

　　我害怕极了，突然想找个地方好好地哭一场。如果被揍，陆璐的妈妈肯定会知道。

　　走出校门，刘明辉连个影子也没有。我感到很奇怪，为什么他没有找人来揍我呢？难道被我早上的话吓住了？

　　我正纳闷呢，陆璐从旁边的小卖部跳了出来："等等我，谢军！"

　　"是你啊！"我说，"我还以为——"

　　"怎么了？"陆璐问，提着两支雪糕走到我面前，递给我一支。

　　"我不要，你自己吃吧！"我转过身准备要走。

　　"哼！你接不接？"陆璐生气了。

　　我见她是认真的，只好把书包挎到肩膀上，将雪糕接了过来，撕开包装纸。我把包装纸顺手扔到马路上，将雪糕放进口中。

　　陆璐将雪糕放进嘴里，笑眯眯地在口中来回抽动几下，伴随着两边嘴角缝的吸气，将融化掉的雪糕咽了下去，又舔了雪糕上悬着的融化掉的绿色黏稠状液体。

　　"你刚才当我是谁了？"陆璐将雪糕拿在手中，眼看上面就要往下滴融化掉的绿色黏稠状液体，她又马上放进了口中，吸气的声音更响了。

"没什么，我就是——我就是——我以为你已经先走了呢！"我边走边说，怕她不相信我的话，于是又加了一句，"真的！"

那天下午，我们是一起走回去的。

分开的时候，我们都感到非常愉快，于是我想找个理由到她们家去玩一会儿再回姑妈家，却没有找到，不免有些遗憾。

十二

陆璐的妈妈在文化局上班，她爸爸生前也在那里上班。有天晚上下班，他跟几个同事到外面喝酒，回来的路上翻了车，送到医院两小时后就停止了呼吸。

这是陆璐亲口跟我讲的。那个时候，我们一同上学、放学快两个月了。

天气已经越来越冷了。我早已把刘明辉要揍我的事情忘得一干二净。我每个周末都到陆璐家去玩儿。甚至每天下午放学，我也要到她们家去转一转，陆璐的妈妈往往还没有下班回家，我会一直玩到陆璐的妈妈下班回来才离开。我学习更加认真了。每次看到陆璐的妈妈，我回到姑妈家学习就特别专心。

陆璐经常在她妈妈面前提起我在学校取得的进步。第一学期期末考试，我取得了班上第二名的成绩，只比第一名低三分。

陆璐对她妈妈说，如果我再努力一点，肯定能考第一。

寒假放了整整一个月，我始终没有回乡下老家，爷爷说车费太贵，往返的车费都够买两只小猪了。

寒假里，我差不多每天都会到陆璐家去玩。陆璐的妈妈经常提醒我学习再加把劲儿，争取下学期考试得第一。我经常带着书和作业本到陆璐家。她妈妈白天上班，我就和陆璐在家写作业。陆璐也比以前爱学习了。回到姑妈家，就连平时最喜欢看的电视剧我也不看了。我把自己关在卧室里背英语单词，或演算代数题，或背政治和历史。

初一下学期开学第一个月气温一直很低。我每天早上很早就离开温暖的被窝，到胖哥商店门口等陆璐上学。

因为上学期期末考试我考了班上第二，班主任将我调到了前面第二排。我和方宝强、赵小刚、陈桃花三人渐渐地陌生了。

我的学习干劲儿越来越足，每天下午放学，几乎都要先到陆璐家里去，等她妈妈下班回家再离开。

遇到周末，差不多大半时间我都在陆璐家里过。周末我不喜欢待在姑妈家。姑爷很不喜欢我，老是对我板着脸。我更喜欢到陆璐家过周末。有时候是陆璐的妈妈做午饭，有时候是陆璐跟我一起做，她妈妈要么在家翻看《时尚》之类的杂志，要么出门办事，出门前总会打扮得漂漂亮亮，上午早早地出门，一直到傍晚才回，回来的时候特别开心。

看到陆璐的妈妈开心，我也会跟着莫名地开心。不知道为什么，陆璐的妈妈最近越来越开心，平常下班几乎是跳着舞步似的进屋，脸上气色异常地好。她人还在门外，就歌唱似的叫陆璐开门，尽管她带着钥匙。门一打开，一股浓浓的香水味随她一道飘了进来，那是从她衣服上散发出来的。

每每听到她叫陆璐开门，我总是飞一般冲过去给她开门，迎接她进屋时的笑脸以及她衣服上散发出来的香味。

回到姑妈家，我就拼命地学习。每当我放下一门功课改换另一门的时候，就利用当中的间隙，回味一番陆璐的妈妈留在我脑子中的一切，然后对自己笑笑，又全身心地投入学习。我在多个夜晚梦到陆璐的妈妈。她在我梦里简直就是个天使，说话的时候，她的鼻息喷在我的脸上，痒酥酥的，舒服极了。在梦里，我不再是个十四岁的孩子，变成了一个真正的男人。

当梦醒来的时候，我在黑暗中笑出声来，于是披紧被角，一觉睡到天亮。

我在心里默默数着"一、二、三"，数到"三"，就猛地掀开被子，从床上弹起来，穿好衣服，洗漱完毕，吃完早餐，然后背起书包来到胖哥商店门前跟陆璐汇合。

可是最近我发现陆璐的妈妈回家越来越晚了，差不多天都黑了才回来。我从她们家回到姑妈家里，姑妈晚饭都弄好了。因为学习取得了进步，姑妈也就没有多管我，料想我也不会干什么出格的事儿，只要把学习搞好了，她对爷爷也就有交代了。何况我在他们家又吃又住，她算对得起我这个亲侄子了，对得起自己的亲哥哥也就是我爸爸了。

一天下午放学，我和陆璐走到她们家楼下，撒谎说表妹过生日，我得早一点儿回去给表妹庆祝，就不上她们家去了。等陆璐离开以后，我独自来到她妈妈下班回家的必经路口，在那儿等她妈妈回来，一直等到天黑，都不见陆璐的妈妈，只好回姑妈家了。第二天下午我又对陆璐撒谎说早上出门姑爷打了招呼，叫我下午放学早点儿回家，晚上一家人出去吃饭，我不到她们家去了。我再次来到那个路口，没等多大会儿，陆璐的妈妈就回来了。见她迎面走来，我假装没有看到她似的，望着天上朝她走去，装作有事要到前面去。

陆璐的妈妈老远就问："军儿，你去哪里？"

我支支吾吾半天，说："我去买菜！"

"早点儿回家！"

"知道了！"我说。我迈开步子，大步朝前走，感觉陆璐的妈妈正在背后看着我。

停下来时，我发现已经前行了两站公车的距离。

接下来几天，我总是对陆璐撒谎，让她一个人回家，然后独自来到那个路口，等她妈妈归来。等不到心急，等到又心慌，装出若无其事的样子，或撒谎买这买那。她肯定已经知道我每天来此等她了，但她从来都没有说破，每次都是同一句话，让我早点儿回家，还问我为什么不到她们家去了。

我发现在我到那个路口等她的那几天，她下班回家要早些了。于是，下一个周一，我放学后又跟陆璐到她们家，等她妈妈回来，我就回姑妈家。

四月的一个周末，我和陆璐正在她们家做作业，恍恍惚惚听到陆璐的妈妈说要带陆璐去游泳馆，还说先去帮她买套游泳衣。

当天晚上回到姑妈家，吃过晚饭以后，姑妈在厨房里洗碗，我便靠在厨房的门口，对姑妈说："姑妈——我想要一套游泳衣。"

"是游泳裤吧？男孩子穿什么游泳衣？什么时候要？"

"越快越好。嗯——学校组织游泳比赛——"

那天晚上躺在床上，我幻想着跟陆璐的妈妈还有陆璐去游泳馆游泳，突然陆璐的妈妈腿抽筋，我奋不顾身地扎进游泳池，拼命将她救上岸来，给她做人工呼吸；后来，我又幻想着我们在海里游，累了就并排躺在沙滩上晒太阳，她的头枕在我的胳膊上，鼻息喷在我的脖子和耳根上。

姑妈第二天就帮我买了游泳裤，但我一直没有跟陆璐的妈妈还有陆璐去过游泳馆。在我的印象中，她们也没有去过。也许是我听错了，陆璐的妈妈从来就没有说过要带她去游泳馆游泳。后来，我就把那条游泳裤当内裤穿了。接下来的一段日子里，近似我跟陆璐的妈妈去游泳的幻想每晚都会进行，只有我和她，再没有别人，陆璐从来都没有出现过。有时候是在游泳馆，有时候是在海里，有时候在我们老家山顶上的堰塘里，也有时候是在老家屋旁的小河沟里。

十三

五一过后，天猛地热了起来，热气流在城市中乱窜，简直无孔不入，中午最高温度达到四十五摄氏度，走在太阳底下，仿佛要被烤焦了。

星期四早上，我同往常一样早早地起了床，发现右眼皮不停地跳动。我感觉有什么事情将要发生，但没去多想。

下午放学，陆璐本来等我一起走的，可我要找数学老师帮我解决头天晚上留下来的几道难题，就让她先走了。

当我从数学老师那里出来，已经放学一个半小时了。

天就快黑了，我提着书包大摇大摆地走出校门，发现门外站着五个跟我差不多高的男生盯着我看。他们正在抽烟，除了刘明辉，其他四个我全都不认识。我突然意识到，他们是特地在那里等我的。看来早上的预感就要应验了，但我万万没有想到，会是刘明辉找我。一时间我吓得双腿都软绵绵的了。

刘明辉将未燃完的烟头扔到地上，用脚尖踩灭，指了指我说"就是他"，并对那几个男生挥挥手。他们立时扔下手中的烟头，朝我走了过来，将我团团围住。

刘明辉指着我的鼻梁说："你厉害呀！名利双收啊！既考得

班上第二名的好成绩，又有个小美人一天到晚地陪着！"

那几个男生跟着说："我们辉哥就惨了，没有那么好的福气了！"

我突然很想笑。我从来没有觉得陆璐有多漂亮。当然，今天再去回忆，陆璐当年的确蛮可爱的，也许今天真出落成了个大美人也说不定。

在那天以前，我的的确确没有觉得陆璐长得有多漂亮。我意识到陆璐长得好看是在那天以后了，只是我们很快就分开了。我回了乡下，直到大学毕业才又来到重庆。可是整整一年过去了，我始终没能找到她。我四处打探，没人知道陆璐家搬到什么地方。我曾到文化局打听，那里的人告诉我，陆璐的妈妈早就不在局里上班了。

面对刘明辉几个人，我哭丧着脸说："我没有！"我知道这次挨揍是免不了了。事实上我并不担心挨揍，只是对被他们冤枉感到气愤。

"真的没有？"刘明辉一记耳光抽在我的左脸上，我顿时感到一阵火辣辣的疼痛在我的脸上跳踢踏舞。

我几乎忍不住要哭了："真的没有！"

"你妈的！"刘明辉又一个反手耳光抽打在我的右脸上，"你敢说你没有？"我的耳朵轰隆隆一片，就好像我正躺在铁轨中间，一列火车从我身上飞速跑过。

那几个男生围站在我四周，一起哈哈大笑起来。

我终于还是忍不住哭了——因为疼痛，因为害怕，也因为他们对我的冤枉，还因为担心这件事情传到陆璐妈妈的耳朵里。

"我没有！我真的没有！不信你们问陆璐！"我哭喊着说。

"依我看，今天要是不给他一点儿颜色瞧瞧，恐怕他以后就会爬到我们每个人的头顶上拉屎拉尿了。"另一个男生大笑着说，其他三个男生也跟着大笑起来。

"辉哥，别跟他废话！揍他！"又一个男生说。

我停止了申辩。眼睛被泪水模糊了，耳朵里还在嗡嗡作响，脸上已经不再感到明显的疼了。大家都在等着刘明辉对我的判决。我也在等着。但我在想，这次陆璐的妈妈一定会小看我了，一定会在背后说我没用，一定会认为我是个坏孩子。不知道为什么，我想到这里的时候突然想大声哭出来。

我真的大声哭了起来，那种丑态只有他们五个人知道。

我不停地说："我真的没有！"

"老子早就想揍你了！你不是很威风吗？你不是经常在教室里面瞪我吗？没想到你他妈的就是个孬种。滚吧！"刘明辉大手一挥，又指着我的鼻子说，"我警告你，以后不准再碰陆璐，知道不？就算一路上学也不行！"说完，刘明辉一个人先走了。其他四个人都奇怪地看看刘明辉，又转过头来怪异地看看我，好像是说："小子，别神气，早晚你会落在我们手里，我们可不像刘明辉那样仁慈。"见刘明辉走开，他们也走开了。

我赶紧用袖子擦干了泪水，提着书包朝姑妈家走去。

我感觉受到了天大的侮辱，这件事情明天一定会在班上传得沸沸扬扬，到时候陆璐肯定会知道，陆璐的妈妈也就会知道。想着想着，我又哭了，甚至比当年妈妈死的时候哭得还要伤心。也许妈妈死的时候我还太小，还不懂得伤心。快到姑妈家了，我终于忍住了哭，用手背擦干了眼泪。

回到姑妈家中，我担心姑妈察觉我的变化，尽量装得和平时一样，以免引起他们的怀疑和担心。吃过晚饭，我将自己关在房间里。通常这个时候我都在学习，姑妈他们也就没有发现我的异常。我没有学习，只是开着灯，倒在床上回想着我在学校门外的遭遇。我又忍不住悄悄地哭了一场。那天晚上我很晚才睡。我梦到了陆璐的妈妈，她知道我挨了刘明辉揍的事情。她在梦里嘲笑我，讽刺我，还说我是自找的。我没有做任何解释，只是将她家的房门狠狠地踹了一脚就离开了。醒来以后，我发现那只是个梦。我决定一会儿在上学的路上把刘明辉揍我的事情告诉陆璐，并央求她不要告诉她妈妈。

当我走到胖哥商店门口时，我事先想好的开场白早已背得滚瓜烂熟了，只等陆璐高高兴兴地到来。

陆璐来了，但却一脸不高兴，好像受了什么委屈似的。我感到很意外，她一向都是蹦蹦跳跳的，每天早上见到我，她总会说：

"早啊，谢军，等很久了吧？"

那天早上，陆璐没有那样问候我。她嘟着嘴，气冲冲地走到我的面前，也不理我，就一个人走到了前面。

我赶紧跟了上去。反正现在还早，我想把她抓住，把我的想法尽快告诉她。

我抓她的胳膊。她的肩膀往前一扭，将我的手抖开，野蛮地对我说："你烦不烦？"

我又纳闷又生气，自己满肚子的怨气还没找人发泄呢。"你到底是怎么了？干吗对我发脾气啊？"我也大声地对她吼道。

"我讨厌你！你跟那个男人一样——"陆璐脸都涨红了。

"我到底哪里惹到你了？"我被她搞得莫名其妙，感到一丝丝委屈。我当时想，大概她已经从哪里听到我被刘明辉揍的事情。

"陆璐，你倒是说清楚，为什么要讨厌我？"

"就是讨厌你！"说着她疯跑开了。

我来到教室，发现陆璐趴在课桌上，脸深深地埋进手臂中，像是在哭泣。我发现班上好多同学都对我投来异样的目光，他们都知道了刘明辉揍我的事情。

我感觉没脸面对大家，坐在座位上发呆，整个脸热得发烫。

我又一天没有听进去老师讲些什么。

下午放学，刘明辉对我瞪眼。我知道他在警告我，警告我不要再跟陆璐走到一起。我豁出去了，心想大不了再被他揍一次，反正我不再怕他了。我也瞪着刘明辉不放，径直走到陆璐的课桌前。我对陆璐大声说："陆璐，我在校门口等你！"说完我走出了教室。我在校门外等了很久，陆璐才出来。

我不知道陆璐都干了些什么。

陆璐走出来的时候，我看到刘明辉远远地跟在她后面。陆璐走到我身后，很不客气地对我大声吼道："站着干什么！你还想被人家揍啊？"

我走在陆璐后面，中间的距离越拉越长。走了约一半的路程，我加快了步伐，追上了她。

陆璐还在生我的气。我刚追上又放慢了脚步。眼看我们之间又要拉开距离，我叫住了她。

"陆璐，我有话跟你说！"

"有什么话快说，我可没有耐心！"陆璐停了下来。

"陆璐，你今天到底怎么了？"我本来想告诉她，我被刘明辉揍是因为她，求她不要告诉她妈妈。但我刚要说，却转移了话题。

陆璐没有回答，却意外地哭了，将书包扔在地上，随即蹲下去，用手臂捂住脸伤心地哭了起来。

我感到很奇怪，但我没有问她。我站在她旁边很不自在。我担心路过的行人误会是我把她弄哭的。

我神色慌张地左顾右盼，小声地说："陆璐，快起来啦，好多人在看着你呢！"那些行人没有一个停下，大概把我们当成两个斗嘴的小孩子了。

"陆璐，你怎么了？"

"陆璐，起来啦！"

"陆璐，你不要哭了！"

"陆璐，……"

……

陆璐停止哭泣，站起身来，晴天霹雳般地告诉我一个噩耗："妈妈不要我了！她心里面只有那个男人……"

我好像被雷击了，傻了。现在该轮到我伤心了，轮到我哭泣了。

早上听到陆璐提起那个男人，我就应当想到了，只是我当时急于告诉她我的委屈，才没有去多想。

我感到身子发软，妈妈死的时候，我也没有这种感觉。难怪陆璐的妈妈近来每天回家都那样开心。我跟个傻瓜似的，居然什么都不知道。

"你怎么也不理我？你是不是也不理我了？原来你们平时对我好全是假的！"陆璐拖起地上的书包，朝家里跑去。

我仍然站在原地，提着书包傻傻地望着陆璐的背影，直到她消失在我的视线里。

如果换作今天，也许我应当安慰她几句，但当我听到"那个男人"几个字时，我一句话也没有说。

剩下的一段路，我走了很久。那天晚上我一副闷闷不乐的样子，弄得姑妈怀疑我是不是生病了。

我没有复习功课，一个人来到外面，漫无目的地走着。我出来的时候，表妹也想跟着出来，但被姑妈制止了。

姑妈告诉我，晚上不要到处乱跑。我说只是到楼下透透气。我说得很勉强。

我感到自己的心正在往下坠落。尽管外面非常热，但我一点儿也没有感觉到热，相反感到背脊凉飕飕的。

我就那样漫无目的地走着，脑子里混乱不堪，不知不觉来到了陆璐家楼下。

陆璐家的窗户里亮着一片。那盆绿竹在灯光照射下变成了黑色。

小区楼下没有人。

我就站在她家的楼下，傻傻地望着上面的窗户。

我很想走上楼去，按响她家的门铃。我终于鼓足了勇气，朝楼梯走了上去。我很快就到了六楼，来到陆璐家门前。

我当时想，我到底应不应该按门铃？陆璐的妈妈要是知道我这么晚还出现在她们家门前会怎样想呢？

我听到了加速的心跳声音，感到心脏就要从嘴里蹦出来。我浑身散发着热气，但又分明感到腿在发抖。我的牙齿也在上下不停地磕着。

我听到了陆璐跟她妈妈争吵的声音。陆璐的妈妈正在安慰她。我清楚地听到陆璐妈妈小声地对陆璐说："你永远都是妈妈最疼爱的女儿。"

我捏紧了拳头，眼泪像决堤的湖泊，拼命地往外奔涌。

我的拳头靠在了门上。我根本没有考虑到这样也会碰到门铃按钮，只听到门铃响了起来。

我听到陆璐的妈妈问道："谁啊？"

我像掉了魂似的，疯狂地冲下楼梯。当我跑到四楼的时候，我听到门被打开了。陆璐的妈妈在上面问："谁啊？"

接着，我听到了门被重重关上的声音。

我的心一颤，双腿不听使唤似的瘫软下来。我坐到了楼梯上。大约十分钟，我才起身下楼，走进了黑暗中。

快要走出她们小区的时候，我又转过头去望了一眼陆璐家的窗户，窗内的灯依然亮着。

我又一次落下了伤心的眼泪。

泪眼蒙眬中，陆璐的妈妈出现在她家落地窗前。远远望去，陆璐的妈妈身上氤氲着一层毛茸茸的蓝光。

在那一瞬间，落地窗充当了美丽的相框，陆璐的妈妈变成了一幅流动的画。随即窗帘被缓缓拉上，陆璐的妈妈在窗帘背后只剩下一个黑色的轮廓。

十四

星期六早上，我很早就醒了，但没有起床。姑妈在门外叫了我两三次，表妹也敲了几次门，我只说想再睡一会儿。姑妈问我是不是病了，我说没有。我听到姑爷对姑妈说，可能我头天晚上学习学得太晚，叫姑妈不要叫我，让我多睡一会儿。他们根本不知道发生了什么事情。

我起床时已经十点了。姑爷和姑妈都出去了。估计姑爷找人打麻将去了，至于姑妈，我不知道去了哪里。表妹正在写作业。我洗了脸，也没感到肚子饿，也就没有找吃的。

我对表妹说，我要出去找同学玩，告诉她姑妈回来的时候跟姑妈说一声，好叫他们别担心我。表妹"哦"了一声说："表哥，早点儿回来哟！"我没再多说，转身走了出去。

我来到楼下，不知该往哪里走。外面很热，到处都看不到几个人。就算看到，我也感觉很模糊。他们谈笑的声音都像在嘲讽我。

算起来我已经两个周末没有到陆璐家去了，一般都只是放学后上去待一会儿。

就在这样想的时候，我发现我正朝着陆璐家的方向走去。

我径直来到陆璐家门前，正要按门铃，又开始迟疑了。我不知道她们家是否有人，更不知道我到底应不应该按门铃。

我站了一会儿，才听见屋内有放电视的声音。

我对自己说，这是最后一次到她们家了。我想，反正陆璐的妈妈也不在乎我。

我按下了门铃，但当我听到铃声响起的时候，我后悔了。我又想像昨天晚上一样冲下楼去，不让她们知道我来过。但我的腿偏偏不听使唤。我恨自己，感觉自己就是个孬种。我为什么要来呢？我在心里问自己。屋内回应的是陆璐的妈妈："璐璐，快去开门！"那声音明显是命令，没有了满含爱意的商量的味道。

我突然感到一阵心痛。在我的印象里，陆璐的妈妈似乎不会以命令的口气说话。

我没有听到陆璐说话，只听到一个陌生男人的声音："我去吧！"

接着我听到了脚步声。陆璐的妈妈赶紧说："我去！"那个男人回答："我去！"

话音刚落，我已经站在了大家面前。

"谁呀？哦——是小军呀！"陆璐的妈妈坐在沙发上，没有站起来。

陆璐的妈妈不再叫我"军儿"，又改叫我"小军"了。我感到被彻底忽略了。

"进来吧！"我面前的陌生男人淡淡地说道，好像他就是这家的主人。他的一只手把着门，跟我第一次到陆璐家，陆璐妈妈一样把着门。

我立即想到，这肯定就是陆璐提到的"那个男人"了。我向客厅扫了一眼，陆璐正背对着她妈妈，蜷曲在沙发上，怀里抱着靠背。

我走了进去，陌生男人在后面将门轻轻地关上。

我感到奇怪，仿佛我是被关在门外的。我一脸不高兴，担心他们会看出来，于是挤出笑来。

我感到从门口到沙发的距离突然宽阔无边了，陆璐的妈妈离我非常遥远，我们之间隔着一片汪洋大海，我住在海这边，陆璐的妈妈待在海那边。即便我千方百计跨过海，也只是个迟到者。我甚至感觉到，陌生男子几步就能跨过的距离，我却一生都无法跨过：我会淹死在茫茫大海，我会迷失方向，我会渴死在海中，我会被鲸鱼吞噬……

陌生男子先我到达沙发跟前，挨着陆璐的妈妈坐了下来。他们靠得多近呀，近得连空气也不能透过。

我看到陌生男人想把手臂放到陆璐妈妈的腰后面，但被陆璐的妈妈制止了。

我站在他们面前，恨死了那个男人刚才的举动。我不知道应该坐在哪里。陆璐的妈妈似乎动也懒得动一下。陆璐坐在她妈妈的右手旁，中间空着，但不足一个人的位置，如果我坐进去，势必会很挤，势必会触碰到陆璐和她的妈妈。但如果我坐其他空位，就只能挨着那个男人坐。

就在那个陌生男人开门的瞬间，我就感到我跟他有几辈子的仇恨似的。我讨厌他靠陆璐的妈妈那么近，我想象自己瞬间增大几倍，变得力大无穷，一拳就能把他打死。我模仿电视剧中的情节继续构思——这个男人是个大坏蛋，我当着陆璐的面拆穿了他的阴谋，陆璐的妈妈知道以后非常生气，将他扫地出门，永远不再理他。

我走到陆璐面前，正准备插空坐下去的时候，陆璐的妈妈站了起来。

"你跟璐璐玩吧！"陆璐的妈妈突然说，"我去弄饭——你跟我到厨房，让两个小家伙自己玩吧！"她又对陌生男人说。

陆璐的妈妈是故意走开的。他们两人已经走进了厨房，厨房里顿时传出了两个人有说有笑的声音。

我听到陆璐的妈妈笑着说："正经一点！"……我还听到那个男人的笑声。

我用手去抓陆璐，陆璐扭动着肩膀，转过来大声对我说："干什么？"

我发现陆璐一直在悄悄地流眼泪，刘海散乱地贴在了额头上，脸上也脏兮兮的。我不知道那是汗水还是泪水。我像个傻子似的坐着，呆呆地望着电视，可耳朵并没有关闭。我在听着厨房里面的动静。我不想理会陆璐，就算我去理会她，她也会对我大吵大闹。我突然同情起陆璐来，也开始认为陆璐的妈妈不再喜欢她了。

我向窗外望了一眼。窗外一片伤心的惨白色。一片阳光泼洒进来，穿过那盆毫无生气的绿竹，地上的阴影死死的，动也懒得动。

我有种想哭的冲动，泪水多次在眼眶里打转，都被我堵回去了。

我终于找到了哭的理由。也不知道为什么，陆璐在我的手腕上使劲咬了一口。我"哎哟"一声抽回手来，哇哇大哭起来。

我都被她咬出血了。直到今天，我的手腕上仍然清晰地残留着陆璐的牙齿印，十颗牙齿印排列成一个不规则的椭圆形。

陆璐的妈妈从厨房里冲出来，腰上系着围裙，问也不问发生了什么事，对陆璐劈头盖脸地质问："璐璐——你是不是要跟妈妈作对？"

那个男人也出来了，站在陆璐的妈妈身后，扯陆璐的妈妈后衣襟，直说："算了，小孩子家斗气！"但我从他的语气中听出了责备，像是针对我说的。

陆璐的妈妈很生气地说："都十几岁了，你以为你还小啊！你是不是想要我揍你才肯听话？"

那个男人想把她往厨房里面推："好了，好了，不要生气了！"

"家里没有醋了，去，去给我买瓶醋回来！免得待在家里跟我要脾气！"陆璐的妈妈走到陆璐身边，将她一把扯了起来。

陆璐挣脱她妈妈的手，发疯似的冲到门边，打开门跑了出去。

我也跑了出去，但我不是去追陆璐。

我刚走出门，那个男人就走过来将门关上了。我被彻彻底底地关在了门外，而将我关在门外的居然是那个男人。

我感到绝望了。

我听到那个男人急促的脚步声，以及他对陆璐的妈妈说的话。

我听到他说："好了，别生气了，过阵子她就会接受我的！"接着，我便听到了陆璐妈妈的哭声："她怎么这么不懂事，我一个人养她容易吗？"

"好了，好了，好了，我知道你不容易！她很快就会明白的。"那个男人安慰道，"你怎么跟自己的孩子计较呢？别想那么多了，你现在不是有我吗！"

我再也听不下去了，跌跌撞撞地冲到了楼下。

陆璐在前面跑着，边跑边哭。我追上去，因为我还想再到她家看看。我告诉自己这是最后一次。

我知道，我必须追上陆璐，跟她一起把醋买回去，才能为自己找到最后一次走进她家的理由。

十五

我劝说了很久，陆璐才同意去买醋，然后跟我回去。

其实我应该知道，陆璐的妈妈之所以叫陆璐买醋，只是为了把我们支开，她那会儿不想见到我们，以免心烦。更确切地说，是把我支开。

我跟陆璐提着醋瓶子走上楼梯，陆璐说她出门时忘记带钥匙了。

我们按了好几次门铃门都没开。猛烈的阳光弯曲着钻进楼道，直照在我身上。我突然打了个冷战。

我们在外面足足站了好几分钟。我都快要急死了，急得直打冷战。尽管汗水顺着眼角流进了眼里，但我感到很冷。

我想起了在乡下读小学的时候，冬天下大雪，刮大风，教室四壁的窗户全都用油纸密封起来，墙缝也全都用稻草塞死了，冷风根本就钻不进来。上课的时候，老师让我们围成一个圈，中间地上生起一堆柴火，我们就坐在板凳上，书捧在手上，或摊在大腿上，听老师讲课。木柴是由每个学生早上上学时带来的。吃过早饭，背着书包上学的时候，每人带一根木柴，既可以当拐杖探路，又可以到学校后烧火取暖。记得读二年级那个冬天的一个早上，因为头天晚上下了一整夜的雪，瓦房上积雪太厚，天亮了也看不到，所以爸爸起来得比平时晚，我上学自然就迟到了。我带着一根木柴一路跌跌撞撞，膝盖摔得生疼，快到了还掉进了雪窟窿里。雪落进了靴筒，很快就融化了。北风一个劲儿地吹。我的脸就像被刀片划似的，鼻子也失去了知觉，耳朵火烧火燎的，身子在衣服下面僵硬了一般。我来到教室门口，推了半天也没把门推开，于是用拳头砸，还是没人开门。我把耳朵贴在木门上听，可听不到里面的声音，耳朵里满是风声。我又改为用脚踢门。我快冻坏了，每踢一下门，就蹦一下。拿木柴的手已经冻麻木了，我将木柴靠在大腿上，双手拿到嘴巴前，用嘴哈气，一边不停地搓着。我想着老师快点儿来开门。可等了很长时间，就是没有人来开门。我喊也没人应答，风见我张嘴，就往里钻，跟强盗似的。我气炸了。我想，老师肯定是故意不开门，他准是在想：谁叫你这么晚才来呢？我感到手稍稍暖和了一点，又拿起木柴，这次是一边用脚踢一边用木柴敲。门终于开了。让我始料未及的是，老师不问青红皂白，就把我训斥了一顿。我当时脑子里顿时嗡嗡一片，像有一个蚊子军团在里面行军作战。感觉脸一下子燃烧起来，不再感到冷了。我当时也不知道是怎么想的，也不知道哪里来的胆子，怼了老师。老师诡异地瞪着我，诡异之中更多的却是惊讶。我咬牙切齿地喘着粗气，呼出的气像一缕缕沉重的烟雾，向地上跌落。我学着老师的样子也瞪着他，胸部一起一伏。老师一把揪住我的领口，将我拽进了教室……

　　帮我们开门的是那个男人。

就在那个男人拉开门的瞬间，我就知道了，在我跟陆璐买醋的这段时间，屋里究竟发生了什么事情。其实我在跟陆璐站着等开门的时候，我就已经猜测到了。但我无能为力，尽管我当时幻想自己是个超人，一根指头就能把门戳穿，抓住那个男人……但我什么也阻止不了。

我要阻止什么呢？我是多么荒唐、多么可笑啊！

那个男人伪装得很好，开门之后就朝厨房走去了。陆璐的妈妈从卧室走出来，正整理着衣服下摆。我和陆璐出门时她系在身上的围裙不在了。

陆璐的妈妈脸上尚留一丝慌张，还有一丝羞涩，但都被很好地伪装起来。她的脸在我的印象中从来没有那样舒展过，那样光鲜照人过，额头上那条浅浅的皱纹也不见了。

陆璐还在质问她妈妈为什么这么久都不出来开门。陆璐的妈妈支支吾吾，说他们正在厨房里洗菜，水龙头冲洗的声音太大没有听到，叫陆璐把醋拿到厨房去。

醋瓶当时在我手里。醋瓶是塑料做的。我冲到厨房门口，举起醋瓶就朝那个男人的身上砸了过去。

我连看都没看是否砸中，就转身冲了出去，一口气冲到楼下。

十六

我疯狂地跑过陆璐家的小区，尽管很想回头，望望她们家的窗户，但簌簌跌落的泪水迷住了双眼。

我一口气冲到街上，漫无目的地向前奔跑。

我忘记了我没有吃早饭，忘记了现在该是吃午饭的时候了。我的脑子里只有那个男人和他胜利的笑容。

我不知道我在朝哪个方向跑，反正跑累了就慢下来，毫无选择地往前走，全然不顾汗水打湿了衣服，粘在身上。

天逐渐暗淡下来。

我还在漫无目的地走着，街边店铺都开始关门上锁了，偶尔一扇银灰色的卷帘门被拉下来时，撞在地面上发出颤抖的尖叫声。

街灯陆陆续续地亮了，我走过的地方越来越破落，尽是些卖五金建材、橡胶轮胎、玻璃门窗的门面。

就在我意识到该回去了的时候，我发现周边一带全都是些卖录音磁带的商店。

一家商店里正播放着邓丽君演唱的《你怎么说》……我没忘记你你忘记我，连名字你都说错……

另一家商店里正播放着张学友演唱的《饿狼传说》……她熄掉晚灯幽幽掩两肩，交织了火花拘禁在沉淀，心刚被割损经不起变迁，她偏以指尖牵引着磁电……

还有一家商店里正播放着李春波演唱的《一封家书》……爸爸每天都上班吗？管得不严就不要去了，干了一辈子革命工作，也该歇歇了……

　　……

　　我分不清哪首歌是哪个人唱的，也分不清这些乱七八糟的声音到底是从哪家商店里传出来的。我觉得这些人不是在唱歌，而是在撕心裂肺地乱喊乱叫。

　　穿过到处卖录音磁带的那条街，就好像穿越一道道迷瘴——一道道哭喊的迷瘴。

　　夜渐渐沉默，街灯变得迷离，门市全都打烊了。有时一段路上没有灯光，只是漆黑一片。于是，我疲倦地跑过去，赶紧来到有灯光的地方。还有声音，还有从夜总会以及歌舞厅传出来的模糊的声音，但那些声音听起来都很遥远。偶尔一辆卡车从身旁开过，好像从我的身上碾过，呼啸而去仿佛肋骨被碾断发出的声音。而那灯光，又刺激得我睁不开眼睛，更加深了我眼前的黑暗。

　　但这又有什么关系呢？反正也没有人理我，没有人在意我，都这么晚了，也没有哪个人找我。就让我走吧！就让我死吧！

　　我又走进了一条没有灯的街道。肚子饿得受不了，大腿酸软，还感到有些冷，尽管这是夏天。我感到眉骨涨得生疼，好想合上眼皮，将自己置于意识的黑夜。

　　我想买吃的，以便接着走，可身上只有一元钱，更何况这里根本就没有人卖吃的。

　　我望着街道两旁一个个黑洞洞的窗户，想象着无数的窗户里躺着的尽是一家家舒适的、温暖着的亲人。我仿佛听到了他们的梦呓，仿佛伸手便触及他们温暖的被窝，以及一些温暖的身体。也许就在这无数的窗户中的某个窗户里面，曾经，或将来，也会有个孩子跟我一样在深夜流落街头。

我在黑夜中大声哭喊："爸爸——妈妈——我饿——"可我什么也没有听见。

我想起了中午从陆璐家跑出来的情景。也许，陆璐的妈妈跟陆璐都知道了我没有回姑妈家，她们要是知道我现在还没有回姑妈家，一定会着急的。为我着急的，应该还有姑妈和表妹她们。姑妈和表妹她们肯定在到处找我，一定急坏了。可能已经报警。我不能让陆璐的妈妈担心，也不能让陆璐担心，更不能让姑妈担心，否则姑妈就会认为我不听话，就有理由把我赶回乡下，到时爷爷和爸爸一定会狠狠地揍我。

我身上不是还有一元钱吗？我得给姑妈打个电话，告诉他们我没事。我忘记饿了。我要走到有灯的地方去，找个电话马上告诉姑妈。

我小跑着穿过许多条街道，可到处房门紧闭。我那个时候脑子里想了很多，但没有一件事是清晰的、完整的。我只记得，我急切地需要电话。当时，我根本就不知道自己在哪里，好在后来我在一个还有许多人出没的地方找到了电话。也许今天我可以告诉你了：我当时打电话的地方就是现在的渝中区菜园坝火车站，而当时姑妈家住在现在的九龙坡区陈家坪。两地相距说远不远，说近不近，即便今天，坐公车一般也得半小时。

我拨通了电话，接电话的正是姑妈。

我在电话这头哭着叫了一声："姑妈——"

姑妈在电话那端又是高兴又是生气地问我："你跑哪儿去了！你现在在哪儿呀？"

我哭泣着望望四周，一片陌生，我对着电话说："我不知道——"

接着，我便听到了姑妈的哭骂："你真想把我们急死啊？……急死人了，你！大家到处找你都找不到，到处打电话，问你同学陆璐，说你中午饭都没吃就走了……"

把月光放进来

一

　　清晨，强子双手掩着兰草的颈项，搁在枕头上，头斜枕在兰草的右耳侧，面朝兰草。强子微闭着眼睛，眼角周围密布困倦，额前的头发翘了起来，额头上的那条疤痕暴露无遗。强子的肩膀裸露在外，被子横在腰上。

　　兰草想要挪一下身子，但强子实在太重了。

　　兰草抬起头来，透过窗前那棵梨树密密的叶子，望见月亮冷冷清清地坠在山头。

　　屋后竹林中鸟儿叽叽喳喳地闹开了，狗在院子里汪汪汪地吠了几声。

　　兰草用力将强子推下身去，双手撑着床板，身子往上蹭着，慢慢地坐了起来，将被子拉上来给强子盖上，在被角处轻轻掖了掖，眼角窜出一串泪花。

强子翻了个身，嘴唇抿了两下，嘴角浮出一丝浅笑，背朝里继续睡着。

下床之前，兰草再次俯过身去，深深地俯下去，望着强子露出的半张脸。那是一张多灾多难的脸，那是一张充满着不幸的脸。

兰草举起的右手，想要摸摸强子的额头，却突然僵住了。一滴滚烫的眼泪重重地落在强子的嘴角。

强子的嘴轻微地蠕动两下，脸朝下稍稍转了转。

兰草的心乱成了一团糨糊，过去发生在强子身上的那些事情就像蹲得太久突然站起时眼前冒出的金星一样，在兰草的脑子里噼里啪啦地炸着。

兰草感到浑身无力，想要倒头再睡，但她还是含着眼泪下了床，穿好衣服轻脚轻手地来到门背后，又惊慌失措地转过头去，生怕自己吵醒了强子。

兰草清清楚楚地听到了强子沉重的呼吸声和自己的眼泪滴落在地上的声音，心头立时涌上来一股酸楚的苦水。

兰草来到鸡圈门前，弯腰打开了圈门。鸡们争抢着冲出圈门，挺着脖子，扑扇着翅膀飞跑。大红公鸡扭着脖子，围着那只好长时间没有下蛋的母鸡转圈，咯咯叫着。

打开鸡圈门，兰草手撑在鸡圈顶部，差点儿晕倒在地，好半天才失魂落魄地走到屋左边的牛圈门口，抱起一捆草朝木围栏内的黄牛扔过去。她看到牛的眼角挂着一坨眼屎，一边吃草一边望着她。她又抓起几把草朝拴在角落里的羊扔去，突然感到脑子里一片空白，不知道接下来该干什么了。

牛吃起草来挑挑拣拣。羊打了两个喷嚏，"咩咩"叫了两声，望着兰草，嘴巴有规律地左右磨着，尾巴不停地摆动。

兰草伏在木围栏上，脸在衣袖上胡乱地擦着，直到眼睛都红了，衣袖都皱了湿了，才磨磨蹭蹭地走进灶屋里。

五月的清晨。村子里每家每户瓦屋顶上的烟囱里都冒出了青烟。

田间秧苗上方覆盖着一层薄薄的轻雾。东边远处梁上头射来几缕柔和的阳光，穿过稀稀疏疏的树，渐渐变浓、变明、变亮、变淡……

灶屋里响起了锅碗瓢盆不规则的声音，屋顶上面的烟囱里很快腾起一缕青烟。

二

强子今年二十二岁了。十年前的一个夏天傍晚，强子的爹王长寿从村子外面东倒西歪地向家中走来，衣服被刺钩破了，浑身散发着酒气。

强子刚从学校回来，见他爹正抓住拴在池塘埂上的牛亲嘴，一个劲地重复着说:"你这头蠢牛知道吗,老子的香火续上了!"

强子晓得,爹这是又喝醉了,于是连忙扔下书包,跑过去拉住他的衣襟说:"你又喝酒了,爹——上回喝醉差点儿把娘的手腕打断了,到现在还没好呢!"

"滚开!哪个要你管!你这个野种!"王长寿对准牛嘴接连猛亲了三下。

强子仍扯着王长寿的衣襟不放,他对王长寿叫他野种早就习以为常了。

"滚开!你耳朵聋了吗?"王长寿傻呵呵地说,"回去告诉那老母狗,老子又到外面偷人去了!老子以后再也不会将就她了!她不给老子生,有的是人给老子生!"

"你又在胡说八道啥子?"不晓得啥时候,兰草已经站到了院子外面的菜园旁,大声骂起来,"回来,强子!不要理他!他那是尿(酒)喝多了,喝傻了!"

"晓得了,娘——"强子望着娘,"可是爹他——"

"他不是你爹!"兰草两脚叉开,双手叉腰,面朝池塘,向地上吐了一口痰,"还不快点儿回来!我叫你不要理他!"接着又对王长寿大骂起来,"一天到晚在外面灌马尿!你回来干啥子?你干脆死在外头好了!去找你的骚狐狸精,找她给你下个野种!"

"你这个臭婆娘!老子想跟谁就跟谁!老子的屋,老子想啥子时候回来就啥子时候回来！你他娘的管不着！"王长寿放开牛绳，一手挠着脑袋一手挖着鼻孔，"你皮子又痒了是不是？信不信老子揍你？别以为老子有段时间没揍你，你就可以吆五喝六了！"

强子从地上捡起书包，跑到兰草身边，傻乎乎地望着王长寿。母子背后，强子的婆婆陈莲花正从院坝走向菜园，脸色阴沉。

"有种你揍啊！你以为老娘怕你！你也就这点儿本事！还好意思说这是你的屋！你也不撒泡尿照照！"兰草又朝地上吐了一口唾沫，"我呸！你们娘儿俩管过这个屋吗？一个只晓得喝马尿，在外头养野女人，一个就从早到晚咒骂自己的儿媳妇，生怕咒不死我。你还有脸回来，你去找那个寡妇呀！人家杀鸡宰鸭、好酒好肉地招待你呢！"

"又开始吵了！老天爷呀，你都看到听到了吧？"陈莲花走到菜园外，"你害我儿子还嫌不够吗？你让他断子绝孙，你还要折磨他！都是你这个不要脸的，还没嫁人就挺着个大肚子。你还好意思骂我的儿子……老天爷，你都听到了吧！你发发神威吧！你让这个女人的嘴巴烂掉，下身也烂掉……"

兰草两面受敌，不晓得跟哪方对阵。强子站在他娘身边，望着娘红红的眼睛，一声声地叫着："娘——娘——娘——"

兰草望着男人王长寿，望着他身后那一片乌红的落霞，耳朵里满是婆婆的诅咒和强子怯懦的叫声。

她的眼睛蒙眬了，嘴唇嚅动了好半天，再也骂不出一句话来。

三

落霞渐渐变淡、模糊、消失。夜晚的脚步声悄悄地响起在院子的四周，瞬间踏遍了村里的每个角落。家家户户屋檐下的电灯陆陆续续地亮起来。

王长寿坐在板凳上抽烟，望着满天的繁星。陈莲花悠闲地坐在另一条板凳上，用手拍打着自己的小腿肚，说是促进血液循环，可以延年益寿。

兰草正在灶屋里忙活，准备晚饭。强子坐在灶前帮她生火。

陈莲花还在生儿媳妇兰草的气。她感到一肚子的委屈无处诉说，是兰草高攀了自己的儿子，嫁过来的时候就挺着个大肚子，儿子一直替人家养野种，十几年来白忙活了。

"你以后还是少在外头胡来，"陈莲花对儿子说，"免得人家到处说闲话！"

"哪个想说就由他去说！"王长寿不以为然，语气中满是委屈和怨愤，"嘴巴长在人家身上，我哪儿管得着。"

"都怪你爹死得太早了！可当年娘要是不同意这门亲事——你也晓得我们家，当时就那么个情况——"

"别说了娘，早知她——村里体面的女人多的是，我要好多有好多——"王长寿虽然嘴上这么说，但他从未想过，一旦没了

74

兰草他会怎样。

"你小点儿声！她听到了又要来骂我。唉——也真难为你了，哪个养野种好受呀！小小年纪就向着他娘，以后长大了那还了得！"陈莲花唉声叹气地拍打着小腿肚，她的话在儿子王长寿的耳边来回萦绕。王长寿的心骚动起来，想要发作，但又不晓得怎样发作。他的酒意早已淡去，脑子里空荡荡的。

"你说兰草——我只想跟她生一个，主要是她不干！"王长寿仰面倒在板凳上，双手枕在头下。

陈莲花上身探向儿子，抢过话来："不如你去和那个寡妇商量商量，叫她给你生一个！"

"她就是个骗子！"

"你不说她要给你生吗？"

"她的话你也信？她只想我帮她干活儿。"

"那你还要跟她来往？"陈莲花说，随即调正了坐姿，"莫非我们老王家真的要断子绝孙吗？"

"快别再说了！——小心着凉。我进屋看看！"王长寿从板凳上站起来，走上院阶。

"你以后还是少喝一点儿酒！你看村子里哪个人一天到晚醉醺醺的！唉——"陈莲花长长地叹了口气，又自言自语道，"真是作孽——生下这么个野种，一辈子替人家养着，还要经常受气。小畜牲有良心还好，要是跟他娘一条心可就惨了！我倒活不了多久了，只是我儿长寿——以后老了，连个送终的人都没有……"

四

灶屋里传来碗被摔破的声音，接着是兰草的叫骂声，强子的哭泣声，王长寿打人骂人的喘息声。

王长寿扯住兰草的头发使劲往桌沿上碰。兰草的牙齿碰掉了一颗，血顺着嘴角流出来。

兰草双手抓住王长寿的手腕，血和眼泪混在一起。

强子慌了，抱住他爹照着大腿咬了下去。

王长寿"哎哟"一声松开兰草，抓起强子的两条胳膊，用力向灶头方向摔过去。

强子撞在灶沿上，又落在地上。额头瘪了下去，鲜血直流。

兰草急了，哭喊着奔向强子。

强子从地上爬起来傻傻地站着，翻着白眼望着兰草，不晓得额头上正在流血，嘴里不停叫着："娘——娘——娘——"

兰草顾不上自己，忙用手掌按住儿子的额头。

强子的叫声越来越弱，有点儿站不稳似的，一副没有睡醒的样子，上眼皮直往下盖。

兰草慌乱中扔下儿子，奔向案板，抓起菜刀向王长寿冲过去。

王长寿惊慌不迭，退到门外，转身逃向夜色中。

兰草朝王长寿的后背扔出菜刀，也不管中没中，转身将儿子抱在怀里。

强子不停地叫着："娘——娘——娘——"

兰草哭喊着："强子莫怕——娘在这里——你别吓娘——"一边扯掉袖笼子，按在强子的额上。

血浸透袖笼子流了出来，兰草又将围裙解下，缠在儿子头上，背起儿子就往村里冯医生家跑。

五

兰草背着儿子飞奔，高一脚，低一脚。强子的脑袋耷拉下来，垂在兰草的肩膀上。兰草气喘不止，惊慌地叫着："强子，一会儿就到了，很快就没事了。等你好了，娘就给你买新衣服，买陀螺，买铁环……强子，你在听娘说话没有……强子，不要睡觉，一会儿冯叔叔给你打一针就好了……"

兰草身上全湿了，背心冰凉一片，几次差点儿跌倒。

强子喜欢月亮，喜欢月亮跟着他跑。今晚月亮还没升起来，强子在娘背上耷拉着脑袋，没有关心月亮是不是跟在他后面跑。

兰草飞奔过一条白净的大路，踏上一条长满了杂草的田埂。尽管她踩到了一条蛇，并将蛇的脑袋踩扁了，但她啥都不晓得。

她的脑子乱成一团，形成的图像也只是些七零八落的碎片，只感到一股呼啸着的热风从耳边刮过……

兰草的脑子里不断闪现出多年前的那个月夜，她惊慌失措地跑过那片玉米地，躲进附近的树林里，伤心地哭了起来，浑身上下筛糠似的……

那晚，兰草吃过晚饭，出门与人私会。哪知她去晚了，那人早已离开。他们事先约好在玉米地中间的那块石头后面相会。然而她赶到那里，连个人影儿都没有。她以为他还没有到呢，就坐在那里等。哪晓得一等不来，二等也不来。兰草正打算往回走，村里的老光棍胡大宝突然从石头后面冒了出来。

兰草"哇呀"一声，借着月光看清那人是胡大宝，吓得连连倒退，一屁股跌坐在地里。

兰草想喊救命，可胡大宝已经扑了上来，用手捂住了她的嘴……

胡大宝早就晓得他们幽会的事情，也监视了他们好几个晚上。那天晚上他一直躲在玉米丛中，看到兰草的相好袁明亮离开，晓得机会来了，于是躲着耐心等待。

胡大宝小心翼翼地绕到石头后面，确定四周没人，就对兰草下了手。

兰草摸着一块碗大的硬土块，劈头盖脸地砸向胡大宝。胡大宝倒退中撞到了石头，后脑勺似乎撞破了。他用手摸了摸，举起手在月光下看，手指上黑乎乎的。

兰草忙乱中抓住衣服裤子的破片，发疯似的跑过玉米地，不管脚下踩着啥子，一口气跑进那片树林深处……

在此之前，兰草已经跟袁明亮怀上了，那晚私会，正是为了讨论结婚的事情。兰草感到痛苦难受，是因为她平日见到胡大宝都觉得恶心。

兰草在树林深处一阵阵干呕，感到心肝肺都要呕出来了。

这事毕竟没有包住。第二天中午，袁明亮来到那片玉米地，断定头天晚上发生了极不寻常的事情。他看到石头上有血迹，地上也有，而且地被踏平了；况且胡大宝在村里见人就胡说八道。他要别人猜他跟哪家姑娘干过那事。大家都不猜，见他后脑上有疤，都说他是脑子坏了，说他是在做白日梦。

大家虽然嘴上这么说，但还是忍不住东猜西想。

袁明亮发现兰草对他的态度不一样了，他再三要求晚上幽会，兰草总是拒绝。袁明亮以此断定胡大宝所说的姑娘就是兰草。

袁明亮不再跟兰草来往。兰草告诉袁明亮自己怀了他的种，但他打死都不信，说她肚子里的野种是胡大宝的，还骂她臭不要脸。

兰草也铁了心，不来往就不来往。

兰草的肚子一天天鼓起来，她爹兰禹急了，想尽快将女儿处理掉。女儿怀了娃，但毕竟又勤快又能干，找个婆家不会太难。

可是胡大宝真的疯了，见人就讲，并指名道姓。他不再帮弟媳妇干活儿了，一到中午就坐在院坝里，将裤子脱到膝盖下捉虱子。

兰草的娘李氏眼看着女儿嫁不出去，成天躲在屋子里羞于见人。她生怕跟邻居见面时对方提起女儿。兰草的哥哥跟嫂子脸上也挂不住，看到妹妹还敢在外面抛头露面，哥哥就对她说："你别再丢人现眼了！"嫂子常在饭桌上给她甩脸子，将饭碗用力掼在桌上。每当这个时候，李氏总会丢下碗筷转到门外抹眼泪。

一天傍晚，王长寿提着一瓶白酒、两条香烟，只身来到兰草家。半个月后，兰草成了王长寿的女人。

六

强子的前额凹陷下去好大一块。冯医生给强子打了麻醉针，在伤口处缝了十八针。

冯医生是村里公认的老实人。兰草嫁给王长寿的时候他才十四岁……现如今冯医生结婚快八年了，有一个女儿，刚满六岁。女人四年前跟人到内蒙古打工，如今音讯全无。这几年来他一直老老实实做人，规规矩矩行医，在村子里口碑一向很好。有人劝他另找，他说女人总有一天会回来的，明年再不回来，他就带女儿到内蒙古去寻。

冯医生帮强子缝好伤口，上好药，再用纱布裹好，早已是满头大汗。

兰草隐隐感到牙痛，这才想起上门牙磕掉了一颗。她将儿子安置好，坐在床沿上伤心地哭了起来。

冯医生很累，倒在藤椅里休息。他看到兰草颤抖不止，便走过来安慰。兰草抬起头来望着冯医生，眼泪扑簌簌地直往下掉。

"我的命嘟个这么苦啊！"兰草哭喊着，"我上辈子到底造了啥子孽呀，老天爷要这个样子惩罚我！强子要是有个啥子三长两短，我以后还嘟个活呀！"

"没事，没事了！不会有啥事！不过以防病情有变，今晚你就暂时委屈住在这里。你还没吃饭吧？灶屋还有剩饭，我去给你端来！"

半夜三点，强子发烧了。兰草慌忙叫醒了冯医生。冯医生差不多用尽了各种办法，强子的高烧就是不退。

天色渐渐亮起来。强子闭着眼睛，扭着身子说胡话。兰草急了，起身到灶屋里打来一盆凉水，浸湿洗脸帕给强子擦身子。

冯医生又给强子注射了消炎药和退烧药。

天亮了，强子渐渐退烧了。兰草连忙拉过冯医生给儿子把脉。

冯医生拿起强子的手，号了半天脉，脉搏正常；又量体温，体温也正常。

冯医生对兰草说："没啥子事了，烧退下来了！"

强子翻着白眼对兰草说："我饿——"

兰草来到灶屋，把饭端到儿子面前，说："强子，娘喂你！"

强子说："你不是我娘！"他似乎不认得兰草了。

很久以后，强子才相信兰草就是他娘。强子认识娘了，但智力停止发育了。

七

王长寿说进屋看看，把母亲一个人留在了院子里。

王长寿先去加了件衣服，跟着来到灶屋，见兰草正在案板前忙活，走到灶前，靠在墙上望着强子生火。强子和他都没说话。

看到男人，兰草的气却不打一处来，聚集在心头的怒火正愁找不到地方发泄，便没有好声气地说："回来干啥子？去找那个寡妇呀！"

"少说风凉话了！"王长寿一点儿也不忍让。这些年来，在他娘的教唆之下，他越来越觉得吃了亏，"老子找得到！有本事你也找一个！"

"不要脸！"

"哪个不要脸？"王长寿站直身子，"挺着肚子嫁人，全村人都晓得！我不要脸，要不是我，看看有没有人要你！在娘屋下野种，羞死你祖宗十八代！"

"放你娘的狗屁！"

"那你找呀！再下个野种折磨我！"

"到底是哪个在折磨哪个？"兰草放下手中的活儿，将手在围裙上擦拭着，"你让我们娘俩都没法活了，还嫌不够？你出去丢人现眼也就算了，那个老不死的还要到处宣扬。我折磨你？我扪心自问对得起你！对得起你们王家！你说你这些年都干了些啥子好事？要不是我把这个屋撑着，这个屋早垮了！你一天到晚地鬼混，我说过你没有？你把屋里的东西偷出去送给那个烂娼妇，把强子的学费拿去给她买小吃，你丢不丢人？"

"你还有理了！——信不信老子一脚踢死你？"

"来呀！你来踢呀！你不踢就不是人！"

王长寿冲过去抓住兰草的头发，用力往饭桌旁边拽。

陈莲花先是听到儿子跟儿媳骂架，跟着看到儿子从灶屋慌不迭地跑了出来，箭一般冲向池塘外，跟着兰草出现在门口，一把菜刀飞旋着滑过儿子的耳边。不一会儿就看到兰草背着强子冲出门外，发疯似的跑下院坝。她不晓得发生了啥子事情，直待走进灶屋，看到地上的血，当场昏了过去，半夜醒来仍躺在地上。

王长寿从灶屋里跑出来，一口气跑下院坝，站在池塘埂上，惊惶未定，气喘不止。心想要不是跑得快，那把菜刀就能要了他的命。

没多一会儿，他看到女人背着强子朝自己这边跑过来。他以为她来找他拼命，忙从地上跃起，一口气跑到那个寡妇家。

八

寡妇名叫刘丽珍，个子矮小，胸部干瘪，右腿略微有一点儿跛。刘丽珍有事无事都喜欢赶场（上街）。这些年来，她一直一个人过日子，可她的日子比村里任何人都红火。农忙时节她也不下地干活儿，反倒打扮得花枝招展的，第二天就有七八个精壮汉子帮她干农活儿。

王长寿在刘丽珍家中出入的次数最多，听说她也最喜欢他。

有一段时间，村里人到处传扬刘丽珍有了，还说就是王长寿的种。那一阵子，王长寿走在村里的大路上，头昂得高高的，一副骚公鸡的样子。

那晚王长寿一口气跑到刘丽珍的家里。刘丽珍正对着那台十四英寸的黑白电视看。当时全村三百多户人家，总共也就四台黑白电视。

见王长寿慌慌张张地撞进来，刘丽珍吓得差点儿跳起来："你这该死的冒失鬼，你想把老娘吓死呀！"

"渴死了！给我水！快！"王长寿双手撑着大腿，不停地喘着粗气。

"渴死好！"

不多一会儿，刘丽珍家的电视就没声了，屋内随即传出两人打情骂俏的声音。又过了一会儿，只有王长寿一人在说话了："那个野种可能已经死了，我有预感。我不想那样，狗日的咬住我的腿不放，疼得往肉里面钻。我就那么一摔，见他从地上爬起来，我就跑了。你也晓得我那个不要脸的婆娘——"

"你既这么说，那我也不要脸了？"刘丽珍说话了，"好你个王长寿，狼心狗肺！你婆娘整天累死累活，你偏在这里说混话！你真没良心！"说着揪了他一把，"她哪里对不起你王家了？早晓得你是这么一个负心汉，我就不该留下你了！村子里好男人多了去了！哪个光棍不比你好？你说你给我啥子了？"

"她嘟个能跟你比呀！我看到她都讨厌！"

"你看了讨厌，人家男人看了就不讨厌了！保不准她也在外面偷人！"

"她敢！"

"你都敢她嘟个就不敢？"

"你今晚是嘟个了？脑子发烧了吗？老是帮她说话！你以前不是这样的！"王长寿顺势翻到刘丽珍身上。

"下去！"刘丽珍将王长寿推下身，将被子裹在身上，"你这没良心的，谁晓得往后会不会这样子对老娘！还想老娘给你生娃儿，做你妈的春秋大梦去吧！就你也配？老娘就算跟狗生也不跟你生！笨头笨脑的，啥子都不晓得！实话告诉你，老娘有回真的怀上了，只不过老娘打掉了！"

"你开啥子玩笑？"王长寿试着拉拽被子。

"哪个跟你开玩笑！"刘丽珍死死攥住被子不放，"老娘又没说怀的是你的！老娘亲口承认怀的是你王长寿的种了吗？下去！不要躺在老娘的床上！赶紧滚到床下去！老娘才不跟一个杀人犯钻一个被窝，睡在同一张床上！强子要是真的死了，你王长寿以后也就莫想再进老娘的屋了！"

九

兰草做好早饭去叫强子起床。强子还没醒，嘴角挂着一丝微笑。兰草在儿子的额头上轻轻地抚着，没有叫醒儿子。

兰草坐在床沿上，望着屋子里的一切。那些家具摆得整整齐齐，个个干干净净，纤尘不染。

阳光穿过窗前梨树的叶缝溜进来，落在柜子上，在边缘折断，映在了床脚。

陈莲花早已归天，王长寿也离家多年。这些年来，兰草母子一直相依为命，过着还算平静的日子。只是兰草老担心强子，生怕他又在外面惹出啥麻烦。幸好早上的冤孽事发生在自己身上。兰草不怪儿子，更不要说恨了。这都是王长寿造的孽，袁明亮造的孽，他们都遭到了报应。

这些年来，兰草逐渐淡忘了对王长寿的恨。她只想跟儿子过些安宁日子，可是日子从未让她安宁过，好在有冯医生父女帮衬。

冯医生的女人彻底没了音信，女儿冯晴雪已经出落成个乖巧的大姑娘。冯医生再也没有跟人提起过到内蒙古去找他女人的事情。晴雪对自己的亲娘完全没有印象，她早就认兰草做了干妈，把兰草当成了亲娘，还把强子当成亲哥哥。晴雪是个倔强娃儿，读完初中以后就留在了家里，坚持要跟她爹学医。

晴雪经常过兰草家来，来去都是欢蹦乱跳的。晴雪懂得兰草的心思，很讨兰草的欢心。

兰草坐在床沿上。晴雪那个鬼丫头犹在眼前，仿佛她的笑声就储存在这间屋子里。

兰草嘴角上的肌肉放松了些，但很快又绷得紧紧的。晴雪是个多好的娃儿呀，她要是我的女儿该有多好呀。

"娘把饭给你坐在锅里了，等你睡醒了起来再吃。娘上午还要去割牛草，回来去你外爷家看你外爷。"兰草小声地说。

兰草走进灶屋，一个人吃了起来。她吃得很少，感觉没啥胃口。

兰草将饭菜舀在碗里，在锅底掺半瓢水，取两支筷子搭成十字，放在锅底当搁架，将碗坐在上面，又在灶膛里留着火。这样等强子醒来，饭菜就还是热的。

将一切收拾妥当，兰草提着一桶猪食走进猪圈。她喂了三头肥猪，其中一头母猪刚刚下崽儿。她将猪食倒进石槽里。母猪慢腾腾地从圈板上爬起来。母猪肚子下面的奶头上吊着几只吃奶的小猪。母猪大口大口地吃起来，吃得很香。兰草望着那些吃奶的小猪，鼻子忍不住一阵酸涩。

十

上午十一点左右，兰草从屋后的竹林外背着一大背篓草回来。强子刚吃过饭，正坐在池塘埂上玩耍。

四周的稻田在阳光下青油油的一片，秧苗已经封沟（封田）了，长势旺盛着呢。按照百姓的说法，这几年老天爷开恩，赏口饭给农民吃，种一年能吃三年。

兰草母子的生活还算过得去，兰草一年到头靠卖肥猪跟小猪，除开贴补家用，也还可以落几个钱。

强子虽然像个娃儿，心智不成熟，倒可帮兰草干点重活儿，技术活儿干不来就干力气活儿。

强子睡到很晚才醒，是饿醒的，起床就到灶屋找吃的。吃完饭不晓得干啥子，就来到池塘埂上晒太阳。

五月的太阳不算太烈，照在身上热乎乎的。强子脱下衣服垫在屁股下，痴痴地望着池塘中的小虫子。那些小虫子一会儿钻进水下，一会儿又在水面上互相追逐着。

直到听见娘叫他，才从地上爬起来。

"我在这里——我看到袁叔叔了。"强子提着衣服朝院坝走去。

"哪个袁叔叔？"兰草放下背篓，坐在阶沿上歇气。

"袁大头呀！"

"来干啥子？"

"袁叔叔要我喊他爹，我没有喊！"

袁明亮长着一颗大脑袋，村里人都叫他袁大头。儿子前一阵子无缘无故地失踪了，跟着女人也跑了。

袁明亮到老丈人家去要人，人家反倒找他要人。

袁明亮的女人是外地人，不能生育，便从女人娘屋那边抱回来一个男娃儿，长得可像袁明亮的女人了，抱回来的时候已经满两周岁，刚巧和强子同岁。

袁明亮今天专程过来看望强子，毕竟强子身上流着他袁明亮的血。他见强子一个人坐在池塘埂上，就问他娘到哪里去了。

强子说不晓得。

"强子，喊爹！"

"你不是我爹，"强子连连摇头，"王长寿才是我爹，冯医生也是我爹。"

"他们是冒充的，我才是你爹！"

"你才不是呢！你想骗我！娘说爹是个坏人！是他先不要娘的，娘也不要他。娘说我没有爹，我要是想，就喊冯医生爹！"

袁明亮气愤不过，转身朝冯医生家中走去了。强子望着袁明亮远去，对着他的背影吐口水、伸舌头。

十一

强子来到兰草身边。兰草见他脸上有条伤痕，以为又是被哪个给打伤的，一把将他拉到自己面前，"这里啷个了？哪个打伤的？"

兰草的眼睛湿润起来，又想起了那个遥远的下午——

兰草正在竹林外打猪草。晴雪慌慌张张地跑到竹林外，大声喊道："干妈，强哥哥被人打了，几个大娃儿把他踩在脚底下，把他的脸打出血了！"

兰草扔下镰刀，一口气奔到出事地点。

那年强子十六岁。那天下午，强子正在池塘外边放牛，看到村里几个读书的女娃儿从公路那边有说有笑地走过来。

其中最大的在镇上读高三，跟她一起走的还有几个初中生，回来时又在村口碰到几个小学生，于是走到了一起。

池塘外边是一条大路，下面是一条村路。

强子见她们有说有笑，于是扔下手中的牛绳，朝着那群女娃儿走过去。见一个傻子走近，最大的那个女娃儿显得非常勇敢。

她叫大家不要怕，又对强子说："傻子，你想干啥子？"

强子不说话，只顾傻笑，一步一步地向她靠近，心头陡然冒出一股暖流。几个小丫头被强子的样子吓呆了，忙从地上捡起石子向强子投来。强子顾不上石子，继续向那个最大的女娃儿靠近。她也捡起石子朝强子的脸上扔。那些女娃儿边投边退。强子小跑起来。强子抱住了最大的那个女娃儿的腿，把她推倒在地，又去撕扯她的衣服。那个女娃儿手脚并用，又抓又蹬，可是仍然摆脱不掉。那几个初中生也都捡起石子捏在手里，跑过来对着强子的头一阵乱砸。强子从地上爬起来，坐在地上吱哇乱叫，脏兮兮的手不停地揉着眼睛。

就在强子放声哭闹之际，刚才离开的几个小学生叫来了自己的哥哥。她们一共叫来了三个跟强子一般年纪的男娃儿，后面跟着一群看热闹的光屁股。那三个男娃儿一上来就把强子打翻在地，两个按脚，一个骑在肚子上，翻来覆去地捆他耳光。正巧晴雪路过看到了，于是赶忙跑去找干妈。

　　兰草推开他们，抱住强子扯心扯肺地哭："你们这么多人欺负一个傻子不害臊吗？"

　　"哪个叫他欺负我妹妹！"三个男娃儿中的一个说。

　　"哪个叫他欺负我姐姐！"另一个毛头小子跟着说。

　　"那也不该这样打他！你们跟我说，让我管教他啊！"兰草扒开儿子的头发，用手掌揩拭儿子脸上的血迹。

　　他们把强子的鼻孔打出了血，还在他脸上抹了稀泥。

　　"他是个傻子呀！你们把他打成这个样子！你们见到他走远一点儿不行吗！"

　　"他脱小李姐姐的裤子！"一个八九岁的小姑娘猫在人群中探出半个脑袋说，"他脱小李姐姐的裤子！"

　　"滚！滚开！都给我滚！有啥子好看的！我儿子强子被你们打成这个样子！看我不找你们的爹娘！要是我把你们也打成这个样子，你们的爹娘不晓得有多伤心！欺负一个傻子算啥子本事呀！傻子的肉就不是肉吗？傻子也是肉长的！傻子也是妈生的！看看你们，把他的脸都打肿了。我要去找你们爹娘算账！"

那群娃儿散开了，最后离开的是几个年纪较小的光屁股。

黄昏迈开了蠢笨而迟缓的脚步。夕阳抹红了墙壁。牛在塘埂上凝神听着啥子，嘴里慢慢地咀嚼着。池塘里有青蛙蹦跳的声响。一阵凉风吹过，水面泛起几缕波纹。

强子早已经忘了疼痛和委屈，坐在屋檐下发呆。兰草牵着羊，背着猪草背篓从屋后面走到前面来。

十二

"娘问你呢，你的脸嘟个了？哪个把你的脸弄伤的？"兰草端详着强子的脸，几乎又要哭了。

"被刺划的。"

兰草没再开口，静静地端详着强子的脸。这张脸跟袁明亮年轻的时候一模一样。兰草端详着这张脸，隐隐约约又见到那晚的月亮……月下的玉米地……地中间的那块大石头……老光棍胡大宝……那片树林子……还有她躲在树林里呕吐……爹在村里各家各户进进出出，好把她嫁出去……她被几个亲戚拖出家门……她娘一转过头就抹眼泪……

"娘——你嘟个了？你哭啥子？"

强子连忙伸出手来帮兰草擦眼泪，自己脸上的笑容也不见了，想哭，鼻尖酸酸的，喉咙里就像被啥子堵住了。

"娘没事。娘到你外爷家去看你外爷，一会儿就回来。你今天啥子也不用干，就在屋里好好地耍一天。娘今天不会管你——"

兰草进屋换件干净衣服，出门走上屋左通往娘屋的路。

兰草娘已经过世了，爹也七十多岁了，前阵子一病不起，一直躺在床上将息。兰草的哥哥娶了个外村女人，膝下一儿一女，儿子刚结婚一年，估计夏天就能抱孙子了。

十三

兰草走后，强子不晓得干啥子。以前啥子事情都是母亲安排他干，啥子也不让干还是头一次。自从他那年高烧退了，伤口愈合以后，强子没少帮母亲干活。遇上收割小麦和稻谷的季节，强子总是起早摸黑，还经常到别个家里去换活路。他虽不懂什么人情世故，却能把活儿干好，而且从不偷奸耍滑。他生怕没有干好惹娘生气。

强子来到牛圈里，将头靠在围栏上。牛正躺着，嘴里不停地嚼着，嘴角挂着口涎，鼻孔里时不时地喷出响声。羊在角落里打着喷嚏，小羊在羊妈妈的屁股后面闻来闻去，也时不时地打着喷嚏。羊妈妈的尾巴翘得高高的，待小羊舔过后，羊妈妈的尾巴不停地摆动着。小羊钻到羊妈妈的肚子下面，衔住奶头用头使劲地顶撞奶包，一边用力吮咂。

强子的婚事正是从牛圈里引起兰草重视的。那天兰草从山上背着草回来，看到强子看母牛的屁股。于是远远地将背篓放下，躲在强子看不到她的地方叫强子的名字。强子听到娘喊他，走出牛圈来找娘。

兰草晓得，儿子已经长大了。

其实兰草早在强子扯人家女娃儿衣服之后就意识到强子长大了，但她并没有把这件事放在心上。她只记得，儿子被人打了，被人欺负了。

当晚，兰草决定给儿子找个女人。她首先排除了那些已经嫁过人正在守寡的女人，尤其是还带了娃儿在身边的。她想，强子根本没有能力去抚养娃儿，他连自己都照顾不了，又怎能照顾别人呢？而一般正常的女子，又不可能看上强子。最后她将目标锁定在那些自身也有缺陷的女子身上——

一个是村头赵家的二丫，打从生下来就发羊痫疯；一个是刘家的哑巴，不明不白地被哪个把肚子搞大了，幸亏父母发现及时，带她上医院打掉了；一个是班家的班燕，小的时候聪明伶俐，有一天大人全都出去干活儿了，把她一个人丢在家里，不小心推倒了放在桌子上的开水壶，被开水烫坏了脸，手臂也烫伤了大半。

几个月下来，兰草总算帮儿子找到了，就是班燕。婚礼及一切习俗全都免了：班家爹娘将女儿送进王家，当晚全都住下了。

晚上安排床铺的时候，兰草跟班家父母商定好让强子跟班燕睡。

第二天早上，班燕早早地就起床了。强子起来得稍晚一些。

班燕大吵大闹着要爹娘带她回家，说啥都不要跟个傻子过。强子从屋里走出来，脸上到处都是抓痕。兰草看到强子，啥子话也说不出来。

这已是两年前的事情了。

班家两口子将班燕带回家里，没过多久就把她嫁给了一个铁匠。去年夏天，班燕生下一个男娃儿。掐指计算，应该是强子的孩子。

十四

强子靠在围栏上，听到晴雪在屋外叫干妈，连忙跑到屋前，看到晴雪朝自己走来。

晴雪已经出落成一个漂亮的大姑娘，村子里没有哪个女子比得上，就算是那些在镇上读书又会打扮的女娃儿，也都没有她好看。

"强子，干妈呢？"晴雪用手掌当扇子，在耳边扇着。

"去外爷家了。晴雪妹妹，你到阴凉处来吧！"

"有说啥时候回来吗？"晴雪走到院阶上，拉过一条板凳坐了上去。

"没有。"强子挨着晴雪坐下，只顾搓着脚趾头。

"强子，不要耍脚趾头！"

"晴雪妹妹，我有个秘密告诉你。"

"啥子秘密？"

"袁大头说他是我爹。"

"这算啥子秘密！本来就是——算了，说了你也不懂！"

"可娘说，我爹是你爹——"

"干妈真的这么说？"

"娘说，我要是想爹了，就喊冯医生爹。"

"是吗？"

"娘说爹是个大坏蛋，爹不要娘了，爹占了娘的便宜就不要娘了。爹脑袋被驴踢了，被好多好多驴踢了，脑子被驴踢坏了。"

晴雪清楚，强子口中被驴踢了脑袋的爹指的是袁明亮。

强子似乎晓得晴雪的心里在想啥子，连忙补充说："娘没说冯医生是大坏蛋。娘说的是我爹。我爹才是大坏蛋。"

"强子，你喜欢我吗？"

"喜欢，强子最喜欢晴雪妹妹了。"

"那我给你当女人好不好啊？"

"好啊！"强子拍起手来。

"我是逗你玩儿呢！"

"我晓得啊！"

"你要不是个傻子该多好啊！"

"我不是傻子！强子不是傻子！强子最听娘的话了。"

"那你听不听我的话？"

"听！强子要听晴雪妹妹的话。"强子笑了。

"强子，我嫁了人，你还会喜欢我吗？"晴雪也笑了。

"喜欢。"

"为啥子？"

"强子最喜欢晴雪妹妹了。"强子伸手去摸晴雪的脸，晴雪没有阻止也没有避开，强子的手缩了回去，"你嫁了人还理我吗？"

"真是个傻瓜！——到时候你和干妈来跟我们一起过日子，好不好啊？"

"好啊好啊！"强子连连拍着巴掌，"晴雪妹妹，你不要叫我娘干妈，你也叫娘好不好啊？我老是惹娘生气。我跟你说晴雪妹妹，娘经常背着我一个人偷偷地哭。"

"强子，你懂事了！"晴雪收起笑容，用手指顺强子的头发。强子哭起来。晴雪将强子的头揽进怀里。强子就埋在晴雪的怀里哭。

"别哭了，你是大人了，再哭会被人笑话的——干妈啥时候回来呀！"

强子抬起头来，眼泪也顾不上擦，拉起晴雪就往屋后跑。

"去哪里？"晴雪紧跟着强子。

"我们去竹林捉猫猫好不好？我先藏起来，不许偷看，我会藏在一个你永远也找不到的地方。"强子放开晴雪跑在了前面，先去藏了起来。

晴雪经常跟强子玩捉猫猫游戏。有次晴雪说好藏在竹林里，结果跑到牛圈躲起来。强子在竹林找不着，就哇哇哭起来。

晴雪望着强子跑进了竹林，假装用手遮住眼睛，她从手指缝中偷看过去，看到兰草从大路上走了回来。

强子边藏边说："不许偷看！"

兰草见到站在路中间的晴雪，又听到强子说话，就晓得他们又在玩小娃儿的游戏。

十五

兰草先在屋后的菜园子里看到嫂嫂，哥哥在院阶上补被老鼠啃穿的柜子，哥哥看到妹妹回来也没有问一句。

兰草给嫂嫂打招呼，嫂嫂也只随便应了一声："你哥哥在屋里。"

嫂嫂自从兰草嫁进王家，从没去看过她。哥哥也不大来，尽管两家相隔不远。二十多年来过不到十回。倒是兰草三天两头地回娘屋看望爹娘，大多是去去就回。

娘家的人都不怎么欢迎她，况且她爹兰禹早已把当家的大权交到了儿子手里，也就不好留女儿兰草多待。

兰草给哥哥打声招呼，径直走进强子外爷睡的屋子。

兰禹老汉正躺在床上，满脸病容，见女儿走进屋来，忍不住流下了眼泪。兰草靠近爹坐在床沿上，望着爹半天说不出话来，她发现爹真的是老了。

"爹——你感觉咋样？"兰草低下头，用手压压兰禹老汉身上的被子。

"没啥子大不了的！我都这把年纪了，土都埋到下巴子了，今天死跟明天死，还不都是一样？我唯一放心不下的就是闺女你。你大哥我倒不用替他操心啦，他也都是快要当爷爷的人了。"兰禹老汉说话慢吞吞的，"倒是你——强子也长大了，好久没有看到他了。都是爹把你害了呀，爹不该把你嫁给长寿。"

"不要说了爹！这都是命——"

"好了，不说了，不说了。最近有长寿的消息吗？莫不是你还要这个样子等下去？听说你跟冯医生——"

"你不要听人家胡说，爹——根本没有的事——我还能啷个呢？毕竟我也有不对。凭良心讲，长寿这人倒也不坏，对我们娘儿俩也算过得去。怪就怪我没有给他生个娃儿。早晓得他——"兰草说着哽咽起来。兰禹老汉挪了一下身子，望着女儿的脸，女儿兰草的头上也冒出了几根白头发。

"你回去吧！我一时半会儿还死不了，要死早就死了。死了更好，活人才会遭罪，死了也就啥都不晓得了。我这病没啥子大不了的，就是折磨人，要死死不了，要活活不了。再说有你大哥在，我还有啥子好担心的！你赶紧回去吧！把强子一个人留在屋里我不放心。赶紧回去！我想睡一会儿。这几个晚上我老是做梦梦到你娘，跟她有说有笑的……"

"那好吧，爹，你自己多保重！我过两天再过来看你——"

兰草走出门，忍不住抹了一把眼泪。哥哥还在忙活。嫂嫂从菜园子里回来了，也没叫兰草喝口水。

兰草对哥哥说："爹的身体很差，你多照顾些。我过两天再来。"说完就走了。

嫂嫂在兰草背后冷冷地说："稀罕你来！"

哥哥或许为了平息女人的怒气，或许为了替妹妹说句公道话，对女人说："你少说两句吧！"

哥哥和嫂嫂的话，兰草没听到。

兰草只是放心不下她爹。看起来兰禹老汉也活不了多久了。等到兰老汉一死，她和娘家的人恐怕也就断绝来往了。

回来的路上，兰草反复记起爹说的话："……死了更好，活人才会遭罪，死了也就啥都不晓得了……"

十六

"回来了，干妈——我等你好久了。"晴雪老远就说。

"晴雪，你来了！"兰草加快了步伐。

"强子，不要藏了，干妈回来了。"晴雪转过头来面对兰草，"我爹叫你过去一趟，说是有事跟你商量。"说完跟在兰草后面，一同回到屋檐下。

"啥子事情？"

"强子的事。袁大头在我们屋里跟我爹扯了一上午了，他说他先到你们屋里来过，见你不在，就到我们屋里去了。"

"他都说些啥子？"兰草转向晴雪。

"袁大头说想跟你一起抚养强子。"

"你爹啷个说的？"

"爹啥子也没说。爹悄悄地把我叫到屋后头，叫我把你叫过去。干妈，你不会真的把强子交给袁大头吧？"

"做他娘的春秋大梦去吧！"兰草很气愤，恨不得把袁大头的皮给扒下来，"我就是让我儿子饿死、冻死、病死，也不要他来同情我们娘俩！"

"干妈，你说话的样子好像我爹！"

兰草心事重重地对晴雪说："中午你就在干妈屋头吃饭，你先陪强子去玩吧！以后你们没有多少时间玩了。"

"好啊，好啊，我最喜欢吃干妈煮的饭了！"晴雪站了起来，跑到兰草背后，抱住兰草的脖子摇。

"都快嫁人了，还这样疯！"兰草忧郁地说，"你说你要是我的女儿该多好啊！只可惜强子他——"一提到儿子，兰草的心里就不好受，忍不住想落泪。

晴雪看了出来，不想看到干妈伤心，连忙安慰："干妈，我就是你的女儿呀！我也跟强子一样叫你娘好不好？"

"好倒是好——"

"娘——"

"快去跟强子玩儿吧——"

十七

兰草进了灶屋。强子从屋后的竹林回来了，跟晴雪来到池塘下面的公路上。公路旁边是一块稻田，田埂上栽有一排柳树。

晴雪跑到树下面，扯下几根柳条，将柳条弯成一个圈，在强子头上比了一下大小就开始编织起来。编好之后戴在强子头上，又拿起剩下的柳条给自己也编了一顶。

他们并排坐在公路边，脱掉鞋子，双脚没入稻田中。

晴雪转过脸来，望着强子呵呵地笑。强子也跟着晴雪傻呵呵地笑。

这地方是强子的乐园，强子经常一个人待在这里。

有时候早上起来放牛，他将牛绳搭在牛背上，或者缠绕在犄角上，自己坐在公路上玩，留意不让牛跑去吃农作物。

村里的娃儿见他一个人坐在那里，就合伙捉弄他。他们站得远远的，朝他扔稀泥。有次把他骗到有蜂巢的地方，说有好吃的，让他扒开草丛自己拿。他被蜂子蜇得哇哇乱叫，那些捉弄他的娃儿见他又跑又叫，用手疯狂地乱打脑袋，简直高兴坏了。还有娃儿故意把牛牵到田里啃秧苗，乱吼乱叫，说强子的牛啃秧苗了。

强子拿他们一点儿办法也没有。

他去追他们，他们就一起用石子砸他。有一次，几个娃儿合伙把他按在地上，把他的新衣服撕烂了。回到家中，兰草见了，伤心地哭了一场，强子反倒安慰起兰草来。

这些娃儿，强子每个都怕，每个都恨。除娘以外，强子最喜欢的人就是晴雪了。晴雪从不捉弄他，还经常帮他洗脸，给他带好吃的。

强子有一种朦胧而模糊的感觉，他必须保护晴雪。要是有人欺负晴雪，他就会不顾一切地去跟那人拼命。

强子十八岁那年，晴雪上六年级。在放学的路上晴雪跟一个男娃儿吵架。那个男娃儿把晴雪的书包夺过去扔到了田里。强子看到了，不说不问上前就把那个男娃儿拦腰抱起，也扔进了水田里。当时是冬天，天上飘着雪花，田里有冰。那个娃儿好半天才从田里爬起来，冻得牙齿"咯咯咯"地响。

强子把那个娃儿扔进水田之后，自己挽起裤管下田把晴雪的书包捞了起来。

几只蜻蜓在晴雪周围飞翔着，一只停在了晴雪的肩头。强子想捉住送给晴雪，他的手刚接近蜻蜓就飞了，在他们周围盘旋一阵子，又落在了晴雪的头顶上。

"不要说话！"强子像跟人说悄悄话似的，生怕惊跑了蜻蜓，

"我一定会捉住它！"

晴雪看着强子小心翼翼的样子，忍不住笑，趁强子不注意，稍一动头蜻蜓又飞了。

"坐下来吧！坐我旁边！"晴雪指了一下身旁有草的地方。

强子乖乖地坐了下来："晴雪妹妹，不晓得为啥子，娘今天好像不高兴。"强子玩弄起手指头来，好像受到了委屈，"晴雪妹妹，你叫娘不要不高兴好不好？"

晴雪点了点头，露出笑脸，将头枕在强子的肩膀上。

十八

太阳沉到山后面去了。草丛中蛐蛐此起彼伏地叫了起来，叫得有些凄清、有些幽深。青蛙时而"呱呱——呱呱——呱呱——"地叫。菜园里的篱笆根儿蹲着三只癞蛤蟆，都大张着嘴巴，下颌一鼓一鼓的。池塘中鱼儿浮出了水面，来回游荡着。强子安安静静地坐在菜园外的一块石头上，双手托着下巴。

晴雪吃过午饭，玩到太阳下山才回去，她和强子玩了一整个下午。他们钻竹林，在竹林里捉猫猫，在池塘埂上用石子打水漂儿……

晴雪离开的时候，兰草将她送到了大路上。

他们两家隔得不远，只需经过几根田埂和一片树林，再走一段公路，就到晴雪家了。

天渐渐地隐去了轮廓。

吃过晚饭，刷好碗筷，兰草就去给猪喂食，又为牛和羊添加草料，再检查了鸡圈，确定每只鸡都归了圈，才解下围裙，打发强子早早睡下。

兰草让强子睡在自己平时睡的那张床上。

强子很快就睡着了。窗户开着，一阵凉风吹进来，强子闻到了槐花香，接着又嗅到了水稻的清香，淡淡的野草香，幽幽的夜来香……

兰草来到灶屋，端出一盆清水放在院坝中间，返回灶屋，从水缸下面找出磨刀石，拿起菜刀，一起放在水盆旁边，再到屋檐下搬来一条矮板凳，将磨刀石放在板凳一端，自己面对磨刀石骑在板凳的另一端，用手撩起一点水，洒在磨刀石上，端平菜刀，将刀刃紧紧地按在磨刀石上，对着月光慢慢地磨了起来。

夜静得深沉。

牛吃饱了，只听到反刍和喷气的声音。羊时而打着喷嚏。

兰草的泪水无声无息地滚落下来，溅在了磨刀石上。

菜刀在月光下散发着银光。

兰草的眼睛模糊了。

模糊中她看到了王长寿在手电筒光下那张哭丧着的脸……

十九

强子变得呆头呆脑，陈莲花高兴得差点儿发疯了。王长寿第二天回到家中，发现他一直叫野种的假儿子变得呆头傻脑，心里很不是滋味。

让他大感意外的是，兰草不但没有找他拼命，反倒连骂都没有骂他。

兰草认定这一切都是命，强子注定遭此劫难，怨不得别人，只要强子还活着，上天就算待她不薄了。

陈莲花见强子傻乎乎的，忙从屋中取出黄纸，封印好，在院坝里烧了起来："你显灵了呀天老爷！我许的愿灵验了！那个野种傻了！天老爷，你是在可怜我这个老婆子！我老婆子再恳求你，让这个不要脸的女人也烂掉！她给我儿戴了一辈子绿帽子，昨天晚上借机给野种看病，一去就没有回来啊！她那裤腰带向来系不紧，肯定是跟那个医生睡觉去了。我一个人倒在灶屋里，死了都没有人管哟……"

王长寿见兰草躲在屋里安安静静地掉眼泪，想起寡妇刘丽珍一改往日的态度，突然觉得自己糊涂透顶，平日里干的都是混账事儿，面前的女人实在太可怜了。他原以为兰草会找他拼命，会拿菜刀追他二里地。这样，他就可以好好地收拾收拾这个婆娘，让她尝尝自己的厉害。哪晓得兰草根本就不理他，他反倒一下子不晓得哪个办了。兰草找他拼命，他起码还会好受一点儿，还可以耀武扬威一番。但是兰草没有，兰草只是跟强子同坐在床沿，安安静静地掉眼泪。

王长寿站在门口望着兰草，回来路上设想的打骂场面到底没有出现。

他不忍心再看下去，也转过脸去揩了一把眼泪，正巧见他娘这时候幸灾乐祸，一个箭步冲到院坝当中，一脚踢飞燃烧的纸钱。

陈莲花惊呆了，嘴巴张得大大的。

"你发啥子疯？"王长寿说。

"你才疯了呢！"陈莲花说，仿佛站在面前的根本不是她的儿子。

"不要说了！"王长寿举起拳头，威胁着母亲。

"短命儿哟，要遭天打雷劈哟！"

"你老糊涂了！"

陈莲花的嘴巴张得更大了，接着大声号啕起来，对着上天又哭又喊："天老爷呀，我求求你，好好管教管教他，把他拉去坐牢！"

王长寿见母亲诅咒他，赶紧跑开了，喝了很多酒，又跑到了寡妇刘丽珍家。

刘丽珍说到做到，要是强子真有啥事，她再也不理他。或许这只是她摆脱王长寿的一个借口。

天黑以后，王长寿才从外面醉醺醺地回来，见强子坐在板凳上，痴痴呆呆，好像不认得他了。王长寿歪歪斜斜地走到强子跟前，双腿一软，跪在了地上。

王长寿抱住强子，号啕大哭起来："我不是人，我不是人！"一边痛骂自己，一边使劲抽自己的耳光。

强子呵呵地傻笑起来。

二十

从那以后，王长寿好像换了一个人，对强子跟兰草都好得不得了，一天到晚再也不往外跑了，每天起早贪黑地下地干活儿。从来不洗衣服的他，连兰草的内衣内裤也要抢过来，洗得干干净净。他晓得是他对不住兰草，都怪他糊涂，听信母亲陈莲花的闲话，才做了那么多对不住兰草母子的亏心事。

他见不得女人可怜巴巴的样子。过去兰草在他眼里是个不要脸的泼妇，跟他对骂，跟他对打。他没想到兰草也有软弱的一面、可怜的一面。

他不怕女人强，就怕女人弱。自从兰草在他面前暴露出弱的一面后，他也就不再觉得兰草可恨了，反倒觉得自己可恨了。

他现在要加倍地补偿兰草。他送强子去上学，可是强子在学校里只会被人欺负，被同学们捉弄，遭同学们耻笑。他只好接回来自己教，教他认字，教他啥子事该做，啥子事不该做。

他想起强子以前提到过梁上赵老师家房檐处有棵梨树，赵老师的儿子躺在晒楼上，一边睡觉一边摘梨吃。强子希望他也能在墙壁上镇个晒楼，晒楼旁边种棵梨树，夏天他就躺在晒楼上，一边照看院坝里晒的谷子一边摘梨吃。这都是好几年以前的事情了。他只听强子说过一次，也没理会。要是他当时就种，现在也该结果子了。不过现在也不晚，说干就干，他在墙上镇了晒楼，做了栏杆，到时候强子躺上去，睡着了翻身，不至于掉下来。他又从地里挖回一棵梨树，种在了窗前，就种在晒楼的下面。来年春天，树枝还未发芽，王长寿又从别人家剪回几枝结的梨子好吃的梨树枝，锯掉梨树进行嫁接。嫁接很成功，一个月后就抽芽儿了，很快长出几片嫩绿的叶子来。王长寿告诉强子，他们不但可以躺在晒楼上摘梨吃，还可以在屋内伸手摘，到时候站在窗台上，一伸手摘一个，一伸手摘一个，想摘多少就摘多少，吃不完就放着，想吃的时候再吃；还说强子也可以躺在晒楼上吃，吃饱了就躺着睡觉。

　　陈莲花见儿子发生这么大的转变，痛心疾首，巴不得儿子被雷劈。她常唠叨，要是儿子不听她的话，她宁愿不要这个儿子了，让天老爷把他收走。她有事没事就跑到屋前屋后烧纸求神拜佛，开始的时候还能听到她嘴里说些啥子，到了后来，她说些啥子也就没人听得清楚了。早上她要睡到中午才起床，晚上她要闹到三更半夜才消停。往往儿子跟兰草都睡了一觉了，她还在房间里自言自语。

尽管陈莲花天天诅咒，这个家反倒慢慢变得像个家了。兰草试着原谅男人，至少表面上原谅了他，虽然心里恨他，但看到他一天天地转变，也就不那么恨他了。两口子一起都过了那么多年了，她要是早点儿给他生个娃儿，也许就不会落到今天这个地步。事情到今天这个地步，她也有不对的地方。

虽然计划生育搞得严，但还是可以把娃儿生下来，只是他们将会过得更苦。真正阻止她给他生孩子的不是因为怕吃苦，而是因为他太浑蛋。他曾经跟他老娘陈莲花一起辱骂她，对娘俩一点儿都不好。可是现在，儿子强子的智力停止发育，等他们老了他总得过日子呀！一个只有十二岁智力的儿子怎能为他们养老送终？

这天早上，兰草醒来摇醒王长寿，把自己的想法告诉了他。

王长寿高兴得痛哭不止，抱紧兰草又是啃又是亲的："你真要给，你真的要，你说的都是真的吗？"

兰草望着蚊帐说："我前几天去医院把环取了。"

二十一

吃过早饭，王长寿换了件红衣服，说要到镇上去，给兰草和强子买几件新衣服。

他心里想，今后一定要加倍对他们娘俩好。

来到街上，他给兰草挑选了一条碎花裙子、两件内衣，给强子挑了衬衫短裤。原本打算给自己买条短裤，买双草鞋，结果只看了裤子，也放下了，草鞋摊也就没去。

他一刻也不想耽搁，提着衣服快快活活地朝来的路上赶，巴不得一眨眼就到家。

路上无论遇上哪个熟人，他都要把人家拦下来。女的就站着说几句，男的就拉住，一起坐到路旁的石头上，问那人老娘差不多九十岁了吧，问这人儿子十七岁了吧，问那人女人没有再发阴疹症了吧，问这人结婚快二十年了吧，问那人去年稻谷收获了差不多八千斤吧，问这人家中母猪争气每窝都下十二个吧，问那人家中二姑娘定了门好亲事吧，问这人家中三丫头考大学不成问题吧……

他比平时客气了很多，和气了好多。他想告诉每个人他心里的欢喜，话到嘴边又以爽快的笑声带过，拍拍那人的肩膀，邀请那人不忙的时候到家里坐坐，有啥子需要帮忙，随时知会一声，他一定帮到。对方不以为然，他也不生气。

路过寡妇刘丽珍屋前，王长寿没能忍住，也想把心里的欢喜对她说道说道。他轻快地走到寡妇的屋檐下。寡妇正在织毛线手套。王长寿的出现，着实让她吃了一惊。

他好长时间没有跨进她家的门了。自从那个晚上以后，他很少踏进她家院子了。路过她家屋前屋后，见到她就随便扯几句，没见到也就懒得进院子，头也不回地走过去。

今天王长寿突然出现在她面前，她反倒显得有些不自在了。

王长寿把自己的欢喜说给刘丽珍听。刘丽珍并没有感到惊讶，只是对他说："以后老老实实地过日子吧，别再吃着碗里的望着锅里的了！"

刘丽珍说啥子也要留王长寿吃午饭，说要感谢他，说王长寿过去没少帮她的忙，说她心里面有本账，哪个帮过她，哪个捣过鬼，哪个在背后说她的坏话，她心里亮堂堂的；说王长寿跟别的那些烂人不同，说王长寿帮她是真帮她，那些烂人帮她就只想跟她睡觉；说王长寿的心不坏，还给她买过内裤。

刘丽珍对王长寿挨挨擦擦的。用手揪他大腿，不是真揪；用眼剜他，不是真剜。

两人来到正房屋……完事之后，王长寿继续躺在刘丽珍身上，头枕在她肩上，嘴巴对着她的耳朵。刘丽珍死死地搂住王长寿的腰不松手："以后还来找我吗？"

"不找了。"

"还想要我给你生娃儿吗？"

"不想了。"

"你现在有兰草给你生了，就不想我给你生了吗？"

"不想了。"

"想我的时候还来吗？"

"不想了。"

"先不要把话说得那么绝对。"

"不绝对。"

"先不要把话说得太满了。"

"不满。"

"我好些兰草好些？"

"都好。"

"我煮的饭好吃兰草煮的好吃？"

"都好吃。"

"我的肉香些兰草的香些？"

"都香。"

"真不找了？"

"不找了。"

"那些王八羔子三天两头就想上老娘的床，你说我让不让他们上？"

"想让上就让——不想让上就不让——"

"那我让吧。"

"你让吧。"

"唉！还是算了——没有一个好东西！"

"算了吧。"

"我就让你这个死冤家！今后想来的时候就来吧——"

"不来了。"

"我先把话撂在这儿！愿意来就来，不愿意来我也不会勉强！"

"不来了。"

"再来一次吧！"

"不来了。"

"再来一次吧！"

"时间不早了——该做饭了——"

"我做饭快——"

"那好吧——"

王长寿在刘丽珍屋头吃过午饭，感觉有些微醉，尽管一滴酒都没沾。

从刘丽珍家中出来，他到王二那里打了十斤白酒，又把他的欢喜向王二说了。

每有人来，他都重复一遍："哎呀，这一晃啊，都三十好几了哟，我屋头那个婆娘还想要个娃儿。这不，我也一直想要再带一个——"

一直到下午五点左右，他才动身往家里走。他实在太高兴了，打开酒壶，在夕阳下猛灌几口，感觉很好，心里满是说不出的痛快，还想再喝，又举起酒壶咕噜咕噜地喝起来，眼见他的脸瞬间变得红起来，比夕阳烧红的天空还红。他三步一跟头地走到那片毛草坪——边上是悬崖——看到村主任家的疯儿子正坐在草地上捉虱子，他家的黄牯牛正在旁边吃草。

王长寿正想着对他取笑一番，谁知疯子竟抢了先。

疯子见王长寿的手里提着酒壶和一大包东西，便从草地上爬起来，说："王长寿，我昨晚和你婆娘睡觉了！"

王长寿说："你这个疯杂种，我还跟你娘睡觉了呢！"王长寿只感到轻飘飘的，站都站不稳当，"我跟你娘、你姐姐都睡觉了！"

"狗日的！"王长寿扔下酒壶跟衣服，想要冲上前去搂疯子。

疯子转身就跑，边跑边喊："来呀！来呀！来把我勾子啃了！"

王长寿拼命追："看我今天不收拾你！我不打得你叫我爷爷，我的名字倒着写！"王长寿一个跟命栽倒在地上，又迅速爬起来追赶，"我要把你砍成一块一块的喂狗——"

村主任家的黄牯牛抬起头来望望夕阳，一时癫狂起来，梗着脖子，紧绷脊背，撒开四蹄朝王长寿猛追过来。

眼看疯子就要跑到悬崖边上，王长寿心中一惊，"哇呀"一声，没来得及喊出"小心"，疯子以为王长寿追上自己了，一边拼尽吃奶的力气向前猛冲，一边回头望。正在他庆幸的瞬间，整个人已经掉下悬崖了。这边黄牯牛对准王长寿，四蹄腾空，发起最后的猛攻，王长寿一闪身，黄牯牛没来得及转弯儿，半个牛身也已跃出草坪。

王长寿只听到间隔很短的两声巨响——响在深处，响在四周。

二十二

王长寿跑回屋中，夕阳已经烧遍了远山。等到他把一切讲清楚后，兰草早已吓得面无血色，好半天才忍着泪水说："你赶紧逃命去吧，村主任咱们惹不起！你现在说啥子都没有人相信。你说他一个疯子，不死，就是个拖累，他那爹娘巴不得他早点儿死，现在却因你摔死了，他们肯定会赖你。这都是命！"兰草像患了重病似的，背靠在石柱上，就差没有跌倒在地。

兰草望着远山没了言语——

王长寿望着兰草的那张脸。这是一张多美的脸啊，尽管上面挂满了眼泪，尽管潜伏着无尽的悲苦，但这是一张多美的脸啊！

王长寿只恨自己没有早一点注意这张脸，没有早一点好好地瞧瞧这张脸。

"不逃！"王长寿说，"我不逃！是他自个儿滚下去的，牛也是自己掉下去的！"

"现在说这些还有啥子用呢？你把屋里的那点钱全都带上，赶快逃命去吧！"兰草说话有些吃力。

陈莲花从屋里走出来，只听了个大概，就取出黄纸在院坝中间烧起来："天老爷，全灵验了——"

王长寿没有逃，躲进了灶屋里的地窖中。

天刚擦黑，村主任家就来人了。村主任叫上家族兄弟几十人，一起来到王家，见到东西乱砸一气，要求他们家陪他的儿子和牛，叫兰草把王长寿交出来，不然就上告派出所。

兰草说王长寿从早上出门，一直到现在都还没有回来。村主任一伙人一直闹到平日里大家睡觉的时候才离去。

半夜两三点，等陈莲花跟强子都睡着以后，兰草摸出手电筒，悄悄来到灶屋，揭开地窖石板，蹲在上面，用手电筒照着王长寿的脸，强忍着眼泪对他说："你出去躲一阵儿吧！我都给你收拾好了。村主任不会放过我们的。你到内蒙古去吧！去那里挖煤，老天保佑，千万千万要小心，安顿好以后就写封信回来，不要寄到屋里，也不要寄给爹，寄到邻镇三姑爷家。你上来吧，赶快走！把手电筒带上，外面黑。你要是在外面稳定了，我就带强子去找你，到时候再给你生娃儿。"

兰草将王长寿从地窖里拉上来。王长寿抱住兰草的脖子，一声不响地掉眼泪。兰草也紧紧搂住王长寿的腰，在他的肩膀上狠狠地咬了一口，松开手来，将王长寿的手掰开，提起地上的包——里面装着衣服——交到王长寿手中，将他一路推出门外，推到屋外池塘埂上，推到下面的公路上，将手电筒塞到王长寿的手里，哭喊着说："快走！"猛推一把，转身一口气跑上池塘埂。

待兰草转过头去，王长寿已经走远了，只看到王长寿手中的手电筒光柱在地上快速地前进着。

第二天一大早，村主任和几名派出所人员就来到了兰草的屋里。他们将车停在池塘外，由村主任在前面带路，一直走到兰草的屋檐下。

他们是来抓人的。

村主任告诉他们，王长寿喝醉酒，硬生生把他的宝贝儿子推到悬崖下摔死了，还把牛牵到悬崖边打了下去。

兰草告诉他们，王长寿昨天晚上根本就没有回家。他们全都不肯相信，把屋里屋外翻了个底朝天，就差没有打开地窖盖子了。

就在他们快要离开的时候，一行人当中的一个走到强子身边，蹲了下来："王长寿是你啥子人？"

"他是我爹！"

"你晓得你爹到哪里去了吗？"那人又问。

强子看了兰草一眼，望望旁边的婆婆，对那人说："娘给我挤眼了！"

"你娘给你挤眼是叫你告诉我们你爹藏哪里了！"

……

众人一起吼叫着闯进灶屋，揭开了地窖盖。

二十三

这已是七年前的事情了。

王长寿一去杳无音讯。三个月前，兰草收到一封从宁夏银川寄来的信，王长寿在信中说他这些年一直东奔西走，没挣啥子钱，又不敢回家，让她另外找个男人。

兰草写了回信，说钱生不带来死不带去，人没事比啥子都好，要他赶紧回家，村主任家不再追究了。

信寄出去以后，王长寿没有回来，也没有回信。

二十四

兰草一下一下地磨着菜刀，手指头磨破了，血顺着菜刀流。兰草一点也没感觉到手在流血，她将菜刀举起来，在月光下照着。菜刀在月光下闪着寒光。兰草打了一个寒战。

夜已经很深了，一切变得沉静。

兰草站了起来，走到床前，举起菜刀，将菜刀的刀刃对着强子的颈子。

强子的脸安详极了，睡得十分香甜，呼吸平缓舒畅，嘴角在从窗外梨树叶子间射进来的月光下微笑着。

兰草举着菜刀，脑子里滑过一个个碎片——她生病时，强子跑来跑去，躁动不安，不晓得哪个办，只好坐在她身边哭。最后她叫他去请冯医生来，他才笑起来，去把冯医生给请来了……她又隐约看到强子的衣服被人撕破了，在学校被同学往脸上抹粉笔灰，朝他的背上泼蓝墨水……强子在牛圈里站在板凳上摸牛屁股……强子追赶女娃儿……强子扯人家女娃儿的衣服……强子给她盛饭，把碗捧到她面前……

二十五

强子正在做梦，他梦见自己正骑在窗前那棵梨树上摘梨吃。站在树下的王长寿问他梨子好不好吃。他说好吃。王长寿说给他一个尝尝。强子就摘了一个抛给王长寿。王长寿做了个接的动作，梨子就到了手中。王长寿咬下一口，连连喊着："好吃——再来一个！"强子于是抓住一根横枝，整个身子悬在了半空中。他问王长寿可不可以掰下来，他好扛着整根树枝边走边摘着吃。王长寿说可以。强子悬挂在树枝上，双腿往上一缩，身子往上一耸，跟着双腿向下一伸，身子向下一坠，连人带树枝掉落下来。

只听"咔嗒"一声，强子醒了过来。强子睁开眼睛，望见满屋子的月光乱晃。

咔嗒声不断。兰草吭哧着喘气，她正挥舞着菜刀，一刀刀地砍在梨树上。梨树齐窗台处被生生砍断，倒了下去。

窗外一轮明月悬在西天上。屋内盛满了洁白的月光。

强子抬起头来，轻轻地叫了一声："娘——"

血　吻

　　每一段人生都是阳光的，每一个家庭都是幸福的，每一片土地都是干净的。从现代逻辑角度上讲，以上命题都是全称肯定命题。

　　我现在试图证明以上命题不成立。证明过程中我将引入反证法：假设原命题成立，一旦推理出矛盾的结果，便可证明原命题不成立。

　　整个推理过程不会出现任何推理，而是以一则可供阅读的事例构成。事实上我只对某个事例（这个事例自然不是当下土地上长出来的，它长在过去，长在那些隐蔽角落里，而且必定会被根除，而那些隐蔽的角落也必定会被阳光照射）产生兴趣，至于它是否具有些微价值和现实意义，全凭你们说了算。

　　以下便是我提交的事例。

那是一个冰冷的黑夜。我躺在父亲新砌的坟头前。当时我在想，大家干吗说我疯了呢？

我清楚地记得，就在几小时以前，我还跟妻儿坐在饭桌上有说有笑。

他们说我有病，到底是什么意思呢？儿子跟妻子明明活得好好的，可我那些邻居硬说他们都死了，说我妻子用菜刀割破了自己的喉咙，说我儿子被卡车碾碎了脑袋。

可是话又说回来，最近一段时间，他们老是骗我。就拿前天晚上来说吧，我本来在床上睡得好好的，正跟妻子商量儿子的婚事，弟媳就跟几个粗汉硬闯了进来，大声朝我嚷嚷。

我好半天才听清了一句："到处找你，你睡在大嫂的坟头上干什么？爹快不行了！"

"什么？"我问她。她又重复了一句，并补充说："真是倒霉，大嫂跟阿明都去了！不知道上辈子造了什么孽！"不等我跟妻子打声招呼，他们就对我动起手来。我被几个粗汉硬从床上拖下地，扛到了肩上。无论我怎样挣扎，怎样骂他们，无论妻子怎样跪地求饶，他们都不理我，只顾抬着我跑，硬把我抬到他们所谓的家里，将门锁死了。

我使劲儿踢门，但门就是不开。我感觉很累，就停了下来，呆坐在地上。

我听到门外呼啸的北风，裹带着雪粒到处乱飞乱撞，打在屋顶的瓦片上，发出沙沙沙的响声，时而夹杂着老人的咳嗽声。每咳一次就传来"阿春，赶快去把你大哥找回来"的声音。阿春是我弟弟，咳嗽声是从我爹房间里传来的。随着风声加剧，咳嗽也加强加速。自始至终都没有人理会，只有那连续不断的咳嗽……

我大声吼叫："爹——我在这里！"

天亮以后，我被放了出来。阶院上站满了人。爹正仰面躺在一张门板上睡觉，脸上盖着草纸，两只手自然叠放在腹部。门板刚好有爹的身子长短，架在两条长板凳上。

门板下搁着一只油碗，里面燃着一根草纸卷成的灯芯。

"天都亮了，点灯干吗？"我问他们。没人回答，无数双眼睛一起盯着我。

我看见三个似乎认识的人在那里说着悄悄话，但他们的谈话我听得一清二楚，好像有意让我听见。我听到长着酒糟鼻子的那个家伙说："疯了，这家人完了！"

"换作是你，你也会疯！女人走了，儿子走了，"第二个人说，"他爹又走了，你我到了这步田地，也会发疯的！"

第三个人正偷偷地瞅着我。

我朝那几个家伙脸上吐口水："你们的女人跟儿子才走了！"我痛快极了，还想吐，被侄子拦住了。

他们拿我一点儿办法也没有，自己将口水擦掉了。

雪已把整个大地染白了。

阶院上每个人的嘴前都腾起一团团雾气。我靠在石柱上，痴痴地望着他们。我看到他们当中有人在笑，我就跟着笑。我看到他们当中有人在哭，我就跟着哭。

　　临近中午，爹脚下的油灯被风吹灭了，腾起几缕青烟，不见了。

　　弟弟像疯子似的跑过去，赶紧用火柴把它点燃。刚点燃又被风吹灭了。这样，他就一直守在碗旁，不停地划火柴，火柴梗撒了一地。

　　弟媳正用一把扫帚扫去院坝里的积雪，以备做祭的时候，我们跪在地上听审。我赶紧跑过去玩雪。我叫大家一起来，但是没有人理会我。

　　弟媳的眼睛斜视着，像是在瞪我。我有些不好意思起来，就将手在衣服上擦了擦，对她做了个鬼脸，退回阶院，端起爹脚下那只碗就跑。

　　弟弟站起来追我。结果，我把碗摔碎了。他惊呆了。所有的人都停止了说话，望着地上的碎片和那一摊油。

　　我觉得好玩，一个人拍起手来。

　　"你还愣着干啥？还不赶紧换只油碗点着！灯在死人入土之前是不能灭的！"一个脸上满是坑洼的女人说。

　　我注意到所有的人又松了口气，各自转过脸去。

　　傍晚时分，雪在灯光下闪着光。所有的人都进屋去了。弟弟一个人留在爹身边，很长时间一句话也没说。

我想逗他，又怕他瞪我，推我，对我大声嚷嚷。我一直抱着石柱旋转着。风吹开了爹脸上的草纸。我看见爹的眼睛睁得大大的。

我想把爹叫醒，他已经睡了一整天了。"爹——爹——爹——"爹没有出声，我于是连着再叫，爹还是只管睡他的觉。

弟弟对我说："大哥，找个地方睡吧！明天还有很多事情要忙！"

天又亮了。

计算一下，爹已经睡了一天一夜了。几个人抬过来一口用门板镶好的大匣子，连油漆也没上。他们将爹装进匣子里，盖上盖子。之后，村里一位老人——我不记得他叫什么了，只觉得他好面熟——拿着厚厚一叠纸，在那里唱起来。很多人围着他，有几个人在抽泣着。他们头上都系着一根白布条。我也被他们绑了一条。

我只想唱歌。

我跟不上老人的节奏，开始东张西望。

院坝里站着许多看热闹的人。几个小孩子对我笑，我就对他们吐舌头。一会儿之后，也不知道为什么，侄子把我押解到院坝中间，也就是昨天弟媳打扫的那一块地方，让我跟他们一起跪在地上，双手放在膝盖上，头低垂着。我感到很不自在，发现身后也跪着人。我认得几个，有弟弟、弟媳，还有大姐、侄子，二姐的女儿……

突然，老人念"起哟"，我就被人扯直，站了起来。没等站稳，老人又念"跪哟"，我又被人按跪在地上。

我不肯跪，他们就按我的脑袋。

我受不了，除了膝盖痛，就是老人的哭腔，尤其是他在念那"起哟"的时候，他的声音拖得老长。

幸好我见一个小孩子从一个大人的胳肢窝下面伸个脑袋出来，对我吐舌头、晃脑袋。我一乐也就忘了不愉快。

老人在"起哟"跟"跪哟"之间反复了足足五百次，我们也就起立下跪了五百次。

我已经会自动起立和下跪了，而且做得不比他们差。我正对起立和下跪有感觉了，火炮就响了起来，唢呐也吹了起来。

弟弟上前端起一块水泥砖似的湿泥巴，上面插着两根木棍，木棍上面套着红纸套，红纸套上面竖排写着一行黑色的毛笔字：故显考×××灵位。

弟弟把它交给我。我满心欢喜，我早就想把它据为己有。

火炮儿不停地响，唢呐儿不停地吹。八个大汉用我们家拴牛的绳子在装爹的那口匣子上套好，然后他们当中不知道哪个喊了一声"起"，就把匣子扛到了肩上。

弟弟让我紧挨着走在他们前面。

我听到有人说:"这狗日的,今天的活儿轻松!"

我走在前面。他们好像有意追我似的。我跑了起来,他们也跟着跑了起来。

路已被雪掩盖了,在我们背后留下了深深的脚印。每个脚印大约一尺深,每当我的脚踩上去,慢慢地沉下去,我就想哭。

为什么他们要抬着爹在雪地里飞奔?为什么要追我?我好想坐在火坑旁呀!火炮一路响过去,唢呐一路吹过去。

我们的队伍终于在一口新挖的坑旁停了下来。

那些人将装爹的匣子放进事先挖好的坑里,用杠子胡乱撬了几下,一个戴鸭舌帽的老人眯起一只眼看了看,说声"好",就有人往里面掩土了。

我想都没想就跳了进去,靠着那口匣子睡下。没想到被人硬生生地拉了出来,还说"不要命了"!

我不知道怎么就到了坟前。只知道裹着我的是雪,陪着我的是妻子和儿子的新坟。

我的心里安静得出奇,脑子也越来越清晰了,平日里那些离我越远的东西,现在反而离我越近了——

最后一片黄叶离开了树枝,慢慢地飘落在地上。瓦片上结满了白霜。

院坝中蹲着一只大木桶。靠近木桶搭的两条高板凳上,躺着刚被宰杀的黑猪。一只狗舔着溅在地上的猪血。

三个大男人围着那只桶，是我、杀猪匠和爹。

杀猪匠用手试了试木桶里面的水，掺了一些冷水进去，就让我和爹把猪抬进去。

我抬着猪头，爹抬着猪尾，将猪沿着桶沿放了进去。

我们让猪在木桶里面翻了个身，就用尖棱的石头在它身上搓起来。杀猪匠用咽子刀剃猪身上的毛。

我们正干得起劲，狗就吠开了。我没有先招呼人，而是先骂我家的狗。

我骂狗说："没长眼睛？队长跟会计你也敢咬？"狗很听话，听到我的吼声，眼睛怒视着横着退下了。

"队长，会计，请到阶院上坐！"我忙将手在围裙上揩拭干净，取出香烟来，恭恭敬敬地给他们递上。

他们看了我一眼，将视线转移到猪身上，顺手将烟接了过去。

队长是个大个子，高鼻梁，厚嘴皮，穿件蓝色外套，黄胶鞋。会计六十多岁，花白头发，戴副老花镜，鼻尖坠着一挂青鼻涕，快要掉进胡子里，他穿着十几年前儿子当兵的时候寄回来的军大衣。

"你们先坐！"我说。正打算走过去帮忙给猪去毛，队长就说："我想不用我多说，今天我们来屋头，你也知道为什么事情！还是欠款的事情。全村人就数你们家里欠得最多，前年欠375元，去年欠1380元，今年又欠了1625元，共计3380元。"

"队长，你也知道，像我们这样的家庭，一时哪能筹出那么多？全家人忙了一年，过年连一套衣服都买不上。还请你高抬贵手，再宽松一阵子！"

"你倒是记得快过年了！"队长很是生气，"到底欠到何年何月？你算没算过我来过多少次了？路都给踏平踩宽了。你说你们家里交过一分钱没有？你们家不过就三口人，我就不信能穷成这个样子！别人家六七口人，要是都像你们家这样子，那我这个款还收不收？人家每年四五千不是照样交得一清二楚！"

"我没人家有能耐，你看——"我不知道该怎么说了，能说的在他前几次来的时候都已经说过了。

会计一直没开口，只顾抽烟。队长见我不说交也不说不交，好像要动怒了。确切地讲队长已经动怒了，只是我没有在意。

妻子从灶屋闻声出来："会计、队长舍得走啊！有什么事？"

"秃子头上的虱子——不是明摆着吗！"

"哦——先坐一会儿！"妻子热情地招待着。

"我们的事情也多得很，哪里有时间在这里干坐！"

"麻烦你再宽限一阵儿，我们一定想办法，尽量在年前先交一部分。"妻子面带笑容地说。

"你说什么？"队长抢起大眼睛，眼角皱纹颤动着，"一部分？还不够销利息呢！今年你们家的滞纳金按15%计算，又是507元。我都不好意思踏进你家的门了。你自己说，我已经来过多少次了？你以为我们当干部的日子就好过了？款收不齐，上头照样不发工资，还不是一样过不了年！前几次来，就说娃儿要上学。试问哪家屋头没有娃儿要上学？"

"那倒也是！"妻子的笑容不见了，"不过你也知道，我们家男人没出去打工，只靠在家种点粮食、喂个猪换点零用钱，实在是交不上啊！"

我一句话也说不上。爹正忙着跟杀猪匠烫猪。队长猛吸香烟。会计手里只剩下烟蒂。

"总之，交也得交，不交也得交！"队长从板凳上站起来，扔下手里的烟蒂，"要不就抵东西！牵牛赶羊又不是没有的事。我当了十几年的干部，还从未见过像你们这样的人！不要老想着拖！本来我们是不打算来的。听到猪叫，我才去叫了会计。你们也太不像话了！前几天我才在会上讲：没有交清欠款的不准宰杀牲畜。原计划来提刀，只不过来迟了一步。不过我告诉你，要是不交钱，我今天照样把刀提走。废话少说，到底交还是不交？"

"怎么不交！"我说，"只是——"

"今天确实没有！"妻子生气了，这可是个例外，她是很少动怒的。

"没什么理由可讲！就是天王老子欠了钱，我也照样去收！走！会计，不要再跟这种人浪费口水，拿刀走人！"队长起身拿刀。我忙将他扶住，往板凳上按。

我不停地说:"坐下慢慢说!坐下慢慢说!坐下慢慢说嘛——"

"还有什么好说的!"队长不坐,把我推开了。

妻子慌了,忙向会计求饶:"会计,你老人家说句话呀!你是知道我们这个家的!求求你帮忙求个情吧!再宽限我们几日!家里确实没钱!一分都没有!"

会计这才语重心长地说:"我当然理解你们的难处,但你也得考虑到我们当干部的难处呀,对不对!我们不是没有宽限你们,可是你家三年前的都没交清!我们都信赖你,你却一点儿也不为我们着想。你叫我们怎么相信你呢?我看这样——木桶里的猪也不算小,估计能够杀二百多斤净肉,留点儿过年吃,其余的赶场天背到街上卖了,卖肉的钱先交一部分。我们后天再来。你看怎么样?我这也是为了你们好!"

"是是是!——会计,快坐,饭一会儿就好了!"妻子转怒为常了。

"就这么说定了,你先去忙你的!"会计又转向队长,"那就按我刚才说的办吧!"说着又转向我,"刚才队长说提刀,那都是气话,莫往心里去,你也要理解他的难处!"

第三天会计没来,队长一人到我家里拿走了800元。

大年三十中午,漫天飞舞着雪花。我跟妻子、儿子还有爹围在桌子边吃饭。

"爹，你多吃点儿！要不晚上你到二弟家去？"我从几个菜碗里搜寻了一块肥肉放进爹的碗里。爹没有吃，两眼直瞪着我，放下了筷子。

儿子也望着我，放下碗筷说："我吃饱了。"

"我去烤火！"爹下了桌子。

妻子挑起一块肉放进嘴里咬了咬，望着我摇头。那意思是说肉很软和，爹咬得动。

"我去看书了！"儿子到屋外去了。剩下我跟妻子，相视无语。

一阵狗吠。队长、会计到了。妻子连忙迎了上去，热忱地招呼道："进屋烤火！"我也忙请他们进屋里烤火。

队长直截了当地问："准备好了没有？你们那天说好今天来收余款。"

"进屋再说！"我说。

"真的不冷！"会计也说，"明天又是新的一年了，我看还是交了吧，我们还忙着呢！"他好像很不耐烦的样子。

不知为什么，狗今天很不听话。尽管骂了它好多次，它还是不肯走开，一个劲儿地冲着队长、会计汪汪叫。

妻子舍不得打它，只是骂："还不找个地方卧倒！"

"队长，会计，我知道你们也很为难，可我们实在是没有办法呀！今天大年三十，连菜都买不起——"妻子还想往下说，却被队长给拦截了。

"不要装可怜了！"队长粗声粗气，咬牙切齿，"跟你们温文尔雅，没用！我看你们是不见棺材不掉泪！会计，走，进屋看看有什么值钱的东西！"

"你说棺材——"会计接过队长的话，转向我说，"依我看，你们家里也没什么值钱的东西。我是看着你长大的，你们家里也就你爹那口棺材——"

"我去你的！你们这哪里是来收款的，你们这是想打劫！"不知什么时候，爹站到了会计背后，"你们跟强盗有什么分别！"

儿子在内屋用手指头塞住耳朵："烦死人了！"

"老太爷，别这么大的火气！"会计语重心长，"你发火给谁看呀？都这把年纪了，还这么大火气！小心身体！有什么办法呢？你儿子欠集体的钱，不交那是犯法的。交不起钱抵押东西，天经地义，你就是告到县上、省上也没用！何况你还没有那个本事去告！你总不想这把年纪了还要看着儿子去坐牢吧！他交不起钱，你当爹的自然也该替他想想办法是不是！再说你们家也的确没什么值钱的东西，就那口棺材可以卖几个钱。拿出来帮儿子抵债，又哪里不好呢？人人都说养后人是做赔本生意，既然养了，就得替他们考虑。人死如灯灭，睡个大棺材无非就是说后人孝顺，自己又不知道，用几张门板镶一口不是一样吗？"

会计叹了口气，给队长递了个眼色，接着对爹说："老太爷，不要再想了。在生的时候有好吃的吃，有好喝的喝。算起来你也七十好几了吧？按辈分讲，我们是平辈，我该叫你一声老大哥。你就算是有天大的火气，也该消了——"会计一席话果然说通了爹。虽然我跟妻子极力反对，但爹还是答应了。我说就算是要卖，那也我们自己卖，不要卖给他们。但似乎是不可能的事情，他们今天非得有个结果。他们嘴上说怕我把棺材卖了还是不交钱，真正担心的是，我们自己卖能高出几倍他们的出价，所以就对我们施加压力，非得将棺材抬走，先抵押了再说。

当然我们自己卖也有难处，即使出手也不一定就能卖个好价钱。再说这大过年的，到哪儿去找买主呢？

儿子趴在书桌上一动不动。妻子的眼圈红了。我抱住头蹲在了阶沿上。爹跟队长和会计到堂屋看棺材去了。

"最多900元！"会计说。

"我看只值600元！"队长若有所思地说。

"你们还不如去抢！这随随便便也能卖5000元，这是最大的棺材，全是柏木做的，一尺厚的底呢！"爹说。

"老太爷呀，恐怕你是糊涂了！"会计说，"你以为这是什么宝贝？要不是看在你儿子媳妇求我的份儿上，我才懒得给你出这个主意呢！干脆一点，1000元！"

"2500元！"爹说。

"800元！"队长说。

"那好，就1000元。"爹说。

"虽然贵了一点，权当做件好事！"队长说，给会计递了个眼色。会计笑了。队长转向爹说："先放你们家，过几天我再找人来抬，我先给你出张收据。"

为了把两位干部打发走，过上一个清清静静的年，爹把价值5000元的棺材以1000元卖给了集体。

队长的收据是这样写的：

收条

今收到×××棺材一口（折合人民币1000元整），用于抵扣历年欠款900元。

×××
农历×年腊月三十日

我问他为什么只抵900元，队长说找人抬得出工钱，还说100元干不了什么，他自己还要搭上一顿饭，烟酒钱就得100元！

三月的一天早晨，妻子在家里煮早饭，我在田里锄草。太阳慢慢蹭到山头。我刚一抬头就被刺疼眼睛，心头一震，莫名其妙地惊慌起来。

我听到爹叫我，说屋里出了事。我扔下锄头，向家里奔去。我的脚趾头出血了，因为急着往家里赶，忘了穿留在田埂上的鞋子。

我冲进灶屋，妻子倒在一张破椅子里，脑袋耷拉着。听爹说，她刚才晕倒在地上了，爹给扶上椅子的。我使劲地掐妻子的虎口，又掐她的人中。

妻子总算醒过来了："我这是怎么了？"

我连忙说："你是累着了，休息一会儿就好了！"

"我最近老是胸口闷，刚才心窝子痛，跟着就什么都不知道了。"妻子望着我，眼泪簌簌地流下来，"最近心窝子时不时地痛，痛得站都站不稳！"

我这才记起，自从我们家的棺材被抬走以后，妻子就像是变了个人似的，沉默寡言，整天卖命地干活儿，最近三个月干的事情比以往一年还多。

妻子对我说，我们一定要把棺材赎回来，因为是从我们家里抬走的，弟弟跟弟媳以后根本就不需要管，何况他们家的境况跟我们也差不多。

或许正是这口该死的棺材，搞得妻子没日没夜地忙活。但在这之前，我一点也没有注意到她的变化。

"快别说了！"我说，"你先躺一会儿，不会有啥子事情的，你不要胡思乱想，一会儿我们去医院检查一下。"

妻子望着我，眼泪不住地往下掉。

爹站在一边，脸上毫无表情。他可能还在为棺材的事情跟我赌气呢！爹的心里一定是这样子想的：我怎么养了这么个没出息的畜生!

医院检查结果显示，妻子得的是慢性心脏病，已经到了晚期。

医生告诉我，妻子随时都有生命危险，叫我做好心理准备，除非到大医院做心脏移植手术。我知道我们家拿不出几十上百万，只好跟她回家找乡村郎中医治。

星期六，读高二的儿子从学校回家，我把妻子的事跟他简单透露了。他没有多想，就对我跟妻子说："爹，娘，我想过了，我不读书了！"

"为什么？"我问他。他不说。

"都快进高三了，说不读就不读了？"妻子也问。

"书能读吗？"爹气愤地说，"全家人吃饭，就你一个人读书，真把你辛苦了！"我知道爹说的是气话，儿子也知道。

"我就是不读！读下去也没什么结果！再说娘看病也需要钱。我想好了，明天就出门去挣钱，到大姨父进的那家厂。"

第二天儿子就带着家里仅有的150元去了广州。

自从妻子得知有了那么个病，就更少言语了。每晚挨到鸡叫三遍，她才睡得着，而且常常会在梦里悄悄流泪。我知道，我什么都知道！

乡村郎中对她的病没有一点儿办法。当然郎中已经尽力了。他能够做的，就是尽量延长妻子的命。

妻子一天到晚地坐在那儿，什么也不想干。她抱定了一个结果：迟早都是个死。

她考虑最多的是儿子，连说梦话都在为儿子的事情着想。我常听到她在梦里说："儿子大了，他自己的事也不少，我这个样子，对他只是负担。"每每听到她说梦话，我就忍不住流泪。一般人家这时候都处在温柔的梦乡，而我跟妻子，一个在梦里挂念着现实，一个在现实中醒着做梦。

妻子明白，我们家要给她治病是不可能的，单靠儿子挣钱为她治病也不现实。儿子高中都没毕业，在外面又能混成什么样子呢？等到混得像个人了，恐怕她早就走了。

一天晚上，我跟她躺在床上，问她："这几天感觉好些没有？"

"好不了了！"妻子冷淡地说。

"你不要这样想，马医生自有他的法子，你会慢慢好起来的！"我感觉嗓子眼被堵住了，心里一酸，鼻子也酸起来。

两个月后，儿子寄回3000元。我们全家人有了一点儿希望。首先是爹，他要我把棺材给买回来。其次是我，我计算着儿子花多长时间可以挣够30万元。希望虽然渺茫，但成功的那一天总会离我们越来越近。只是妻子能不能等到那一天，就要看她的造化了。妻子想的跟我和爹都不同，她说："儿子大了，又能挣到钱了，我也就不用再为他操什么心了，这下我可以安安心心地走了。"

又过了半个月，我收到一封电报，那上面说：儿子出事了，脸被钢丝剐伤了。

妻子当场昏了过去，好半天才把她弄醒。

为了在家照顾妻子，广州就由弟弟代我去了。厂家把儿子送到医院，出钱把儿子划伤的脸缝好了，另外赔了5000元医疗费。

儿子回到家里，妻子看到儿子那张脸，整日哭个不停。

儿子的整张脸都烂了，虽然医生的缝合技术还算不错，但毕竟也是个终身残疾了。

为了不让儿子再出什么意外，我把家里所有可以照出影子的东西都砸了。我担心哪一天儿子想不通，一下子离我们而去。

日子一天天过去，妻子越来越瘦。前段时间她还每天叹气，现在连叹气也少了。

她坐在那里，你不近看，还以为她已经死了。我帮她熬的药，经常被她偷偷倒掉，除非我守着她，看着她喝下去。她常常借故把我支开，等我一转身，就把药倒了。

我知道她不会老老实实地喝药，也知道这样下去不会有什么结果，但我还在勉强坚持。

我总是在想，在我前方，一定会有奇迹出现，只是要等到下个世纪了，可是离下个世纪还有好些年呢。

儿子一天到晚也不说一句话，除了呆坐之外，就是藏到床上，用被子紧紧地捂住脑袋。

圈里的猪跟牛不见长大，反倒越来越小。甚至我根本就是靠猜测来判断，我只听到它们的嚎叫声。

爹跟我过的时候，整天扛着锄头到地里忙，白天很少见他。他更愿意跟弟弟过。弟弟家的房子跟我们家就隔两条田埂。

我感觉我也患了重病，全身开始瘫痪，干什么事都没有心情，都提不起劲儿，常常一个人发呆，一坐就是大半天。

别人叫我非得大声。就是走在路上，脚趾头磕出血来，别人不说，我也不知道。

尽管我没干活儿，但我什么也没想，脑子里头是空的。

突然有一天，早上一起床，我就感觉浑身有使不完的劲儿，一天下来，干了很多活儿：喂猪割草耕田做饭，没有觉得半点儿累。

到了晚上，我一个人的时候，就开始细想起近日发生的事情。随手摸了一下脸，发现胡子很久都没有刮过了。

这样旺盛的精力只维持了两天，当我看到儿子的眼珠不见了的时候，又开始什么也不想理会了。

儿子的眼睛是个炸药包，它会缩短妻子的寿命，也会加重我的麻木。

原来，医生在帮儿子缝合眼睛的时候，没将他的眼皮缝好。现在，右眼的上下眼皮长到一起了。

我带着厂家赔偿的5000元来到乡镇医院。医生说必须尽快开刀，但他们目前还没有人敢动这个手术，必须到大医院才行。

幸亏我还知道问一下价钱，要不然，等到我把儿子送进大医院，叫我到什么地方去找那几万元？

爹去跟弟弟过日子了。我们一家三口整日窝在屋里发呆。谁也不愿跟谁讲一句话。根本没有什么好讲的，讲了也没有人想听。

我清楚地记得，队长、会计抬走棺材后，妻子怎样一天天变得忧郁，儿子怎样一天天在学校把学习落下。而今，这一切都离我远去了——

傍晚时分，我家的牛挣脱了鼻绳，跑到邻居家的田里，啃吃了长势正旺的秧苗，被人打得满身是血。等我牵回圈里，牛躺下不一会儿就死硬了。

猪在圈里叫得死去活来。

妻子在里屋念叨："天一黑，我就要走了。我要走了，我就要走了……"

我跑进去，抓住她的手："你不要吓我，你不要再胡思乱想了，听到没有？"我绝望地哀求着她，发疯一样抓着她的肩膀乱摇。

夜晚安静得出奇！黄昏留下的最后一丝霞线也断了，逐渐变成连续的紫红色小点，紫红色的小点继续变小，越来越小，后来全不见了。

鸡在阶院里乱飞乱扑，我忘了开鸡圈门了。我过去把门打开，但它们都不肯进去。它们好像知道似的，这一进去就出不来了，我肯定不会再打开圈门了。

我转过身，一道晃眼的电筒光直接刺进了眼睛里。狗歪歪斜斜地凑上去，细声细气地吠了几声，就没气力了。

那人骂道："没长眼睛？老子两脚踢死你！"来人是队长。我没有请他进屋坐的意思，他也没进屋的想法。他张嘴就说："我来是通知你们搬家，最近就搬。政府要修高速公路，刚巧经过你们房子。这次政府拨了款，人均一千二百多元，刚好抵掉你们家的欠款，限你们一个月之内搬走。到时候会有人来把房子拆掉，瓦料自理。这是文件，你自己拿去看！"队长将文件扔在地上，像躲瘟神一样逃走了。

我站在黑夜中一动不动。尽管早就该做晚饭了，我也没有跨进灶屋的意思。

过了很久——也不知道具体多久——或许是饿了，或许是脚站麻了，或许我想起了妻子还在灶屋里，才想起进灶屋弄点儿吃的。

刚跨进门，我就被绊了一下。我赶紧摸到火柴划亮，看到妻子倒在血泊中，旁边放着切菜刀。血已开始凝固。我伸手去摸她的身子——冰的，硬的，全是骨头，没有点儿肉。儿子背靠墙壁，就站在旁边。或许他是看着他娘抹脖子的，又或许他是帮着他娘割喉咙的，再或许这只是我的幻觉……等我手中的火柴燃尽，我就什么都不知道了。

后来只听人说，儿子被一辆拉猪的大卡车碾碎了脑袋，脑浆子溅得到处都是。还说儿子的血真多，当时血像喷泉似的射向高空，几乎染红了半边天。

　　我真的疯了。我甚至怀疑，我以一种病态降临，又将以一种病态离开。

　　我家房子被拆后的第十天，也就是爹下葬的当天晚上——爹是屙血死的——我在最后几秒清醒了过来。

跑跑步，听听歌，跳跳舞

我并不想杀人。一想到杀你，我就恶心干呕。这种感觉整整折磨我两年了。

小的时候看到杀猪我都害怕。猪放完血后动动腿，我都要吓尿，到晚上还做噩梦。所以放心，我绝不会对你做出什么奇怪的事情。

我也不会在你身上做实验。想想都觉得恐怖，整晚整晚睡不着，白天走路总也忍不住回头看，总是感觉背后有人；见到任何陌生人都觉得可疑，都会不自觉地避开。

所以放心，我绝不可能让你死得很难看。相反，我会想尽一切办法让你体面地死去。

我是美容师。我会亲自为你化妆。你大可放心地死去！

你可以将眼睛闭上，只打开耳朵就可以了。当然你眼睛也可以一直睁着，看着我，也是看你自己，一边听我向你汇报。

我这房子装修得还行吧？卧室布置得还好吧？这床躺着还舒服吧？这些都是我亲自设计的。单单为了这张床，我几乎跑遍了整个重庆家具城。上等的进口橡木床，花了我整整3万元。之前除我以外，没有任何人睡过。你能躺在这张床上死去，不对，你在临死之前还能睡上这张床，充分说明我对你有多么重视！

你可能会想，我平素一个人生活，干吗住这么大的房子，睡这么大的床！现在我们两个人躺在上面都宽敞得很！

你有没有发现我什么都准备的双份？鞋柜里面的拖鞋，洗漱间里的洗漱用品，洗澡用的毛巾，衣柜里面的睡衣，床上的枕头……都是双份的！

当然，你今晚穿的拖鞋，刷牙、洗脸用的牙刷跟洗脸帕，都是我事先单独买给你的。

你可能注意到了。可你有没有发现其中一份是给女人用的？

你没有，你肯定没有发现。

我是准备给两个人的：一个是我，一个是我想和她过一辈子的那个人。只不过我等了十年，那个人始终没有出现。

我马上四十二岁了，比你大了整整十五岁。之前我等那个人，也等了整整十年。我以为我要等的那个人再也不会出现了，差不多就要放弃了。

直到美云出现。

腾讯推出的通信工具微信，让我等了十年的人浮出水面，并且闯入我的世界。所以我认为腾讯是一个非常了不起的企业。

同样了不起的就是美云，她在没有我手机号码的情况下，居然通过手机通讯录添加我为微信好友。

她把我当成了另外一个人。也就是说，我的手机号跟另外一个人的只差一个数字。加上以后她说加错了，向我道歉，请求我将其删除，希望我不要生气。

事情既然发生了，无论过去，还是将来，还会再次发生。存在即合理嘛。我忘记是谁最先讲的了，也懒得去查证。

也是因为好奇，我就回了"缘分"二字。想想也是，偌大一个中国，十几亿人口，能够因为小小的错误而相识，如此小的概率，居然让一个广州的女孩和一个重庆的中年男人就这样认识了，除了感叹神奇之外，也就"缘分"二字能够表达我的认知了。纵然是20世纪90年代末，我们都不可能认识。

她问我是做什么的，我说我开了一家美容院，专门伺候小三，在那些二奶的脸上做文章赚钱。她说她是画画的。我说我认识一个画画界的朋友，是个聋子。问她画什么，她说主攻国画和水彩。我问她哪个学校毕业的，她说先在广州美术学院学了两年，然后到米兰美术学院待过两年。我说广州美术学院我听说过，我喜欢的演员徐锦江就毕业于该校，不过米兰美术学院，我是百度以后才知道的。

她说她也很喜欢徐锦江，国画大师关山月的关门弟子，算是学长。只不过她喜欢的是作为画家的那个徐锦江，不是作为演员的徐锦江。我说徐锦江还是著名相声演员唐杰忠的关门弟子，2009年8月25日正式拜在唐杰忠先生的门下。她说这个她还不知道，我了解的真多，跟我聊天会学到很多东西。

我问她还要删除吗？她说干吗要删除呀！兴许我们能够成为好朋友。她说真没想到她的一个错误帮她赚到了一个真正的朋友。她用了"赚"字，我觉得非常形象。我说我会努力演好朋友这个角色。我说我快四十了，你是"90后"吧？不怕我们之间有代沟？她说那都是世俗的看法，还说两个人交往贵乎交心，年龄从来就不是问题。

我刚才说过，认识美云之前，我已经有十年的情感空档期了。换句话说，我有十年没有对任何女人动过心了，自然也没有哪个女人闯进我的生活。我不是说我认识的那些女人长得不够漂亮，也不是说她们人不够好，而是说我和她们本来一个是水一个是泥，搅在一起只会浑浊不清，不可能彼此交融，同声相应、同气相连。

整整十年，我没有主动追求过任何一个女人。

当然啦，好歹我也是一表人才，而且拥有还算过得去的事业：二十多个小姑娘跟着我一起干，也算是小有成就。因此主动追求我或暗示对我有好感的自然不在少数。

但我向来独善其身，任尔东西南北风，我自岿然不动。

当然，我在等，我在等那个合适的人出现。

我常告诫自己，弱水三千，只取一瓢饮。然而水与水抱在一起，分割不开。在没有找到水源之前，在没有找准下瓢的地方之前，或者在我并不感到口渴的情况下，我会选择把瓢珍藏起来。可是你呢？你又是怎样做的呢？毫无顾忌！任意妄为！随兴所至！你糟蹋的岂止是一瓢水！你弄脏的是一大片水源！水是上天赐给人类的生命之源，是用来洗濯净化你我蒙尘的心灵的。没想到你却用来洗身上的污垢，还将屎尿拉在里面！

你有没有听见水在哭泣？你知不知道水在流泪？你见没见过水绝望时的样子？

你没听过。你不知道。你没见过。可是——我听过。我知道。我见过。

自从跟美云认识以后，我每天都要抽出时间陪她聊天，基本上都是中午，或者晚上等她下班以后。

有天早上六点，当时天还没亮，她就发来一条信息。

我是八点以后才看到的。

她说她好难过、好伤心。我问她为啥难过、为啥伤心。她说闺密雪芹后天结婚，邀请她去参加。我说跟她结婚的那个男人是你的前男友吧，她说你是怎么知道的？我说套路，毫无新意。闺密结婚，本应开心，你却难过，唯一能够解释得通的就是那个男人跟你有过密切的关系：或者你爱他但他不爱你；或者你们曾经好过但是不欢而散；或者闺密撬了你的墙脚；或者那个男人脚踩两只船，被迫离开了你。总之那个男人的存在对你构成了威胁。从闺密的角度考虑，你很想参加她的婚礼，带去你的祝福和礼金，表明你是她最好的闺密、最值得信赖的朋友；但你又怕去，你怕去了会尴尬，会更加难受。

我建议她最好别去，通过微信转账的方式送上礼金和祝福就可以了。

她说她会认真考虑我的建议，感谢有我，感谢我的存在，感谢上天把我这么好的人赐给她。她说现在感觉好多了，叫我不要担心她的安危。

她说无论去不去都会事先告诉我。她的确告诉我了。她说她反复想过：要去。她不希望雪芹失望。

她去参加了你们的婚礼。

从她发在朋友圈里的照片明显可以看出，她很不开心，虽然脸上浮着一层笑。其中一张照片中有雪芹和你，还有伴郎和伴娘，两个我都不认识。

我就是从那个时候见到的你，见到了二十多岁的自己。刚开始我有一种错觉，以为自己穿越到了十五年前，并与雪芹结了婚，婚礼上的照片被一个叫美云的女子多年以后发在了她的微信朋友圈。我自然知道，这是不可能的，我不可能穿越。我认为穿越题材是天底下最无耻最狗血的无稽之谈。

但你长得跟我二十多岁的时候实在是太像了，简直就是一个模子里刻出来的，只有同卵双生子才会长成这样。若非我对父母了解很深，若非我们相差十几岁，我真会怀疑你是我父母丢失的孩子，或者我是你父母丢失的孩子。更为神奇的是，我从美云那里了解到你的身高也跟我差不多：我一米八，你一米七九。

只不过你的体重为66千克，我当时有92千克。现在好了，你长了点儿，68千克，我减到了70千克。

为了甩掉身上的20多千克肥肉，为了将自己变得跟你几乎一模一样，我花了整整两年时间。确切地说，我花了两年零九天。

这期间我到过广州五次。我从没有见过美云，我也不可能去见她。我去广州仅仅是为了见你。因为照相技术不断革新，美图软件会将武大郎变成武二郎。我得看到真人。我得看看你到底是不是跟我二十多岁的时候长得一模一样。你到底没有让我失望，跟我二十多岁的时候一个样。有次我假装向你问路，有次我向你打听时间，有次我借用你手机你没借，有次我故意撞了你，有次我跟你在同一家咖啡店喝了咖啡。你不可能认出我来，像你这种从来不把任何人放在眼里的人，怎么可能认出对你毫无利用价值的人来呢？

就为了确保你跟我二十多岁的时候长得一模一样，我去了广州五次，每次往返我都坐的飞机。当然，每次去广州之前，我都会事先了解你的行踪。要不然扑个空就划不来了。你说对不对?

其实你认不出我来也很正常,因为我每次去都有变化,越到后来跟你越相像。你没有变。我在变。我在朝着你变,包括发型,包括你讲话的方式和声音。

你的声音不用模仿,美云就曾说过,我跟你的声音很像。或许有一天,我会因为这个暴露自己。

我还跟人学粤语,看粤语电视台,听粤语广播频道。我不仅变成了你的样子,而且学会了你讲话。我的粤语跟你讲得一样好,就跟复读机似的。

为了将我塑造成你,我付出的远远不止这些。我还学会了跳舞,除了华尔兹,还学了恰恰、探戈和伦巴。你就会一种华尔兹,而且我知道你跳得非常一般。另外我还了解了一些绘画方面的粗浅知识。我得感谢你,因为你不学无术,在米兰美术学院待了两年,竟连一张像样的画也画不出来。

你去意大利压根儿就不是为了学画,而是为了泡女人。

美云真傻,竟会对你十年不变,爱你爱得如此深沉。你与雪芹结婚当晚,美云跟她妈妈和姨妈去参加了一个拍卖会。会上拍了两张照片:一张三个人的合影,美云满脸忧伤;一张美云的独照,一个人坐在一张玻璃桌旁,手里端着半杯红酒发呆。我不知道她从红酒杯里看到了什么,但我知道她很想哭。我从酒杯的反光中看到两滴眼泪在闪光。我望着她发在朋友圈里的照片,一直望着，就那么望着，任由眼泪冲刷脸颊。

多美的女人啊！多好的女人啊！多可怜的女人啊！

我要是有个这么爱我的女人，该有多好！

你想知道我过去爱过的女人都是怎样对我的吗？你肯定想知道啦。无非因为你现在正面临着生命危险，死亡的阴影暂时封存了你的好奇心。不过这并不重要。你想知道也好，不想知道也好，我都会讲。时间充裕得很，我会慢慢讲给你听。你只不过是不能动弹，相信你的大脑这会儿比任何时候转得都要快。不过没有用的，没有人能够救得了你。你还是专心听我给你讲吧。

上高三那年，我喜欢上了小我四岁的高一女生秋荻，可她一点儿也不喜欢我。刚开始我以为是自己长相不行，后来发现自己不但不丑，而且帅气十足，这在我见到你的照片之后更加坚定了自己的判断。她不喜欢我，主要是因为我穷，一副寒酸相，又自卑又胆怯，还穿着打了补丁的衣服，自然潇洒不起来。同班同学西耳说秋荻走路难看，说话声音难听，我都没有放在心上，相反我认为那是一种美，一种世间少有的美。我依然执着地爱着秋荻，并且认为她就是我这辈子的女神，总有一天会对我回心转意，认识到我的好，爱上我，嫁给我，做我一辈子的女人。

后来我上了大学。西耳留级到秋荻班上，不到三个月就和她上了床。再后来秋荻也上了成都的一所职业学校，嫁给了我另一个高中同学南眼。

可她跟南眼过得并不是很满足。她始终忘不了第一个睡过她的男人西耳，却把我当成了她倾倒情感废物的垃圾桶，时不时地向我倾诉。每次倾诉结束，她总会善意地提醒我，就算天底下的男人死绝了，她也不可能喜欢我，叫我不要痴心妄想，癞蛤蟆想吃天鹅肉，还说我最好尽早死了这条心。

我记得我在西耳留级到秋荻班上之前再三拜托，让他帮我好好照顾秋荻，结果他竟把她给睡了。当然那是秋荻自愿的。就像我有个名叫佳琪的海南朋友曾经说过，该发生的她也没有拒绝。西耳想睡，秋荻乐意。可是，睡就睡了吧！干吗还要伤害她呢？搞得她对任何男人都不相信了，尤其是不相信我，包括我说的每一句话。比如，我好几次跟她讲，我已经不喜欢她了，我喜欢的只是十五岁的秋荻，十五岁以后的秋荻对我来说很陌生，我喜欢的那个秋荻永远停留在十五岁，不会长大一分，不会变化丝毫。你猜她有什么反应？她说，老丁——她从一开始就叫我老丁——你就别再骗你自己了。你在没有得到我的身体以前——当然你永远也不可能得到我的身体——你是不会停止喜欢我的，我太了解你了，老丁。她说有句话讲得好，女人的爱始于性，男人的爱止于性。女人愿意跟你上床，就表示她爱你，并且打算跟你一辈子；男人愿意跟你上床，什么都不表示，而且上完床就想要离开你了。她说，西耳说他不喜欢我，我一万个相信，但你老丁，我不相信。你喜欢我，想得到我，这很正常，我又不怪你，可是你真的没有必要骗你自己！

你看秋荻她不信我，西耳也不讲诚信。

更奇怪的是，后来跟我有过短暂交往的几个女人，总跟秋荻一样不相信我，而且我们之间总会存在一个跟西耳一样不讲诚信的男人。

秋荻不信我，我却相信一切。西耳不讲诚信，我讲。因此你和雪芹结婚那晚，美云说她想要去死，我相信她是认真的。我通过手机反复劝说。她说就看我的表现了，我要是表现得好她就活下来，我要是表现不好，她就从我的世界里消失；她说她睡不着，当时已经凌晨两点三十五分了，她要我整个晚上都陪她聊天，还要唱歌给她听。我想都没想就答应了。那晚我们谈到了各自喜欢的歌手。我说我喜欢浪子王杰，她说那也正是他喜欢的歌手。我说我最喜欢《爱情杀手》，她说她最喜欢《伤心1999》。我告诉她，我们两个喜欢的其实是同一首歌：《爱情杀手》就是《伤心1999》，《伤心1999》就是《爱情杀手》。但她又说她不想听王杰的歌，她想听我唱王菲的《红豆》。我说我不会。她说你马上学呀！于是我第一次认真听了由林夕填词、柳重言谱曲、王菲演唱的那首《红豆》。而在那之前，我讨厌王菲的每一首歌。我也不知道为什么，反正就是喜欢不起来。听了两遍，我就唱给美云听。我看到视频中的美云不住地流眼泪。当我唱到"等到风景都看透，也许你会陪我看细水长流"一句时，她竟一个人在广州的家中号嚎大哭。

差不多凌晨五点半，她说真希望你早点儿把一切风景都看透，那样你就可以认认真真地陪她看细水长流了。

我没再说话。真不敢相信，爱一个人竟然可以爱得如此彻底。

可能是因为她哭累了，也可能是因为我太困睡着了，当我们再次聊上的时候，又是满城市灯火通明了。

她说经过昨天晚上，她终于想明白了一件事情：你根本就不值得她去爱。她要重新做回那个阳光满满的独一无二的美云。

听到她这样讲，我简直比她还开心。而当她说要去乡下外婆家待一阵子时，我就知道她并没有真正想明白，去乡下根本就是在逃避。

但我并没有拆穿她，而是鼓励她去。我说去乡下好，乡下空气好，是应该回到大自然的怀抱中去了。

她坐高铁去了武夷山。外公种了许多茶树，去后第二天早上天刚亮，她就出门到茶山上去了，拍了几张照片，有满山的茶树，有她推着外公撒娇，也有她搞怪的自拍照。照片中她扎着两根辫子，穿着白色波鞋，深蓝色九分紧身牛仔裤，纯白色短袖桃领T恤，满脸的天真和幸福。我甚至在遥远的重庆都能感受到她快乐的气息。那天早上是我过去十年来最开心的日子，是我过去十年来最值得纪念的日子。

我真想把我的喜悦告诉每一个人。

我开车上班的路上，一辆长途大巴车停在交通灯前，车尾玻璃上的"武陵山"三个红色大字抓住了我的眼睛。

在那一瞬间，我将武陵山误解成了武夷山，脑子里突然生出可以搭上这辆车赶到美云身边的念头——

一秒，仅仅一秒，我就意识到，这只不过是由重庆主城区发往位于涪陵城东南的武陵山的大巴车，而武夷山位于江西与福建西北部的两省交界处。

我有些失落，而前面红灯还有三十秒。我便掏出手机对准前面的大巴车拍照。我将照片发给美云，一个字都没发。

美云是懂我的。她说你一定是太想我了吧！

美云在武夷山外公家总共待了十七天，跟外公学会了采茶、炒茶，跟外婆学会了抽豇豆里面的筋，亲自到瓜架下摘苦瓜、丝瓜和佛手瓜，帮着外婆做饭。

我记得很清楚，第五天的午饭是美云一个人做的。那天上午十点，美云就说她要亲自做顿饭给外公外婆吃，要我为她加油。不到十二点，美云将她的成果拍照发给我看，五盘子素菜摆在木头桌子正中间，一角放着半铝锅绿豆稀饭，挨着铝锅的是摞在一起的三个饭碗，木柄铝勺扣在碗里。我对她的手艺赞美了一番。我说我还从来没有吃过艺术家的手做出来的饭。美云说有机会做给我吃。我这人太容易相信了，我相信美云绝不是随口一说。我说我已经欣赏了你的成果，非常不错，我用眼睛和心吃到了你做的饭菜，现在还想看看你的样子。她于是发给我一张自拍照：已经洗白的藏青色围裙仍然系在身上，额头上渗出了细细的汗珠，几丝头发弯曲着粘在眉毛周围。

我笑了，不经意地笑了。

原来美都是天然去雕饰的，真正的美是让人安静的。作为美容师，我每天在那些人老珠黄的富婆、年轻妩媚的小三脸上雕琢，却从未完成一幅让自己感动的作品。

接下来几天，美云都会亲自做一顿饭，或者午饭，或者晚饭。第九天美云一个人在茶山上转了一上午，拍了茶树周围的蚂蚁、水塘中的小鱼儿、山腰上的云雾，下午画了两只一前一后飞翔中的天鹅。从整幅画的布局来看，作为主体的天鹅位于左下方。我问她为何不是位于左上方，这样更能体现天鹅飞得高远，飞得自由，飞得畅快。美云没有回答我，将话题转到其他方面了。

我隐约感觉到美云有些失落，但又不好明着问她。第二天中午，她通过微信让我发给她我的QQ号。我说告诉我你的号码，我加你。她坚持，说让我加她显得很不礼貌。我将号码发给了她。她说我们的QQ号前面四位数字竟然一样。她说接下来这段时间将用QQ跟我交流，暂时不想用微信了，等她回到广州，换了手机号再重新申请一个，到时候第一时间告诉我新的号码。

我自然很快就猜出了其中的缘由。

我问她是不是前男友还在纠缠她。当时我还不知道你叫什么名字，杀你的念头也还没有滋生，提到你都是用前男友代替。她没回复。我知道我又猜对了。

我说全都是套路，没想到现在的"90后"一点创意都没有，玩不出新花样。她解释说你并不喜欢雪芹，你们有了孩子。

我有些愤怒。我说你前男友在你这里找不到新鲜感了，对你厌倦了，就想跟你的闺密试试了，两人感觉还不错，冲动之下忘记采取安全措施，惹出麻烦了，你前男友为了体现自己是个负责任的男人，提出跟你分手，要和你的闺密结婚，把孩子生下来，你在他和闺密之间艰难选择，最终决定牺牲自己，成全他们，而对前男友的不忠行为毫不在意，然而前男友很快就发现你的闺密跟想象中的完全不一样，根本无法满足他的任性，因此结婚前后一直都在纠缠你，向你忏悔，向你道歉，请求你原谅，说他并不喜欢你的闺密，他只是一时糊涂，因为你的冷落搞得他很不开心，是你的闺密乘虚而入，让他一失足成千古恨，他现在是真心悔过，只求你能够原谅他，原谅他什么，原谅了他又怎样，实际上他并没有想清楚……我说这是既愚蠢又低俗的垃圾剧本，一元可以在天涯、起点、言情等网站上看十套。

我发以上信息给她，本想激怒她，好让她认清你的本质。我以为采取以毒攻毒的方法很高明，会收到良好的效果，结果她只回了我三个字：我爱他。

接着她又发给我一行字：我不能没有他。

我说这下倒好，一下子伤害了两个女人，你干吗不早一点儿原谅他呢？那样他也就不用跟你的闺密结婚了，你现在想让他怎么办？

她说不知道，还说我讲的这些大道理她都懂，但是感情的事情，没有人能够百分之百地驾驭得了。她说顺其自然吧，走一步算一步，她现在脑子很乱。

当时我极力想说服她彻底摆脱你，那样我就可以正式向她发起进攻了，我将用我的真诚和耐心打动她，最终赢得芳心。然而就在那之后一个月，我已经不那么想了。我庆幸我没有那样去做，因为我已经有了新的计划，那就是替代你——灰灰。以后我就是灰灰，真的灰灰将不复存在，真的老丁也将消失无踪。

你说我是不是很厉害？老实说，当我制订这个计划并且立即付诸实施的时候，我都对自己佩服不已。

然而我需要面对许多的现实问题，万万不能高兴得太早了。

我做的第一件事情就是，从不跟美云聊视频，再也不向她传照片，再也不在朋友圈发新的照片，并将以前发在空间里面的二十多岁时候的照片全部删除，换上最近的，将家中相册里面的老照片全部清理出来烧掉。如此一来，老丁在美云的世界里永远都是那个四十岁的胖大叔了，而实际上老丁却在悄然转变，重新变回二十多岁时的样子，变成那个美云熟悉并且深爱的灰灰。

美云在武夷山通过不再使用原来那个微信号的方式，暂时摆脱了你，改用 QQ 号跟亲人以及朋友们交流。因为 QQ 号是刚申请的，没有和手机绑定，你找不到她。我不知道你打电话过去她是怎么处理的，我猜她将你的号码设置成了禁止呼入。没了你的骚扰，她每天早上都到茶山上去写生，差不多中午的时候就回到外公家开始作画。我只有等到晚上十点左右才能跟她聊上几句。

她离开武夷山的前一个晚上，正当月圆。我在家中的阳台上呆望着月亮想她。她好像能够感应到似的，发给我一张照片——月亮就像一颗夜明珠，半握在她的手心，她纤细的手臂照亮了附近的夜空，点燃了天空中的月亮。她说她正在看月亮，明天就回广州了，这次在外公家里过得很开心，再加上有我的陪伴，这段生活就更加有意义了。

我是什么时候想到杀你的呢？你想知道吗？当然，你肯定想知道。况且时间还早，差五分钟才到十点，我会慢慢讲给你听的。

你和雪芹结婚不到半个月，也就是美云还在武夷山外公家的时候，你就彻彻底底地露出了邪恶的本性。你威胁雪芹把孩子拿掉，否则你就揍她，照着她的腹部拳打脚踢，时不时地还打她的脸。你还拿她的上一段恋爱说事。你骂她是个下三烂，她最好立马滚蛋，滚得越远越好，你再也不想见到她。雪芹架不住你的打骂和侮辱，只得答应跟你离婚。

可她将孩子生下了，现在都快一岁半了。

你看过孩子一眼吗？你带过孩子一天吗？没有。你的眼里只有你自己。你甚至都不知道有这么个孩子存在。

我是怎么知道这些细节的呢？你肯定以为是美云告诉我的吧？美云才不会跟我讲你的这些事儿呢。美云跟我讲的全是你有多帅气、多优秀、多聪明，讲的全是你们相爱的每个幸福瞬间。美云告诉我，你们上中学的时候就认识了，虽然不在同一个班上，但她几乎每天都能看到你，那个时候就喜欢上了你。后来你们一起考进广州美术学院，实际上你是你父亲花重金走关系进去的。一年后你去了米兰美术学院，你在那边疯狂追求那些能够轻易被你骗到手的女生，差不多每个月换一个。

美云的父亲虽然在深圳开了一家珠宝店，母亲也是广州一家外资企业的高管，但和你们家比起来，却有天壤之别。

你去意大利实在易如反掌，你父亲一掷千金，什么都搞定了。美云却不一样，她要经过重重考核、层层筛选、导师举荐，费尽九牛二虎之力，才再次来到你的身边。

美云告诉我，你们真正确立关系，是在毕业舞会上。那晚你和来自不同国家的好几个女生跳了舞，表现得非常绅士，总是很有礼貌地邀请她们，跳完一曲再把她们送回座位。美云是你邀请的最后一个。你带着美云在舞池中漫步，你们跳的是华尔兹。美云曼妙的舞姿和她低头抬头的温柔瞬间迷晕了你，竟然让你的膝盖当场变软，跪在了她的面前，再三恳求她做你的女朋友。

美云说那一刻以及回国后的头三个月，她真感觉自己是世界上最幸福的女人。可她并不知道，你在和她交往期间，身边的女人从来就没有断过。

美云一个人生活，每天沉浸于绘画中。你就每天忙于在不同的女人之间周旋，甚至勾引有夫之妇，破坏他人的家庭，还美其名曰拯救天下的怨妇。你害得一个十八岁的外地女子为你自杀，直接从黄埔大桥上跳进珠江，几秒就浮上来了，证明她当场就死了。你可曾有一丝悔意？你可曾有一丝罪孽感？

没有，当然没有！你怎么可能有！

你现在明白了吧？你的那些恶心经历都是雪芹告诉我的。我通过美云认识了雪芹，然后跟雪芹成了无所不谈的密友。我还是你孩子的干爹。雪芹说她真恨不得杀了你。我开玩笑说我帮她，没想到她竟当真了。你没想到吧？是雪芹建议我杀了你然后替代你的，这个创意是属于雪芹的。雪芹居然能够从体重90多千克的我身上看到你的影子。相比之下，美云就没有这么好的眼力见儿。

想必你也知道我的粤语是跟谁学的了吧？

怎么了？

你怎么流泪了？要是能哭，你还不哭得跟死了亲人似的！就跟我当年一样，见到早已被冻硬的父亲，差点儿被自己的眼泪冰封。我父亲一辈子务农，五十岁才第一次出远门，就为了给我挣学费，跑到北方去挖煤，结果被砸死在井下。为避免不必要的麻烦，我跟厂方的人半夜从镇上的医院太平间里偷出父亲的遗体，将他绑在一张门板上，颈子上一道，肚子上一道，小腿上再一道，就将其扔到一辆大卡车的车厢里，拉到大城市里去火化。我就站在车厢里，双手紧抓着前挡板。汽车大灯射出去，映照出公路两边的白杨树，树干下端刷了石灰，整个两道死白。空气冷硬，差不多零下十五摄氏度。我的手冻在了车厢前挡板上，眼泪碾压成了冰凌，死死攀附在脸颊上。

我哭了。哭得真够响的，甚至比那晚载着父亲遗体的大卡车刺破北方的黑夜行驶在北方的公路上还要响。

你这算什么？不冷不热，又无痛感，要死的也不是你的亲人，而且我保证让你死得体体面面。换作是我，不但不哭，反而会笑。

人固有一死，或重于泰山，或轻于鸿毛。你觉得你的死重还是轻？我替你回答吧，你的死虽不如泰山重，但至少重过鸿毛，这一点我是可以肯定的。有一次我听到几个中学生背文天祥的《过零丁洋》：人生自古谁无死，早死晚死都得死。我觉得学生改得不错。可不就是"早死晚死都得死"吗？反正你都是要死的，而且死得还算有一丁点儿价值，何不痛痛快快地死呢？

摆脱雪芹以后，你立马就去纠缠美云。大概有段时间没和她亲热了，你又在她身上找到了新鲜感。你能让她哭，也能让她笑。你真有本事，就差没有让她去死。

可能是因为她还有梦想，可能是梦想救了她。你伤害她越深，越能激发她创作出形神兼备的画作。这两年当中，她一共完成了七十二幅画——三十幅国画，四十二幅水彩，每一幅都价值上万元。她最希望的是能够开个人画展。尽管她家条件远不如你，但要开办画展，还是没什么问题的。只不过她坚持不要父母的支持。她感谢父母赐予她生命，并且顺利地将她带到这个世界上，感恩于父母对她的抚养，并且送她接受最优质的教育。她已经长大了，她要通过个人的努力去实现梦想，回报父母，而不是一味接受父母的恩赐。所以那七十二幅画被她贱卖了一小半，除去购买进口纸张和颜料的高昂费用，除去极少的生活开支，她已经积攒了30万元。

30万元在你眼里算不得什么，也就是你两个月的零花钱。你为了追求一个整天沉迷于赌博的腐女，直接扔给她50万元，结果不到两天，她就输得一分不剩。

可你知道30万元对美云来说意味着什么吗？意味着她每天工作十几小时，意味着经常忘记喝水和吃饭，意味着从绘画中抽身出来已是半夜。

她多想有个人能陪她到小区周围走走，稍稍放松一下，顺便吃一点儿东西。那个时候你在哪里？你在宾馆里，你在网吧里，你在酒吧里，你在KTV，你在夜总会。

你在东莞，却谎称在家里。

为了节省时间，美云每个周末才去一次附近的超市，一次性采购一周的食物，大多属于油炸的熟食品，其次是一些水果，带回去冻在冰箱里。

为了尽快赚够开办画展的钱，也为了画够用于展出的一百二十幅作品，美云每天就靠这些东西来维持身体。美云的妈妈尽管工作繁忙，仍然隔三岔五地过来看她，给她买一些补充营养的东西。可她哪有时间吃。每次妈妈过来，都看到她在画架前忙活，只好丢下东西，叮嘱几句。本想带她出去逛逛商场，吃顿海鲜，都被她生生地推脱了。她要妈妈给她三年时间，等她的个人画展成功开办以后，就抽时间好好陪妈妈。

你说她哪里还有时间陪你！是的，她爱你没错，但她更爱艺术。可你为什么不能彻底地远离她呢？这两年里，你没少纠缠她，没少折磨她。

你想起了就去找她。

你所谓的爱她，你所谓的讲求诚信，你所谓的兑现承诺，都无异于对她实施强暴，不管她有多忙、她有多累。

你那也叫爱她！你那也叫讲求诚信！你那也叫兑现承诺！

让我来告诉你什么才是讲求诚信！让我来告诉你什么才算兑现承诺！杀了你，就是对我自己讲求诚信；再由我来扮演你，代替你去保护美云，就是对雪芹兑现承诺。

所以杀你势在必行，这也是没有办法的办法。相信我，要有别的办法，我是绝不会冒此风险的。请相信我，请你一定相信我。我是值得你信赖的。你看我都对你用了"请"字，我对你是多么的尊重！你相信我吗？真可惜，你不能回答。你可以动眼皮的。你相信我吗？相信就动一下眼皮，不相信动两下。

你动眼皮了，你动了两下，你竟然动了两下。看来你并不相信我说的。

没关系，我相信。我相信我杀你是合理的。尽管你不相信我，但我还是要跟你简单地聊一聊诚信这个话题。不着急，我看看现在几点了。哦——还不到十一点，到明天早上天亮还有七八小时……无论国家与国家之间，还是国家与人民之间，还是企事业单位之间，还是人与人之间，都应该讲诚信。可是你看看，现在还有几个人讲诚信？尽管无数单位的经营理念里面都包含了"诚信"二字，不仅写进宣传册里，而且贴在墙上，可是他们讲诚信了吗？这不正说明他们不讲诚信吗？

所以有句话讲得非常好，缺什么讲什么。失败者讲成功学，穷人谈生财之道，从未爱过的人喜欢怂恿别人去爱，婚姻恐惧者忙于提供婚姻咨询……

你缺什么？

你对被你欺骗的那些女人讲什么？

你对美云做过什么？你对美云兑现一次承诺，就是对她的伤害加重一重，将她对你的那份爱啃食得连渣儿都不剩。

我为了每天能够跟她聊几句，甚至改了作息时间，不到凌晨绝不上床。我熟悉她画的每一幅画。我能够细数她过的每一个开心的日子、失落的日子、绝望的日子。我要确保她准备休息了，并且和我分享过她正创作的作品的完成进度，她的构思，她的用色，她想借助作品表现的主题和情怀，才能安心地睡去。

两年，整整两年，几乎每晚如此。白天，我按照雪芹的指示，报了舞蹈班，从最基本的舞步练起，很快学会了华尔兹，接下来我陆续学会了探戈、恰恰和伦巴。总有一天，我会陪美云跳上一曲，整个舞池中央只有我跟她两个人。美云想跳多久，我就陪她跳多久。除了跳华尔兹，我还可以教她别的舞种。

单单学会跳舞算不了什么，还是不能将我变成你，最重要的还是减肥。器械是绝对不能练的，因为你只是单纯地显瘦，身上并没有肌肉。因此，我也只能单纯地减肥，最有效的办法就是跑步，同时减小饭量。于是这两年当中，要是有人留心观察，就会经常看到一个男人戴着耳机慢跑着往返于朝天门大桥。

很明显这个男人就是我——丁勉。今晚以后，丁勉这个名字将甚少被提及，而我也会将它彻底埋葬。从明天开始，我叫程辉，小名灰灰。

因为有一只脚是平足，所以跑步对我来说是很不利的事情，每次跑下来脚踝都会痛很长时间，要是等到完全恢复了再跑，那是不会有什么效果的。

因此我改为快走，同时注意摆动手臂，利用手臂的摆动带动腰部运动，而且必须每次坚持一个半小时，从而达到燃烧脂肪的效果。刚开始走的时候，我只专注于瘦身，没走多久就厌倦了，有些坚持不下去。于是我开始专注于听音乐，每次运动之前准备二十五首歌曲，从第一首听到最后一首，如此听歌快走，隔两天重复一次。这是个很不错的方法，你要是不被我杀死，也可以试一试了。

这样的确可以令我瘦身，变成你现在的样子。不过话又说回来，就算我通过运动瘦身成你的样子，我还是做不了你。要想不被人认出来，我就得将你的记忆移植过来。

记得1999年全国高考作文题目就叫"假如记忆可以移植"。当时我已二十四岁，刚从大学出来不久，尽管前路坎坷不平，另外父亲已经不在，母亲照顾自己都很困难，只得一个人努力拼搏。我要是想成功地变成你、替代你，首先就得过你父母这一关，而且这也是最难过的关，所以首先需要移植的就是有关你父母的这一部分记忆。

记忆真的可以移植吗？你以为是在演科幻大片呀！记忆要是能够移植就好了，这样我们就可以通过回忆感受别人过往的人生了。告诉你吧，我每次运动的时候脑子里面想的就是这样的问题。音乐已经不复存在了，已经被我关在脑门外了，尽管我还是戴着耳机，音乐也会继续播放，而我想的却是如何全面掌握你的信息。唯有如此，方能在我替代你的任何情况下都不会产生排斥性。

我很清楚，单靠我自己，是不可能掌握那么多信息的。美云跟雪芹一样，对你的了解也不多，况且我向美云了解这些信息非常危险。

我请了最好的私家侦探。

既然是最好的，自然也是最贵的，搞来的材料也是很有价值的。比如这次能够轻易将你请到我的家中，就因为材料中提到，你被一个夜总会的小姐嫌弃鼻子长得丑，她喜欢的是像刘德华那样的鹰钩鼻。你可知道，我跟雪芹为了将你骗到我家，绞尽脑汁设计的好几个方案，最终都被我否定了。比如雪芹认为既然你那样喜欢勾引女人，干脆就对你使美人计得了：先在网上找一个漂亮但不出名的网红，下载一组照片，注册一个微信号并将照片发到朋友圈，然后添加你为好友，对你主动出击，再对你欲擒故纵。万一你想语音聊天了，就借助变声器；万一你想视频聊天了，就跟你撒娇说不。其实雪芹的这个方案还是蛮有创意的，之所以被我否定，是因为不能抵达终点，将你骗到重庆可以，将你骗到我家就不行了。

相反，夜总会小姐嫌你鼻子长得不好看这件事就很有价值，对我至关重要。

关于鼻子，我打算跟你简单地聊一聊果戈理的《鼻子》和芥川龙之介的《鼻子》。果戈理跟芥川龙之介两位老兄你肯定没有听说过，但他们都对鼻子深感兴趣。

果戈理是俄国19世纪前半叶最优秀的讽刺作家、讽刺文学流派的开创者以及批判现实主义文学的奠基人之一。他的《鼻子》讲述八等文官柯瓦辽夫有天早上醒来，发现自己的鼻子不见了，于是心急火燎地四处寻找，而鼻子穿了件五等文官的礼服在街上游荡，后来鼻子被警察抓获，柯瓦辽夫的鼻子再次回到了他的脸上。柯瓦辽夫发现鼻子丢了以后，第一反应不是去看医生，而是"飞似的跑去见警察总监"。他到报馆发行署登告示被拒，出来又去找警察署长。后来他对鼻子说："我没有鼻子可不成，你得承认，这是很不体面的，一个在升天桥上坐着卖剥皮橘子的女贩，没有鼻子倒也罢了，我还等着升官呢……而且跟许多人家的太太都有往来。"果戈理在小说的结尾处忍不住感叹道："什么地方又没有荒诞离奇的事情呢？……不管别人说什么，人世间总有这类事情，不很多，可是免不了。"

　　芥川龙之介是20世纪日本大正时代的鬼才小说家，日本电影编剧、导演、监制人黑泽明的《罗生门》就是改编自他的短篇杰作《丛林中》，只不过用了他另一个短篇杰作《罗生门》的背景和名字。芥川龙之介的《鼻子》讲的是一个叫禅智内供的和尚，因为长了一只怪异的鼻子而遭人议论。这只鼻子"足有五六寸长，从上唇上边一直垂到颚下。形状是上下一般粗细，酷似香肠那样一条细长的玩意儿从脸中央耷拉下来"。禅智内供饱受煎熬，费尽周折，才让鼻子变正常。为此，"他喝过老鸹爪子汤，往鼻头上涂过老鼠尿""先用热水烫烫鼻子，再让人用脚在鼻子上面使劲踩"。他还"迟迟疑疑地瞥着徒弟用镊子从鼻子的毛孔里面钳出脂肪来"。禅智内供万万没想到，鼻子变正常后却招致众人更加厉害的嘲讽，"鼻子短了反倒叫内供后悔不迭"。直到鼻子再次变回原来的样子，他才"正如鼻子缩短了的时候那样，不知怎的，心情又爽朗起来"。最后禅智内供在黎明的秋风中晃荡着长鼻子，喃喃自语道："这样一来，准没有人再笑我了。"

你的鼻子既不像柯瓦辽夫的不胫而走、不翼而飞，甚至变身成人，穿着五等文官的礼服在大街上游荡；也不像禅智内供的足有五六寸长，从上唇上边一直垂到颚下，仅仅因为一个夜总会的小姐嫌弃，说她喜欢刘德华那样的鹰钩鼻，你就开始着急了、难受了、对自己不自信了。尽管你没有像柯瓦辽夫那样，将官职比自己高的人认作自己的鼻子，也没有像禅智内供那样，任由徒弟在自己的鼻子上猛踩，但你也真够荒唐：从那以后，见到任何人都想拿对方的鼻子出气，或者揍扁，或者割掉，或者恨得牙痒痒，尤其是见到好看的鼻子；你认为大街上的每一个人都注意到了你的鼻子，都在偷偷地笑话你；遇到两个人聊天，你以为他们准是在谈论你的鼻子，你恨不得立马撕烂他们的嘴，把他们的嗓子毒哑，可以的话再杀光他们全家。你跑到美云的画室，对美云乱发脾气，还毁坏了美云正在创作中的肖像画。你用画笔戳穿了画像上的鼻子。你责怪美云从来没有认真看过你，可她看你了，你又不让。你让她赶紧把眼睛闭上。一会儿你又问她看出什么没有。她说一切正常，没什么问题！你说你一定发现了什么，对不对？你别以为我不知道你心里是怎么想的，你看不起我，你肯定在心里笑话我对不对？美云说哪有啊，哪有看不起你啊！她说她要是看不起你，就不会从广州美术学院追到米兰美术学院了，也就不会从国内追到国外了。她说她真不明白干吗要笑话你。再说她整天忙于作画，出去采风的时间都没有，哪有工夫笑话你！她都这样讲了，你还是不肯相信她。你说你算是明白了，说她是在讽刺你，说她是在侮辱你的智商，说她要是敢笑话你就别想再画画了，去东莞伺候那些变态吧！你见她安之若素，不为所惧，第一次意识到看似娇小的美云实际上非常坚韧，于是改变了策略，干脆直接一点儿，你问她有没有感觉到你的鼻子有什么问题。美云早就已经被你激怒了，只是没有发泄而已，且不说你侮辱她，要把她卖去东莞接客，单是弄坏她废寝忘食画了五天的画，就足以让你死九回了。对美云来讲，你简直是无理取闹，不可理喻。因此她用画架将你打出去，已经算是很客气的了。换作是我，当场要了你狗命！

你很后悔，怪自己不该去找美云。之前你还只是嫉恨鼻子长得好看的男人，后来你连鼻子长得好看的女人也嫉恨起来，再后来你觉得每个人的鼻子都挺好看，唯独你自己的鼻子惨不忍睹，招人嘲讽，惹人讨厌。你害怕别人在你面前提到鼻子，甚至只是发音跟鼻子相近的词，比如"壁纸""比值""笔直""币制""比之""必知"，等等。本来你的几个酒肉朋友都夸你的鼻子挺好看的，当然，他们说的时候并没有直接提到鼻子，而是说你那个玩意儿长得挺好看的，还说比他们的长得好看多了。但你就是不肯相信，还说他们虚伪。有个人说要不你俩交换一下，你居然当真了，立马要求他跟你去医院手术。那人见你当真，当即吓得屁滚尿流，逃之夭夭。

这个人虽然没有跟你换鼻子，但他提醒了你，鼻子可以换。既然肾都可以换，鼻子为什么不可以换呢？于是，你开始在人群中追寻鼻子，见到满意的就跟人家商讨。

当然，你没有成功。

我在读完私家侦探搞来的这些材料后，面对镜子认真地瞧着我的鼻子，很快发现"子敬欺我""子敬又欺我"，忍不住大笑三声：天助我也！

幸亏你没有读过果戈理和芥川龙之介的《鼻子》，要不然你也就不会如此在意一个夜总会小姐的看法了。

你看，就因为鼻子，我把你骗到了重庆，直接骗到了我家里。

当然，具体计划是在我跑步的时候逐渐构思完成的。我先跟美云讲，我认识一个知名的国际整形美容师，这个整形美容师最擅长也最得意的是帮人雕琢鼻子，他能将猪的鼻子整成人的鼻子，将人的鼻子整成狗的鼻子。总而言之，只有你想不到的，没有他做不到的。我杜撰了这名整形美容师的简历。我说他近日将到重庆做学术交流，我可以帮忙预约，请她转告并说服你前往重庆整形。结果你想都没想就答应了，并且通过美云迅速联系上我。我将这个计划讲给雪芹听，雪芹还担心你不会上钩。当你早上打电话告诉我下午抵达重庆，希望我能亲自去机场接你时，我立马就答应了。挂掉你的电话，我立马打电话将这个消息告诉了雪芹，没想到她竟在电话那端哭了。

好了，该讲的差不多我都已经讲了。这里面有些是你知道的，或者说就是你本人自编自导自演的，也有些是你不知道的。

不过你知道也好，不知道也好，对你来讲都不重要了。

我说得对吗？你现在是不是特别后悔？你是不是特别恨我？是不是特别恨雪芹？是不是特别恨美云？你是否有那么一丝丝的悔意？

你看我，问些多傻的问题。其实要怪就怪你自己太笨，不长脑子。一个夜总会小姐的话你都在意成那个样子，你说你活着还有什么意思？

你不会想着有人来救你吧？你觉得这个时候可能有人来救你吗？你觉得你会等到那个人吗？你倒是可以假想这是在做梦，只不过梦长一点儿，等梦醒来，阳光依旧。

到零点还有八分钟，到点后我将替你化妆。你喜欢浓妆还是淡妆多一点？还是让我替你拿主意吧。淡妆怎样？我一定将你化得漂漂亮亮！

趁现在还有时间，我还想跟你分享两部比较小众的电影，以便彻底打消你幻想有人前来救你的念头，一部名叫《活埋》，一部名叫《狙击电话亭》。

相比而言，《狙击电话亭》更加有趣、好看，也更惊险、刺激。《活埋》虽然属于悬疑加惊悚题材的电影，然而自始至终都只是一个人在棺材里蚕食希望。《活埋》讲述一名叫保罗的美国卡车司机，在伊拉克工作期间，遭遇一群伊拉克人的袭击，醒来后发现自己身处一口棺材里惨遭活埋，他必须借助一同被埋的手机和打火机分秒必争地逃出生天。然而手机信号非常微弱，电量也快用完了，最要命的是供他呼吸的氧气也越来越稀薄。

你比保罗幸运。他在绝望之前尚有一丝希望，他有挣扎，他做出了努力，可到头来还是绝望，还是必死无疑。

你不一样。我从一开始就没有给你希望。没有希望，也就谈不上失望。

你看我对你多仁慈、多有人性！

当然，要说仁慈，我自然赶不上《狙击电话亭》中的那位狙击手，他在骄傲、自大的斯图诚心悔过并且向妻子坦白一切之后，并未向他开枪。

你可不要多想，狙击手跟斯图的妻子从来没有人们通常能够想到的那种关系。狙击手跟斯图妻子的关系，同我跟美云的关系有着本质上的区别。

这位狙击手有种替天行道的思想，他将斯图困在电话亭，并未开枪将他打死，而是给他时间忏悔，要他向妻子坦诚自己在外面其实有情人，只是警告他不要离开电话亭，否则就让他血溅当场。为了显示他是认真的，当斯图试图走出电话亭时，一发冷枪立马射来，一个无辜的路人当场倒下了。

斯图当即意识到，此刻发生的事情并不是梦，并非某人对他的恶作剧。对方的威胁是真真切切的，他正踩在死亡线上。

恐怖瞬间变得立体起来。

提到《狙击电话亭》，众多影评人都会说斯图一个人撑起了整部电影。狙击手只在电影末尾出现了三分钟，留给观众的也只是一个背影，提着装有狙击步枪的枪盒子，很快消失在人群中。整场电影中，观众看到的都是斯图在电话亭里跟狙击手通话，刚开始的时候斯图非常嚣张，后来意志被一点点摧毁，只剩下恐惧和绝望。

我现在的问题是，谁才是这部电影的主角？

我猜你会说斯图。我猜你一定会说斯图是这部电影的主角，就像你认为我才是现在这场杀人游戏的主角。

若有可能，我定会陪美云看这部电影。我会问她同样的问题。她要是不喜欢，我就推荐另外一部《生死之墙》给她。

好了，时间到。现在我们得换个地方了，暂时委屈你躺在椅子上。你放心，这张椅子躺着很舒服的。来，我抱你上去！真没想到，人在不能动弹的时候会重许多。

我们不要在卧室待着了。我们已经在床上躺了整整四小时。我推你去客厅。记得当年买这把躺椅的时候，我还跟一个名叫曹芳的女人为要不要带轮子发生过激烈争吵。我的意见是不要，她坚持要，而且还要六个。她说下班回家累了，就可以躺在上面，休息也好，看书也好，看电视也好，我可以推着她自由出入卧室、书房和客厅。我争不赢她。我说你干脆直接躺轮椅好了。她用装有各种化妆品的 LV 皮包照我的脸上砸了三下，说你有种！当场头也不回地离开了我家。从那以后，我再也没有她的消息。后来我自己去买回了这把躺椅，我在有轮子和没有轮子之间选择，我选了有轮子的。不是六个，而是八个。我很少用过。今晚它才正式派上用场。

我这客厅很特别吧？看看！我推着你转一圈。你看看！除了挂在墙上的大电视，有没有发现我还配置了音响设备？其实我很少看电视，倒是经常听音乐。

昨晚我们就是在这里喝的酒。为了尽快将你拿下，我只顾着陪你喝酒，电视、音响啥的都没来得及打开。现在我们可以一边化妆一边听点儿音乐。化妆一点儿也不复杂，昨晚你进屋我就让你把澡洗了，我现在也不用帮你擦洗身子，只需对你的脸进行化妆。躺好别动！哦，对不起！忘记了，你本来就动不了。那好，我现在开始给你化妆。

瞧瞧！瞧瞧你这张脸，多俊啊！看着你这张脸，我就像是对着镜子看我自己，从昨天下午在机场接到你，一直看到现在都不觉得疲倦。

多漂亮的脸蛋！过去我怎么就没有发现呢？不过你这发型实在不怎么样。一定是你要求理发师这样剪的对不对？没关系，我能够接受。白天我就去剪成这样，以后再变回来。

音乐开始了。仔细听，慢慢听，反复听。

这首歌名叫 *Gloomy Sunday* 翻译成中文叫作《黑色的星期天》，被列为十大死亡音乐之首，据说至少有一百个人因为听了它而自杀，因而被查禁十三年之久，被当时的人们称为"魔鬼的邀请书"。这首歌还有另外一个中文名字，叫《灵魂忏悔曲》。你现在听它正合适。让你的灵魂做出忏悔。我保证，你多听几次也就不想活了，你会极度渴望我将你的生命拿走，快点儿将你从人世间抹去。

可是天啊，你知道杀了你，我有多难受吗？杀你，我至少比你痛苦十倍。你一定要相信我说的话，就像我相信美云，就像我相信你——灰灰。

我相信美云始终深爱着你。她爱的是你，我在她的眼里什么都不是。我相信你能帮助我走进美云——走进美云的身体，走进美云的心里，走进美云的灵魂。

我是多么地相信你，就像我相信我自己。

我有个名叫晓婷的北京朋友，她说她一直想要逃离：逃离经常见到的人，逃离长期生活的家，逃离每天走过的路，逃离重复干的工作，逃离日复一日的日子。

我说我绝对相信她，相信她的话，相信她的感觉，相信她的内心。

我说每个人都会偶然间想到逃离，只是不知道逃往何处，没有为心找到栖息之所，没有为灵魂找到寄托之乡。

她问，那么你呢？你也想逃离吗？你又想逃往何方？

我说，我想穿越相识与相知，抵达心与心的交流，完成灵魂与灵魂的对话。但在那个叫美云的女子出现之前，我的这一目的地并不清晰。

她说她绝对相信我，相信我的话，相信我的感觉，相信我的内心。

你我之间现在就缺少这种信任！你显然不相信我比你痛苦。我要怎样讲，你才能理解我杀了你无异于杀死我自己？你理解不了，永远也理解不了！

我现在帮你化妆，就好像是在给自己上妆一样。我们挨得多么近啊——以往照镜子的时候从来没有这么近过。

镜子是不可以拿这么近的。镜子拿近了，也就什么都看不到了。现在不同，现在我的脸可以无限地靠近你的脸——靠近我自己的脸。

我现在才明白，我们的脸原本就是同一张脸。我原本有一张英俊的脸，我二十多岁的时候曾拥有这样一张英俊的脸。认识美云以后，我用了两年的时间再次将其恢复。

我要让这张脸永远定格。当我老了，头发白了，牙齿掉光了，记忆也模糊了，再来回首我二十多岁时候的样子，我还能看到这张脸，也就心满意足了。

为了让你死得平静，死得安详，死得没有一点点悲伤，为了留下你永恒的美，我苦苦寻求控制你的药。我通过各种关系，花费重金，才从地下黑市搞到这种药。

这种药无色无味，见效时间可以精确到秒，而且一旦见效立即发挥最大药效。为了验证是否属实，我曾亲自尝过。

你知道吗？该药的药效时间为十二小时，一分钟不多，一分钟不少。你是昨晚八点零三分五十二秒喝下的。

我是在你上洗手间的时候放进去的。

你从洗手间出来，我将酒杯递给你，请求跟你干杯。你一饮而尽，倒进沙发。就是那个地方。你当时坐在那里，不到一分钟，就不能动弹丝毫，不能言语半分了。

为了让你顺利将药喝下，为了向研制出这等神药的制药师致敬，我首先放弃了放在食物中或者茶水里的打算，而是考虑掺在高贵名酒中。考虑到你这种长期混迹于各种夜总会的公子哥不大可能喝烈酒，茅台、五粮液、青花郎你定然不会放在眼里。然而即便七八十元一瓶的原浆啤酒，它也配不上我的药。因此我选择了红酒，选择了1982年的拉菲。

我也是第一次喝拉菲，所以喝得特别慢，一滴一滴地品、一滴一滴地尝。你还笑话我太做作。现在告诉你，我不是做作。你可知道1982年的拉菲最贵的需要一百万元？就算我们喝的只值三万九千八百元，你一口下去，也值好几千元！几千是个什么概念？假设美云一幅画的成交价为两万元，除去颜料、纸张、画室房租等费用五千元，还剩下一万五千元，一幅画她至少需要十天才能完成，姑且认为她一天可以挣一千五百元。你现在算一算，你一口下去喝掉了美云多少时间？

你算不清楚，你永远也算不清楚，即便你现在能跑、能跳、能说、能笑。所以你还认为我做作吗？你要是觉得上面这道题太难了，我再给你出道简单一点儿的。

我上中学时，刚开始每周的零花钱是两角，后来涨到五角，高三涨到了一元。我读高一那年冬天，母亲为了我的零花钱，头天傍晚从地里拔起一大背篓又白又胖的萝卜，先背到房屋旁边的水沟里洗得干干净净，回家一个一个地挨次摆在箭竹编织的笆子上晾干。第二天天还没有亮，母亲就背着重达50千克的萝卜，步行十五六千米山路赶到镇上去卖。等她一半卖一半送完，再步行回到家中，天早已经黑透了。母亲一整天只啃了一根早上出门时带在身上的生红薯。你猜她这天卖萝卜卖了多少钱？你猜不到，你永远也猜不到：母亲那天一共带回两元三角二分。那天是星期六，第二天返校，我拿走了其中的五角二分。

那天的日历上写着：1991年12月7日，农历十一月初二。传统二十四节气中这一天刚好是大雪。那天并没有下雪，刮北风。干冷。

2002年的第一场雪，我在重庆尚未站稳脚跟，母亲未能挨过去，倒在家中死了。

母亲喝过最贵的酒，是一百六十八元一瓶的诗仙太白，是在她死后六年，我在她坟头焚香燃烛烧纸的时候敬她的。

好了。妆化好了。你差不多到时间去你要去的地方了。我的故事业已完成，只剩下最后一道工序。如有可能，我会想办法将这一切写下来，并且花钱托关系发表出来。

安徽南陵著名作家刘永彪出版作品无数，然无一部涉及杀人，就因为他是二十二年前浙江旅馆惨案的凶手之一。

刘永彪并不明白，写出来不但不是暴露，反倒是巧妙地隐藏。大隐隐于市。树叶最好的隐藏方式恰恰是暴露在森林之中。

我将一切原原本本地写下来，拿去发表，对我反而是一种保护。

写作既不是我的爱好，更不是我的职业，写出来，广大读者定会一致认为我并没有什么创造力，完全不懂虚构，只会瞎编乱造，而我要的正是这种效果。

谁能想到我写的竟然是实实在在发生过的事情，并且由我亲自导演完成！其实像我这样的大导演，才配获颁奥斯卡奖！

　　差点儿忘了，给你循环听了这半天的《黑色的星期天》，我以为你都等不及了，想要早点儿死去呢！

　　再给我几分钟，跟我一起听听这首《奔放的旋律》（又名《人鬼情未了》）。这首歌很适合跳华尔兹。我这就跳给你看。你帮我斟酌斟酌，看看能不能陪美云跳！

　　我跳得还行吧？我已经没有什么可以展示给你的了。我这就送你去下个地点，你将永远待下去的地方——我的书房。我已安放了一台智能冰柜，温度常年保持在零下三十七度二。我会将你永久地冻起来，像伟人一样保存起来，只供我一个人瞻仰。瞻仰你，瞻仰我自己。我会随着时间老去，而你青春永驻。时间为你停止，至少放慢脚步。

　　再见，灰灰。

　　等我，美云。很快我就飞往广州。

梵高的早餐

一

青年画家丁小谷溜进一条阴森而又死寂的林间小道，总感觉到有双冰冷的鬼手探向他滚烫的脊背。

这段路上曾经发生过一起凶杀案，杀人者是一名从精神病院里逃出来的中年男子，被杀的是丁小谷以前的女模特柳飞絮。

也是在这样的夜晚，月亮似一把寒冷的弯刀悬挂在道路两旁的树墙上空。

丁小谷仿佛感到，柳飞絮的血正哗哗哗地流淌着，一直蔓延到这条路的尽头。

风吹得树叶沙沙响，摇曳出一个个魅惑的暗影。林间的鸟儿们惶惶不安，龟缩在树叶间不敢入眠，时不时地发出凄惨的哀叫。

丁小谷迟迟疑疑地走着，紧紧攥着一只褐色手提包。他分明感受到手提包里面散发出来的寒意。

丁小谷的脑子里想象出一个画面：柳飞絮恍恍惚惚地向家中赶路，一把刀嗖地从背后刺进她的心脏。苍白的脸孔，迷离的眼神。还没来得及看清对方的脸，柳飞絮就倒下了。只听到徐徐清风一般喷涌着的黑血。刚开始的时候，她还能举起一只无力的血手，想要呼救，但很快就失去了意识，跌入深深的黑暗当中。

直到今天，丁小谷依然记得，那晚他走在那段路上，柳飞絮被刺杀的幻影总是撞进他的瞳孔深处。他仿佛听到柳飞絮向他求救时幻觉般缥缈的呻吟，仿佛看到柳飞絮趴在地上举起一只无力的血手，而眼里满是惨白的冰冷的绝望的目光。他向她伸出手，但又明显感觉到手与手之间的距离并非空间的距离，而是时间和记忆的距离。

丁小谷告诉我，可能因为地上的石子太多了，也可能是脚上的高跟鞋有点儿小，走起路来脚步显得仓促而凌乱。

丁小谷今天再度回忆那晚的经历，已然成为他能够清清楚楚看到的真实画面。

那天晚上，他的脸上蒙着黑色面纱，头发扎成了马尾，身上穿着一条黑色连衣裙，胸部用棉花团垫了起来。

他至今还清楚地记得，整个路上他都感到极不自在，仿佛灵魂出窍，而对前行的方向也感到犹疑，不能很好地把握。

他仿佛听到脚步声在四面八方响起，逐渐收缩，将他包围，将他吞噬。他仿佛淹没在自己的脚步声里，拼命地去抓一根救命稻草。

他分明感到内心骚乱起来。那种骚乱越来越强烈，让他越来越兴奋，也让他越来越害怕起自己来。

他停下脚步，然而脚步声依然在四面八方响起，向远处扩散的同时也将他慢慢吞噬。

他望着前面那片灯火地带，明显感觉那些灯火有些不够真实。那是 C 市文明城东北角的郊区地带。

路还很长，他感觉脚踝很不自在。

于是丁小谷蹲下身子，将手提包放在右脚前，头微微上仰，心跳的怦怦声使他想到手提包可能随时会爆炸，因为那里面装着一把手枪，手枪可能会走火。

他检查了两只脚上的鞋，发现鞋带并未松开。他将鞋带解开重新系好，仍然蹲在地上吃力地喘息着。

随着急促的呼吸，丁小谷仿佛感到心脏正咚咚咚地企图从嘴巴里或耳朵里或眼睛里或鼻孔里蹦出去。

四周一片死寂，树林分列成一团团黑影。

丁小谷的脊背由灼热转而发寒。他似乎嗅到了那一团团黑影里散发出来的腥味以及不知什么味道。幻想着黑影中突然冲出一个蒙面人，拖着一柄流泻寒光的长刀杀气腾腾地朝他砍过来。"我这样掏出手枪，朝他的心脏开枪，这样会不会慢？来不来得及？"
不知是他的喘息还是心跳惊着了藏在树林间的猫头鹰，几只猫头
鹰同时尖利地叫了一声。

丁小谷打了一个冷战，当即吓得动也不敢动。冷静！冷静！
冷静！不过是猫头鹰！他的额头上渗出几颗豆大的汗珠来。

丁小谷告诉我，当听到汗珠砸落在地上的响声时，他几乎都
站不起来了。他感到有一口食人的棺材正欲将他吞下，将他封住，
然后钉死棺盖，将他永久地活埋地下。

丁小谷来不及拭去额头上的汗水，也没有考虑是否继续前
进，就拎起手提包并且死死地攥住，长吸一口气，借着静寂的月
光一扭一拐地朝着那片灯火地带靠近。

二

房门被重重地甩上，发出地震似的闷响，整间屋子好像抖动
了一下。

丁小谷的意识经过了一段在悬崖上跌落的短暂过程，紧跟着
就是一阵急促而轻浮的脚步声消失在楼道尽头。

尘埃落定，楼道重新被时光掩埋，整个世界重归寂静。

丁小谷知道，柳落花将彻底地离去了。

对柳落花的离去丁小谷并不感到意外。自从他俩认识的那一
刻起，丁小谷就知道，像柳落花这样的女子是不可能跟他长期生

活下去的。

丁小谷仍躺在床上，被子皱巴巴地横在胸膛上，一角掉落在地。他的两条瘦弱的腿全都暴露在外，小腿肚上沾着几处蓝色的颜料。

床后面的角落里堆着一沓厚厚的画稿。门背后的画架上搁着画板，上面铺着一幅尚未完成的油画。地上随意摆放着各色颜料、画笔和拖鞋。瓷盘里躺着一块用来涂改的已经发霉的干面包。一旁的竹椅上胡乱地堆放着穿脏的衣裤跟袜子。墙壁上挂着三幅丁小谷以柳落花为模特所作的画。

第一幅，柳落花赤裸着躺在沙滩上，腰间搭着一条长而透明、薄如蝉翼的红绸纱，好像要被风吹跑似的。背景是奔腾的大海，绿莹莹的浪花，白花花的浪沫，堆积成移动雪山似的轮廓。一边是紫盈盈的岩礁、粉嘟嘟的云空、蓝幽幽的远山。沙滩尽头也隐约有一位绝妙的女子，轮廓飘逸。

第二幅，柳落花斜坐在床沿。直到现在，丁小谷依然记得，他作这幅画的时候对柳落花说的每一句话：对！就这样，坐着别动！利用你眼睛的余光打量周围世界。凝视地毯，尽量释放一种含蓄温润的美。对，我要的就是这种含蓄的力量！你要让每位观画者都觉得你是在娇羞地注视他！柳落花含蓄地凝望着红地毯上自己的那双诱人的小脚，双手合十，很自然地搁在两腿之间。

第三幅，柳落花温柔地骑在一张紫色椅子上，十指相对，平端着下巴，靠在椅子靠背顶端向上略成弧线的横木上。画面中柳落花赤裸着身子，露出柔滑光洁的脊背，脊柱从上往下朝左弯曲，两瓣神秘而微红的屁股闪烁着悠远而深邃的幽光。她的头扭转到背后，暧昧地注视着观众。

丁小谷告诉我，那天早上，他望着那几幅以柳落花为主体的画时感觉很模糊，好像随时都会被风吹走一样，而柳落花原本就随时都有可能离他而去。

但他并不感到失望，只是心里莫名地生出一股子悲凉，突然觉得这些画有辱绘画这门艺术，不敢相信它们出自他的画笔。他认为这些画根本算不上艺术，毫无艺术感，对于将梵高视为艺术之神的丁小谷来说，这几幅画处处表露出暗淡、浮躁、低俗、颓废乃至矫揉造作……其间充斥着愚昧无知和蛮横无理。

丁小谷的眼睛迅速扫过那些画，将目光锁定在门上。

门角落里放着一把扫帚。

刚才门被柳落花在过道甩上的声音依然在他的记忆里回响，混合着轻浮的脚步声。

丁小谷告诉我，虽然过去了这么多年，他依然记得第一次遇见柳落花时的情景，当时他的一幅名为《太阳》的油画以五万元的价格贱卖给了一位政府官员。自那以后，他便肯定了自己的价值，坚定了自己的绘画立场。在那幅画中，丁小谷着重在色彩上下了功夫，画中的太阳被勾勒成魔鬼撒旦的样子，整个全黑，只有牙齿用的是金黄色。

丁小谷来到城市中心晃悠，打算寻觅一位新的模特，原来的那位名叫柳飞絮，被一个从精神病院逃出来的中年男子杀害了。

丁小谷告诉我，那晚他要是不跟柳飞絮争吵，那件事情就不会发生。"虽然已经过去这么多年了，可我依然不能忘记她离去时的神情！她似乎很焦急，非常烦躁，好像故意跟我吵架似的，她的死很大程度上是我造成的！"按照丁小谷的说法，要是他不跟她吵，柳飞絮就根本不可能半夜三更气急败坏地往家里赶。

当时柳飞絮很激动，走得也很匆忙。她刚走到门外，丁小谷就嗅到了死亡的气息。"我感到她会出事，真的，奇怪得很！"只是他没想到柳飞絮那么快就被杀了。

柳飞絮走后，丁小谷坐在床沿上一直感到不安，脑子里面乱成一团。

外面静极了！后来他就上床睡下了。睡着之前他还曾想赶紧把柳飞絮追回来，但是意识渐渐淡薄，渐渐模糊。

后来他做了个梦，梦见柳飞絮被人从背后捅了一刀，血淋淋地趴在地上向他求助。等他一觉醒来，柳飞絮真的被人杀了。

丁小谷在广场上漫不经心地转悠着。周围那些人像影子似的从他身边飘飘悠悠地走过来走过去，整个一幅静物画。偶尔汽车喇叭响起，也像是响在遥远的过去。

太阳照在身上，可以听到汗液蒸发的声音。行人、车辆、建筑物及广场上的旗子，都跟树叶一样被晒得卷了起来。

丁小谷放弃了寻找的念头，下意识地走进一家饭馆。其实他当时并不感觉到饿。

丁小谷告诉我，就在他跨进那家饭馆门口的一刹那，他就发现了柜台后面的柳落花。

柳落花正在专心地写着什么，刚开始并没有注意到他。丁小谷将目光锁定在柳落花的额头和脖颈。按照丁小谷的说法，那是神秘的前额和醉人的脖颈。

丁小谷说他只能用一个"活"字去定义它们。

他马上就想到了色彩和曲线。明亮的色彩，吻的曲线！等简单用完餐以后，他们隔着柜台聊了起来。

请问小姐，你叫什么名字？丁小谷问，同时直望着柳落花的嘴唇。

在丁小谷那双极具艺术天才的眼睛看来，那是一双略带疑问的嘴唇，其中还夹杂着未加掩饰的羞涩。

丁小谷尽量摆出一副艺术家的姿态，心里涌起诗句：一轮魅力四射风情万种的红日。

柳落花手中转着蓝色圆珠笔，微笑着打量丁小谷，眼皮欲启欲合的样子，像是在故意挑逗他，干吗想要知道女孩的名字？

因为，因为我一见到你，就有一种想要对你表达的欲望，乃至冲动！丁小谷眯缝着眼睛很是难看地笑着，并为自己的巧妙回答感到一丝得意。

他望着柳落花那双狡黠的眼睛，以及嘴角周围撩人的笑靥，补充说，反正我也说不清楚，总之就是想要知道。我叫丁小谷，是一名画家。

这跟我有什么关系呢？柳落花似乎看穿了丁小谷的心思，眼中释放出含蓄的魅力。

丁小谷静静地注视着柳落花，双手托着下颌。潇洒的性格！扑闪不定的睫毛！眼神中充满深邃的预感！性感迷人的双眉……

从我们的距离，从我现在所站的角度，你看上去很美。丁小谷很认真地说，真的，你看上去真美！之前有人这样夸过你吗？

当然有了！不过还是要感谢你的夸奖！柳落花的脸上露出羞赧的神色，可是美又怎样不美又怎样？你看——

柳落花注视着丁小谷深邃的目光，脸上漾起一片飞舞的红霞。像你这种画家，我崇拜还来不及呢！其实我也热爱艺术。

是吗？丁小谷近似自言自语地问。

柳落花的脸上闪现出渴求的媚态，真是太好了！瞬间又显现出一种略带静谧的忧郁。

丁小谷的右拳在左掌心用力砸了一下，真是太好了！随即握住了右拳。

我也喜欢画画！柳落花朝丁小谷妩媚地点了点头说，希冀的目光意欲从丁小谷的脸上挖掘出她一直苦苦寻觅的宝藏，扬起阳光一样明亮的长发微笑着，声音澄澈而柔滑。这让丁小谷头脑清晰却怎么也抓不着。我读大学的时候，也曾做过梦，梦想成为一名画家。我最喜欢的画家是梵高，他的色彩让我十分着迷。

你说真的？丁小谷问，那太好了！丁小谷不停地用右拳击打着左掌心，开始在柜台前走来走去。那你愿不愿意——

柳落花露出了羞涩的笑脸，似乎极力掩饰着什么。我学中文，本打算去教书，可我不太习惯跟学生打交道。我缺少一种——怎么说呢？总之，我缺少一种跟学生交流的耐心。你知道，我本来可以到学校工作的。其实教书也不坏对吧？柳落花希冀的目光再次锁定丁小谷的眼睛。

丁小谷意味深长地告诉我，当天下午，柳落花就辞职来到了他的住处。

从表面上来讲，柳落花是丁小谷的模特，实际上还扮演着丁小谷的情人这一角色。开始一两个月，丁小谷需要画柳落花的时候，柳落花就照丁小谷的要求摆出各种造型。平时她还帮丁小谷洗洗衣服、收拾房间、整理画稿。没事干的时候，就去逛商店购买衣服、首饰以及化妆用品，或去看电影、逛舞厅、约朋友。

其实，丁小谷也不知道她具体去干了些什么，见了什么人。

有时候两人一起走进黄昏的阴影里，散步、聊天，或者什么也不说，只是单纯地走进黄昏的阴影里，又走进灯火暗淡的屋内。

在他们相处的那段日子里，丁小谷慢慢地发现柳落花对绘画的认识肤浅得很，完全不懂什么是艺术。自从柳落花跟了他以后，他就再也没有卖出过一幅画，攒的钱差不多已经花光了。要是再卖不出画，他们生活的城墙就会倒塌了。丁小谷闲下来的时候，也会担心生活问题，但往往很快就被艺术的魔力给清洗得一干二净。

丁小谷一门心思沉浸在绘画艺术的海洋中，模糊了艺术之外的一切轮廓。

然而半年过去了，丁小谷仍未卖出去一幅画。他不确定是他的艺术创造力减退了，还是当代人的眼睛出了问题。

丁小谷坚信是后一种情况，总有一天，他们会重新发现他天才的创造力。

他认为自己越来越理解梵高了，从崇拜到真正理解，丁小谷觉得自己在艺术的殿堂中又向前迈进了一大步。

他认为自己终于揭开了梵高割下左耳的秘密：为了清醒，为了保持内心宁静，远离浮躁，远离尘嚣，而非得了热病，在神思恍惚中割下了自己的耳朵。梵高自始至终都是清醒的，热病并未击倒他，他比任何人都清醒百倍。他割下耳朵，是认为耳朵对他毫无用处，割下耳朵还可以保持清醒。

三

丁小谷走出林荫小道，踏上一条宽阔的马路。他的脚步声还在身后的树林中响起，仿佛那根本就不是脚步声，而是一声声叹息。

路两旁有正在修建的砖楼，火砖在月光下发出惨淡的幽光。四周没有灯光，只有遥远处的潮声与汽笛的呜呜。

月光洒落在马路上，照得残碎的玻璃碴儿反射出刺目的白光。

丁小谷放慢了脚步。他清楚地知道，前面五百米外就是此行的目的地，那里住着他的大学同学谷小丁。

对于丁小谷来说，谷小丁算得上是个富翁。目前单身，一年前离的婚。离婚之后，妻子柳飘雪卷走了大笔财产。

柳飘雪曾是丁小谷上大学期间朝夕相处的女子，若不是同学谷小丁从中作梗，柳飘雪就跟丁小谷结婚了。

其实到现在为止，我也不能确定谷小丁所说的是不是真的。丁小谷说，我当时很想问柳飘雪，但我实在太爱她了。谷小丁告诉我他曾跟柳飘雪上过床，还堕过胎。我便一气之下找到柳飘雪，上去就是一耳光，根本没有给她解释的机会！也许她当时说过什么话，她是说过什么话的，但是我忘记了。

事实上后来我找过她一回，那时候他们已经离婚了。丁小谷接着告诉我说，我当时想跟她和好，但她告诉我一切都已成为历史。她说我们不应该活在过去，不应该老是去追忆，我们应当去创造新的记忆。今天发生的一切，明天就成了回忆。我问她在她跟我以前是否跟谷小丁发生过关系，她只是无声地摇头，显露出厌恶和嘲讽的神色。

丁小谷捏住了手提包，清楚地感受到枪的整个轮廓，于是慢慢地松开了手。

此时此刻，他竟然想起了前女友柳飘雪。我为什么不给她一个解释的机会呢？我是那样的野蛮啊，居然动手打她！我本应该注意到她当时委屈的样子，而去怀疑谷小丁。

柳飘雪当时是音乐学院的一枝花，被丁小谷周围的男生喻为"学校的黑玫瑰"。

谷小丁既是丁小谷的同学，也是他的好兄弟。

有天中午，谷小丁近似开玩笑地对丁小谷说，他以前跟柳飘雪发生过关系，只因柳飘雪现在跟丁小谷好，他不好再横刀夺爱。

丁小谷早先迷恋文学那阵子深受唯美主义影响，怎能忍受女友跟别的男子有染？

丁小谷一气之下就跟柳飘雪闹分了。

谷小丁终于如愿以偿，毕业以后顺利地娶了柳飘雪。

丁小谷正准备迈开大步，前面路旁草丛中突然窜出一只黑猫，躬着脊背蹲在地上，毛刺刺的眼睛死死地盯着丁小谷，一面瘆人地叫着。

丁小谷被吓得差点儿叫出声来，浑身顿时紧缩僵硬，呼吸困难。

丁小谷注意到了猫的眼睛，猫的眼睛发出刺目的绿光，里面夹杂着寒意。

丁小谷想起中午一挥而就的那幅画。

四

那天早上柳落花离开后，丁小谷睡到很晚才起床。起床以后先到屋后的草坪上锻炼了将近半小时。

尽管丁小谷看起来非常瘦小，但他的身子骨一向都很结实，每天都会坚持锻炼。

生命在于运动。丁小谷认识一个喜欢打太极拳的老头，这个老头告诉丁小谷，生命在于螺旋运动。

于是丁小谷也认为生命在于螺旋运动，他在锻炼的时候也就喜欢做些螺旋动作。

读中学那会儿，丁小谷一度迷恋李小龙，梦想自己将来也成为一代武术家。后来因为多方面的原因没能继续，继而转向了其他领域，但他一直都在坚持锻炼。

丁小谷出了一身汗，回到房里用湿毛巾将身子擦干，用手指头将头发梳理了一下，从那堆脏衣服中挑出一件稍微干净一点儿的穿好，走楼梯来到楼下。

丁小谷径直走向附近的群来饭馆，老板老远看到他，就刻薄地喊开了，丁大画家，今天想要吃点儿什么？请里面坐！

老板戴着一副深度眼镜，趿着一双只剩半截的拖鞋，在地上擦得橐橐响。他腰上的围裙肮脏不堪，苍蝇不时对他发动袭击。

饭馆里面拥挤不堪，六张未上漆的木桌胡乱靠墙摆着，也是长久未洗过，桌面上沾满了油污以及碗底的圆印。

四面墙壁上爬满了肚皮胀鼓鼓的苍蝇，随时准备着偷袭客人。地上脏兮兮的，稍不留神就会滑倒。

丁小谷选了一张无人的桌子坐下，要了两个馒头跟一杯豆浆吃起来。

丁小谷感觉到旁边有人在打量他，脸上轻微地热起来。他不好意思抬头望对方一眼，只顾着啃馒头。

丁小谷在咀嚼馒头时尽量显得斯文些，腮帮子的动作尽量小一些。

正在打量丁小谷的是一个妩媚少妇，头发有些凌乱，有一绺从眼睛上垂了下来。

少妇正在给怀里的婴儿喂奶，感觉有些不自在，竭力将衣服的下摆往下扯，想要盖住婴儿吮吸的乳头。

婴儿明显吃得很香。丁小谷听到婴儿咽奶时汩汩的声音，就像他吮着柳落花的乳头时喉咙发出来的声音。

丁小谷有种想上去摸一把的欲望和冲动，碍于脸面，却不敢朝她望一眼，感觉眼睛周围有点儿干涩发酸，馒头在食道里作怪。

这位少妇丁小谷认识，丈夫是出了名的败家子，成天跟着一帮狐朋狗友酗酒生事。半个月前因为醉酒后打伤了一个老太婆，被附近派出所的人抓进了看守所，现在还关在里面。

丁小谷有想帮她的想法，又不知道帮些什么。他怕，可又不知道怕什么。

丁小谷模糊地看着少妇含羞的眼神，少妇的眼神似乎对他传达着某种信息。

丁小谷有点儿不自在了。丁小谷说，到了现在，都过去好多年了，他才搞清楚原来少妇以为他在偷看她的乳房。

在角落里那张桌子吃饭的几个男子正在谈论着什么，随着电扇扇出来的热风，真真假假地送进了丁小谷的耳朵里。

丁小谷恍惚听出来他们在谈论自己，兴许少妇比他先听到，所以才会一直打量着他。

丁小谷似乎听到他们说柳落花跟人跑了，早上有人在文明城东北角见到过她，当时她正和一名陌生男子勾肩搭背，有说有笑。

丁小谷气愤之极，将未吃完的馒头扔进盘子，还将嘴里嚼烂的吐在了地上。他们似乎根本没有意识到丁小谷的存在，或许是有意说给他听的。

丁小谷忍受不了这些人的侮辱，起身端着半杯未喝完的豆浆，朝那桌人走了过去。

他们见丁小谷走过来，立即停止了谈话，也不看他。丁小谷没有说话，什么也没想就将豆浆倒在了面前那名男子头上，转身朝门口走去。

他们没有一个人说话，一个个都傻了眼，只有被浇的那人忙扯纸巾揩拭。

丁小谷从饭馆走出来，在门口回望了一眼少妇。少妇对他羞怯地笑着，笑得勉强，同时扯了一下衣服下摆，盖住露在外面的半截乳房。

丁小谷的眼皮轻微地抽搐了一下，若有所思地离开了。

回到房里，丁小谷坐在床沿上不停地抽烟，一支接一支，烟蒂撒了满地。他的眼睛迷离起来，情绪潮水一般涌上心头。该死的猪猡！他们懂个什么？他们那也叫生活？过着猪一般的日子，吃吃睡睡，没有任何追求！烟雾朦胧中，丁小谷叹了一口气。他很少叹气，向来有事总是埋在心底，不会轻易表露出来。

丁小谷想起了这三十年来他所走过的路。

丁小谷怎么也想不明白，为什么他一直都在努力至今仍然一无所有？为什么有人什么也不干却过着神仙一样的日子？

丁小谷对我说，早些年他先后涉足过音乐、武术、文学和口技，并且在每一个领域都展露出有可能闯出一片属于自己天空的迹象。但他一一放弃了，最终选择了绘画。丁小谷迷恋绘画是在他研究文学那阵子读了一本梵高的传记，深为梵高的艺术魅力所折服，认为梵高横溢的才华完结得太快了，需要走的路还很长，但冰冷的太阳交给他的只是一支毫无人味的手枪和一枚毫无情味的子弹。

丁小谷隐隐有种想要把这条路继续延伸下去的冲动。慢慢地，他发现自己身上具有一种梵高式的气质，不知不觉走进了绘画的迷宫。

丁小谷认为，人们将梵高划归为印象派其实是个极大的错误。

丁小谷从梵高写给弟弟提奥的书信以及他留下的大量作品中领悟到，梵高一直都在向世人表达着，一直都在向世人表现、解释、张扬甚至呐喊。

色彩？丁小谷说，只不过是梵高表现的手段。仅此而已。

丁小谷细细品味着梵高的话——明亮些，再明亮些！似乎只有他一个人才能够真正领悟这句话想要传达的真谛。

丁小谷放弃文学，选择了绘画。

中午的太阳燃烧着丁小谷的心事。窗外迷离的阳光在草坪尽头跃舞。

丁小谷坐在床沿上，听到卡车的叫嚣、母鸡生蛋后的邀功。有人正在揍孩子，孩子的叫声像汽车喇叭一样刺耳。

到处都是野蛮人，丁小谷想，相信鞭子可以将一个人赶进宏伟的殿堂。

丁小谷望了一眼墙壁上的挂钟，刚好十三点整。突然，几个意象在丁小谷的脑海中形成了一幅画的轮廓——黑森林！疯狂！

迷乱！毒日头！

丁小谷站了起来，扔下烟蒂，带着画架、画板、画笔跟颜料来到天台，将画板在画架上固定好后，将颜料像抹墙一样抹在纸上，握着画笔，扫地似的在纸上疯狂地挥舞着。

二十分钟，仅仅二十分钟，画就完成了：背景是一片黑森林，入口摆放着一张铁床，上面一男一女紧抱在一起。漩涡似的太阳流着三角形眼泪。不远处坐着一条龇牙咧嘴的狼，虎视眈眈地盯着两人，眼睛露出凶残的红光。男子的背朝外，女子羞涩地搂着男子的脖颈，扭曲的脸拼命向后仰着。女子的眼睛呈绿色，嘴跟鼻子扯到了一块。

漩涡。丁小谷的脑中闪现出漩涡的形象。真是太妙了！对，就叫它《漩涡》！丁小谷在太阳下望着自己的神作陶醉起来。太妙了！丁小谷大声吼叫着。

下午，丁小谷一直躺在床上抽烟，一边思索着怎样才能将文学的情感、音乐的质感、口技的灵感和武术的动感融进美术中。

想了半天竟毫无头绪，最后一笑置之，没想到胸口呈现出柳飘雪的形象来，柳飘雪一直飘飘忽忽，赤裸着游荡在房屋中间。

丁小谷吹开那些烟雾，什么也没有，只剩下脑子里挥之不去的嗡嗡声。

丁小谷第一次感到该为自己做点儿什么了。

五

丁小谷走近一栋孤立的建筑前。四周一片寂静，楼下面伏着一些碳砂和杂草，不远处是一道悬崖，悬崖下面是一条护城河。他似乎听出了河水的骚动与不安。

丁小谷直接来到一单元，稍稍定了定神，就顺着楼梯一直来到444号门前，先将耳朵贴在门上听了一阵，发现屋内没什么动静，只听到自己不太规律的心跳声。

丁小谷告诉我，其实当时他也不能确定谷小丁是否睡在那间屋里。他想过放弃，但这一想法像风一样抓不住，瞬间就不知道被吹到何方了。

丁小谷紧紧攥着手提包，楼道的声控电灯一直未亮，稍微有一点儿动静都跟打雷似的。

丁小谷对我说，奇了怪了，那晚就连空气都好像会说话一样，都在对他指指点点。

丁小谷用指头探测到了门上的门铃，轻轻地摁了下去，同时迅速打开手提包，慌乱地取出手枪，等候主人前来开门。

丁小谷想象着谷小丁来到客厅门前。丁小谷对我描述起他当时脑子里的图像：谷小丁迷迷糊糊地醒来，懒洋洋地伸出手，打开床头柜上的台灯。眯缝着眼，反穿着拖鞋，摇摇晃晃地来到客厅的门前，半开着门，一手把住门把手，伸出半个脑袋，眯着眼睛打量，即使见到一个蒙着面的人站在面前也感觉不到恐惧。

丁小谷听到屋内有人醒了过来，说话的是一男一女。男人正是他同学谷小丁，就是他抢走了丁小谷心爱的女人柳飘雪。女人的声音听着也很耳熟，但又一时想不起来是谁。

丁小谷以前不止一次来过谷小丁家，对屋内的一切都很熟悉。丁小谷曾来此为自己心爱的女人柳飘雪画过像。

丁小谷有些自卑地告诉我，谷小丁慷慨地给了他五千元作为酬谢。他明明知道那是对他的侮辱，但他还是硬着头皮收下了。

门打开了。

楼道的灯亮了起来。

谷小丁穿着睡衣，伸出来半个脑袋。

别动！你要是敢出声，我一枪崩了你！丁小谷装成女人的声音命令道，并以他练武时迅疾的动作挤进屋内，随即反手把门关上，旋上门锁，用枪顶着谷小丁的脑袋。

谷小丁彻底醒了，歪扭着脖子，脸上的肌肉猛烈地抽搐着，眼睛不停地眨着，整个人跟瘫痪了一样。

去卧室！快点儿！丁小谷压低声音，像电影中的侠女那样讲话，你要是敢出声，我就立马叫你的脑袋开花！

谷小丁在丁小谷的胁迫下退至卧室门口。

柳落花赤裸裸地躺在床上，谁呀？当她看到抵在谷小丁脑袋上的枪以后，立即缩着脖子咬住了手指头，随即尖声叫了起来。

闭嘴，贱人！再叫老娘毙了你！丁小谷用枪指着柳落花，竭力绷紧嗓子，既要让音量足够小，又要显得很有威慑力。

柳落花闭上了嘴，惊恐地用双手捂住了脸，像只呆鸟瘫软在床上，身子缩成了一团。

丁小谷挥舞着拳头告诉我，他当时怎么也没想到柳落花会躺在谷小丁的床上。他已经没有退路了，干脆一不做二不休。他将谷小丁推进卧室，让他坐在床上别动，自己冲过去拔掉了电话线，抓起枕头上的两款手机摔在地上，用脚踩碎，并且一直用枪指着他们。要是他们敢动一下，他就开枪打死他们。

去！丁小谷用枪指着谷小丁说，过去！你！——丁小谷用枪指着柳落花。女人啊！你的名字叫撒谎！你为什么？——又用枪指着谷小丁，快点儿！听到没有？

你——你——你想干什么？谷小丁颤抖着问，双手一直放在脑后，脸上淌着冷汗。

打开保险柜！丁小谷命令道，用枪顶住谷小丁的下颌，快点儿！我不想伤人，我只需要一点钱！快点儿！我知道你有，两千元，只要两千元！快点儿！——

谷小丁望着柳落花。柳落花从指缝里望着谷小丁，缩做一团，不住地颤抖。

在那以后的很长一段时间里，丁小谷每次想起这个场景的时候都会叹气。他说他当时真的只想要两千元，能够暂时度过生活困难期，安心创作就可以了——

快点儿！丁小谷加大了音量，声音变得有些锋利。

谷小丁从放在床头柜上的裤兜里掏出钥匙，在丁小谷的胁迫下走到保险柜前，颤颤巍巍地取出两千元交到丁小谷手上。

丁小谷将钱塞进手提包，一边注视着谷小丁跟柳落花。

上去！丁小谷说，用枪指了指躺在床上的柳落花，用你的袜子把她的嘴堵上！谷小丁照做了，苍白的脸上记下了懦弱的性格，并用绳子绑住了柳落花的双手。

丁小谷放下手提包，抽出谷小丁裤子上的皮带，将谷小丁的手反到背后绑了起来，并用一件衬衣的袖子塞住了他的嘴。

等一切办妥后，丁小谷拎起手提包靠近柳落花，使劲扇了柳落花一个耳光，粗重而又干脆地撂下一句：贱人！

丁小谷告诉我，他要不扇柳落花一耳光，他就会对她开枪，将她打成筛子，让她以后不能再接近男人。

丁小谷不想把自己给毁了，只是扇了柳落花一耳光，转身匆匆离开了。

丁小谷来到楼下，见楼上仍然没什么动静，便冷笑着大步朝来时的路走去。刚刚跨入那条马路，丁小谷又看到了那只黑猫。他没理会它，从它身旁绕了过去。

丁小谷走得很匆忙，仿佛看到前方一百米处有个人影正朝他这边走来，脚步声聚起的回声从前方飘了过来。

丁小谷赶紧转上小路，没入了那段林间小道。

六

丁小谷将钱和枪认真藏好之后，来到门口，仔细检查了门锁，确定门是关好了的，然后走到窗前向外凝望，远处的山脉渐渐清晰起来。

月亮静静地悬在天空。远处护城河的河水白晃晃一片。

丁小谷听到屋后草坪中蟋蟀的鸣叫，稍远处有青蛙的叫声。丁小谷在听到青蛙呱呱叫的同时嗅到了夜的气息，嗅到了露水的味道。

丁小谷把窗子关好，上了插销，拉上窗帘，就上床了。

灯被关上了。墙上的挂钟滴答不停。丁小谷隐隐约约听到远处有鸡打鸣。不知哪家的狗在巷子里惨兮兮地吠叫着，汪汪声很悠远。

好像有人正在追赶那条狗。丁小谷仿佛听到追赶者急促的脚步声和粗重的喘息声。

接着丁小谷听到了婴儿的啼哭，又记起了昨天早上那位少妇，努力往婴儿的头顶拉扯衣服的下摆，企图盖住婴儿吮吸的乳头。

婴儿到什么地方去了？丁小谷的脑子里有个声音在问。

她好像是在看着我——站在床前——她在朝我笑，将头埋进我的胸膛——我似乎感到了她的温度——模糊的温度——亲切而又遥远的温度——她的头发中散发出茉莉的香味。我似乎感觉到她甜润的嘴唇。我的胸膛也感受到她的胸膛——她睡到了我身边，用手抚着我的头发，用头发丝磨着我的额头。我喜欢上了她头发的味道，爱死了她唇上的温度。我感受到她细嫩柔滑的手指，手指正沿着我的胸膛向下移动。毛茸茸的感觉。

我的内心平静若花香间的蜜梦……丁小谷说，他无法用确切的语言进行描述，他建议我闭上眼睛自己揣摩、意会、咀嚼，关键是动用脑子，去想象、去感知、去品尝。

我又听到了婴儿的哭声，清晰、响亮、悠远，婴儿似乎就在屋内的某个角落。她人已经不存在了，我只感觉到她的余温。又一张脸出现了——是柳落花——她站在门口，请求我原谅她，同意重新回到我的身边。我开始有些生气，但很快就原谅了她。当我伸出手去迎接她时，她又消失了，站在门前的人换成了柳飘雪，柳飘雪哭泣着……我仿佛又听到了婴儿的哭声，这时候婴儿好像在过道里哭。我好像不是听到哭声，而是感觉到哭声。我仿佛听到过道中有人说话。柳飘雪仿佛也听到了哭声，转身消失在门背后……

过后是一片黑暗与寂静。

没过多久，电灯一齐亮了起来。音乐和鲜花潮水般从四面八方涌来，掌声响起来，一张张笑脸迎向丁小谷，他们正在为丁小谷开庆祝大会。

丁小谷看到了柳飞絮、柳落花、柳飘雪，还有他的大学同学谷小丁，尤其是他最崇拜的大师梵高。

这些人一同举起倒满的高脚酒杯向他庆贺，为他的新作《漩涡》庆贺。

谷小丁走过来，笑着对丁小谷说，你成功了！《漩涡》真是太绝妙了！丁小谷很自然地微笑着道谢。他的耳朵里一时充满了上千人的祝贺声。那些声音开始逐渐减弱，那些人也开始逐渐模糊，消失在了大厅的墙壁中。灯全灭了，四周重新陷入黑暗的深海。丁小谷在深海中翻腾着、呼喊着、踉跄着，没有回答。

等到丁小谷放弃呼喊时，发现自己仍然躺在床上。

丁小谷迷迷糊糊地听到警车停到了楼下，楼梯间响起粗暴无礼的脚步声。

丁小谷分明感觉到他们踏起的灰尘。

跟着门被粗暴地踢开了，三名穿着制服的男子立马冲了进来。他们不由分说，把丁小谷铐了起来，将他推下楼梯，塞进警车，在阳光下的街道上疾驰着。

丁小谷心里在想，这只不过是做梦而已，根本没有必要反抗。

丁小谷告诉我，那段时间他经常做梦，心里急得要命，醒来时发现只不过是个梦。

他们的车子开在城市的大道上，两旁站着无数看热闹的人。

那些看热闹的人站在街道旁的柳树下，露出半个脑袋。也有人只顾着赶路，仿佛没有眼睛，没有鼻子，根本没有注意到他们的车子开过。丁小谷从车窗望出去，仿佛看到柳落花也挤在人群中，她正高高地跳起来看热闹。车子开得太快，那些人很快就过去了。

七

警车停在一栋四周全是花香鸟语的别墅前面。

果然是个梦！丁小谷想。

他们将丁小谷推下车，塞进电梯。丁小谷感到电梯飞速上升着，像射出的箭，又像云中穿梭的鸟。三名男子站在他身后，相互不看一眼，都不说话。

电梯门开了，前面是一间辉煌的大厅。

他们命令丁小谷过去。从一个小门进去，穿过一条过道，又把他推进一间清新雅致的屋子里。

灯光是葡萄色的，正中央搭着一张广场一样的桌子。上面堆满了各种水果、糖果，各种野味、动物的下水……

三人将丁小谷推向桌前。过去！他们中的一个人说。

丁小谷这才发现，那些堆积如山的食品后面坐着一位肥硕无比的女人，正像巨鲸一样大口大口地嚼着一串未剥皮的香蕉。

那女人一见到丁小谷，就把香蕉全吞进了肚子。

就是巨鲸吞起来也没那么厉害！丁小谷动情地告诉我。

210

女人一挥手，说你们出去吧！那手真比帆还大。三名男子看到手势，挨次退了出去。丁小谷转过头望了一眼刚才进来的那道门，门已消失，变成了光滑的镜面。

只有梦里才会有这样荒唐的场景。果然是个梦！丁小谷想。他听到女人叫他坐，以为是在打雷，不敢走得太近。

丁小谷四处打量，企图找到隔在他们之间的那面放大无数倍的放大镜。

坐吧！丁大画家！女人叫了一声，随即推开胸前那堆食品。

丁小谷这才把女人看清楚。他怎么也无法相信，堆放在桌子边沿的那一堆浪花一样翻涌的白花花的东西，居然是女人的乳房，仿佛正要从对面桌边沿顺着桌面流到丁小谷这边来。那翻涌让丁小谷想起了牛的下水，想起他小时候跟父亲到河边屠宰场看杀牛，屠夫将牛的肚皮割开，那些肠子便哗啦啦地涌出来，堆在草坪上震荡着。他想，将水泼在地上水也会这样流散开去吧——

怎么，你不想坐？啊，看来你真不想坐！女人抓起一捆香肠塞进嘴里，鼓着牛铃一样的大眼睛朝丁小谷吼道。

丁小谷向餐桌走近两步，站在女人正对面。

若把这个女人用艺术的手法表现出来，又该是什么样子？到底应该突出哪个部位？用夸张的手法还是抽象的手法？丁小谷想不出来。

我为什么要坐？丁小谷神气地问。想必你也知道，我们只不过是在做梦！要么是我梦到了你，要么是你梦到了我！

做梦？你以为这是在做梦？别做梦了！过来吧宝贝！到我身边来！我很欣赏你！女人在说话的时候胸前那一摊东西像大海发怒时的白浪一样翻腾着。见丁小谷无动于衷，她便撑着桌沿站了起来。过来呀，宝贝！女人大张着嘴，打了一个历史性呵欠，那张漩涡一样的嘴，足以吞没万吨巨轮。

丁小谷站在那里，仿佛听出了暴风雨正从女人身边刮过来，使他几乎站立不稳。

我干吗要听你的？我不想坐，也不喜欢坐在你身边！我就是不过去！丁小谷朝左边墙壁望了一眼，让他感到意外的是，墙上挂着他的《太阳》。

丁小谷想问女人到底怎么回事，当他看到女人全部的乳房时，一惊讶就把这事给忘了。

他看到女人的乳房瀑布一样挂下来，一直流泻到腹部以下。飞流直下三千尺，疑是银河落九天？

女人牛铃一样的眼睛把丁小谷给攫住了。

丁小谷害怕起来。

女人没有走过来，似乎站着都累，站了不大一会儿就又坐下了。

丁小谷发现桌面是透明的。透过桌面，他看到了女人的下半身以及那张专为她设计的用钢筋混凝土灌制而成的椅子，上面铺设了一床厚厚的垫子。

女人的屁股刚一挨上去，垫子就深深地陷了进去。

既然你不想坐，那就乖乖地站好。

我为什么要站？你叫我站我偏不站！丁小谷说话时声音有些摇摆，拉过一张椅子摇晃着坐到了女人的正对面。

丁小谷朝女人身后望了一眼，那里有一张估计也是水泥灌制的床。简直就是甲板！航空母舰！丁小谷想。

女人又狂吃起来，一大堆水果瞬间全部进了她的肚腹。见丁小谷坐下，对着他打了一个饱嗝。吃吧，我的大画家！吃吧，我的小乖乖！她抓起一副未洗干净的猪大肠叼住，慢慢地吸了进去。不吃东西不行呀，你们这些穷鬼，天天写呀画呀，不就是为了这些吗？她指着桌子上的东西说，这些都是好东西，要好多好多钱才换得来的。吃吧！要是这些下水再拌点辣椒跟橘子皮进去，会更香的。哦，我忘记了，你不需要吃这些！这他妈什么东西？女人从口中扯出一段猪肠，上面布满了牙齿印。她将其举在额头上方，认真瞧着，该死的畜生！居然没熟就送过来，看来我得好好收拾收拾他们了！她又重新把猪肠放进嘴里，未等嚼烂，直接吞了下去。吃吧！好吃！她又抓起半块猪头抱在胸前啃，你知道猪头怎么处理才好吃吗……吃吧！好吃！好吃！吃呀！女人大声命令道。

你叫我吃我就吃？丁小谷很不服气，你是在侮辱我！说着，丁小谷将面前的食物掀到了地上。你凭什么侮辱我?

我侮辱你了吗?女人从鼻孔中哼道,大嚼着猪头肉,侮辱你怎么了?你知不知道你已经大祸临头了?女人说着又将一只烤猪送进了嘴里,未等嚼碎就吞了下去。

丁小谷分明看到那只烤猪在她体内练习游泳。

大祸临头?我大祸临头了?笑话!天大的笑话!丁小谷神气地望着女人,歪着嘴对女人不屑一顾。

这里的空气让我昏昏欲睡,四面八方没有一条缝隙,这是什么地方?丁小谷已经放弃了寻找放大镜的想法。他很清楚,他们之间根本就没有什么放大镜。

不识好歹的畜生!女人很生气,抓起一只卤鸡抛进嘴里,拼命嚼着。别以为你干得神不知鬼不觉!全世界的人都知道了!你刚被我的人带走,警察就闯进了你的卧室。幸好我的人先他们一步,要不然你早就被关起来了。清醒一点儿吧!你坐我的车有什么感觉呀?你知不知道那车是我当年结婚时坐的?什么狗屁画家!你以为坐在你对面的是谁呀?想当年我可是标准的大美人,几可艳压群芳。你要是不信,我可以给你找几张照片。只可惜我那该死的男人死得太早了,要不然他就可以陪我坐在这里享受这些美食了。哪像你这个窝囊废!还一天到晚谈什么艺术。艺术顶个狗屁!你麻烦大了知道吗?

胡说!丁小谷坐立不安,手心渗出了汗液,眼睛抽搐得迷糊起来。你胡说！我有什么麻烦呢？你凭什么侮辱我？胡说八道！

是吗？哎哟！女人露出鄙视的神色，一个穷画家也值得我胡说？要想人不知，除非己莫为呀！你以为扮成女人就没有人知道了吗？

荒谬！我不会有什么麻烦的。不会的。丁小谷的整个脸都抽搐起来，嘴巴鼻子使劲地往开分，眼睛耳朵企图挤到一块儿。

别再狡辩了！也别再自欺欺人了！女人吐出几根嚼碎的骨头，用手指掏着牙，不过只要你乖乖地跟着我，我保你没事！我还可以满足你想都不敢想的。你知道我说什么，总之你想要什么就会有什么。你想要车子，就会有车子；想要房子，就会有房子；想天天吃海鲜，就天天都有海鲜吃。只要听话，没人敢欺负你！事实上我很欣赏你！女人将牙缝里掏出的碎物吐在地上。你是个了不起的画家！难道不是？女人笑了，笑得很神气。

你想干什么？这个女人威胁我。这他妈的什么梦？这不是梦！我都干了什么？我老老实实地画画，我招谁惹谁了？

丁小谷全身上下抽搐起来。我在发抖！我都做了什么？他感到女人已经全部攥住了他的命运。我不能呼吸。我需要空气！

你到底想干什么？

你猜？哈哈！女人提起一只兔子，看看——女人展示着手中的美食，然后一截一截地将兔子送进了魔鬼洞中。

你——丁小谷结结巴巴，你不是人，你是个魔鬼！丁小谷上气不接下气地喘着粗气。

你真是个了不起的家伙，小乖乖！女人搔了一下桌上的乳房，在手里翻转着，没有看丁小谷一眼。你从阳台潜进别人卧室里，为了生存，你什么都干得出来！你真了不起！不但画儿画得漂亮，还懂装疯卖傻！女人磨了一下牙，使劲把乳房往桌上一摔，又抓起一头乳牛抱在胸前狂啃。我要是没说错，你还懂一点儿文学跟武术。可你注定要倒霉！除我之外没有人可以救你。相信我，我天生就是你的克星，你逃不出我的手掌心！哈哈，小乖乖，你是逃不出我的手掌心的！

你——你——你——她已经控制住我了，我被她攥在手里不能动弹、不能呼吸。你——你——你——胡说！丁小谷说不出话来了。

我不能这样被她一手操控。可是这样跟着她，不也很好吗？我一直努力为了什么？生活还是艺术？

我胡说什么了，小乖乖？女人玩世不恭地反问道，还是你自己在装糊涂呀？我早就对你说过你是个了不起的男人！你跟刚才那些家伙不一样。你比他们强多了！你知道他们以前都是干什么的吗？一个被妻子提奸在床，结果杀死了自己的妻子；一个没日没夜地钻研西方古典哲学，可连女朋友都养不活；一个努力考大学，把家里的积蓄全都花光了……要不是我收留他们，恐怕也只能跟你一样，去骗、去偷、去抢，最后只能去当流浪汉了。你看他们现在多好——衣食无忧，还有我这个大美人。

你——你——你——丁小谷已经不能正常呼吸。

我要窒息了。我不能坐以待毙。她吸食着穷人的灵魂，舔舐着劳动者的鲜血。她就是个恶魔。为什么这世间要有猪存在？我快不行了。我得站起来——

丁小谷像个瘫痪在床上奄奄一息的病人。

你潜入谷小丁的卧室，首先打开了那里的灯。接着你掀开被子，用枪指着谷小丁。他本来是个单身汉。他是你的同学。可不知为什么，他的前妻柳飘雪也睡在床上。你让谷小丁用棉花塞住柳飘雪的嘴，让他撕烂裤子将她绑在床上。你还叫他把电话线拔掉，将手机从窗口扔了出去。

你——你——你——我没有！我只是老老实实地作画！我什么都没做！丁小谷的眼睛迷离了。救命！他看到女人的脸七零八落地扭曲着。杀了她！——丁小谷的眼珠外突得厉害。

你不但让谷小丁用棉花堵住了柳飘雪的嘴，贴上胶布。你还命令他打开保险柜，劫走了50万元。你还对他说了几句充满人性的话——

你胡——你血口喷人！你乱——丁小谷感到有了一丝力气。杀了她！杀了她！宰掉这头噬血的大象！你是在威胁我！

我不能再受她的侮辱了！不——她侮辱不了我！她也侮辱不了艺术！艺术本就是为了拯救她们这些失落的灵魂而存在的！

你说他的钱多的是，不过都不干净，都肮脏无比，区区五十万元对他不算什么，只不过是冰山一角。你说那钱不是抢劫，是借。你说你选择他作为借钱对象是为了替他赎罪。

一派胡言！杀了她！丁小谷软弱无力的手在桌上拍了一掌。杀了她！胡说八道！

为什么打劫他你心里很清楚。谷小丁夺走了你的前女友柳飘雪。柳飘雪爱慕虚荣，见谷小丁有权有势，比你有本事，于是嫁给了他。

别说了！杀了她！杀了这只恐龙！

丁小谷吃力地站起来，双手撑住桌沿，以便不让自己跌倒。杀了她！正是这些人使得这个世界骚动不安，杀了她世界就清静了。再说——我对你不客气！

你想狡辩？女人看也没看他一眼，又抱起一只西瓜抛进了口中。

你胡说八道够了！杀了她！丁小谷感到体力渐渐恢复了，我不怕你！

等你顺利地拿到你想要的那五十万元，为了混淆视听，索性玩弄谷小丁的命根。你把谷小丁扒了个精光，用枪顶着他的脑门，一边抚弄着他，一边隔着面纱去咬他的耳朵，以表明你是个女人。你想报复他又怕他认出来。你早就知道谷小丁是个胆小怕事的人，根本不敢去揭你的面纱，所以你就随心所欲地玩他。等你玩够了，你就用枪托砸断了他的命根。你听到了一声脆响，高兴得一个人跳了一曲华尔兹。

你疯了！你是个疯子！丁小谷愤怒地吼叫道，感到对方说到了自己心坎上。杀了她！杀了这个臭婊子！杀了这只蛆！杀了这条寄生虫！你是个地地道道的疯婆娘！

谷小丁顿时倒在地上狂叫不止。女人继续说道，你怕被人听见了，干脆用枪托把他给打晕了，塞进衣柜里。这一切被柳飘雪看在眼里。你把谷小丁塞进衣柜后，转身正要离开，你看了柳飘雪一眼，可就是这一眼彻底暴露了你自己。你想她既然背叛你，你就搞她！这样你们就扯平了！你强暴了她。你还扇她耳光，以显示你的占有欲。

没有的事！这他妈的什么世道，居然容这样的寄生虫胡说八道！不要再说了！丁小谷意识到自己没在做梦。我得尽快解决掉这只恐龙！

你从谷小丁家满意地走出来，还在楼下撞见了一只死猫，后来又在返回住处的林荫道上碰见了柳落花。

不要再说了！

你们谁都没有说话。她知道你干什么去了。你打劫的时候她就在门外。她将你所干的一切都告诉了我。

你想怎样？丁小谷的力量完全恢复了，手上有了力气，说话山洪般响亮起来，你到底想怎样？我可不受你控制！

女人停止了唠叨，拍了一下手掌，那三名穿制服的男子走了进来。去！把那幅画给我摘下来！女人指着墙上的画。三名男子走过去把画取了下来，恭敬地拿到女人面前。女人看也没看，只顾着吃一捆树叶。把它烧了！女人吼道，这等垃圾！白白浪费我100万元。这算不得什么！还《太阳》！为什么不叫《垃圾》？还有《漩涡》也是垃圾！你也是垃圾！

你——丁小谷使劲拍了一下桌子，我忍受不了了！他的拳头握得更紧了。是她逼我这么做的。我要杀了她！是你逼我的——

丁小谷感觉受到了极大的侮辱。我要宰了你！他抓起桌上的水果刀，我要宰了你！

出去！女人对三名穿制服的男子说，他杀不了我，他的命运由我控制。你听我说，你想杀了我是吧？你杀不了我的！我只要一拍桌子，就会有一大队警察赶过来！

你到底想干什么？我得重新计划。丁小谷坐了下来。假如我这么一刀刺过去，她会躲一下吗？他的体内有一股力量冲击着他。她会的，她一定会躲，还会拍桌子，那样我就杀不了她了，反而会被警察带走。你说，你到底想怎样？速度，只要我的速度足够快，她就来不及拍桌子，我就一刀刺进她的喉咙！

女人抓起一串葡萄，大笑着将葡萄捏碎，让汁水滴在胸口上。我要你把它舔干净！

凭什么！丁小谷在桌子上重重地砸了一拳。

就凭我掌控着你的命运！女人发疯地捏着葡萄，就像捏住丁小谷的脑袋，直到只剩下一把葡萄皮。汁水全部滴在了胸脯上。

没人可以控制我！就算天王老子我也不怕！虽然丁小谷无法掌控自己的命运，但他并不感到畏惧。我的命运谁也掌控不了。丁小谷龇牙咧嘴。起码我可以宰了你！

你不会杀我，你也杀不了我！你杀了我就没有人可以保护你了！

你凭什么？丁小谷很不服气，怒视着女人。

你说我凭什么？除非你是个傻子，否则知道我凭什么。女人将葡萄皮扔过来，扔在了丁小谷脸上。我随时可以将你捧上天堂，同样也可以将你踏进地狱！

丁小谷的拳头攥得更紧了，双眼冒着火花。谁给你的权利？他的牙齿咬出了声音，难道这个世界上就没有公道？

公道？乖乖，公道？女人嘲笑道，我就是公道！我想干什么就干什么！我要你以后只能为我一个人作画！

做梦！丁小谷厉声说道，简直岂有此理！

有性格，够气派，了不起啊！不过你也别怪我对你不客气！女人气冲冲地抓起一条牛鞭猛嚼起来。猪狗不如的东西，你有什么了不起的？

你可以侮辱我，甚至侮辱我的人格，但不可以侮辱艺术！丁小谷明显感到身上的肌肉绷得很难受。

杀了她！——杀了她！——杀了她！——他的脑子如煮沸的

猪大肠一样翻滚着。

艺术就是一坨屎！跟我谈艺术！它能给你什么？金钱？名位？权力？眼看女人就要伸手去拍桌子。丁小谷迅猛地从桌子上方飞过去，一刀插进了女人的喉咙。

女人的喉咙里顿时像大河决堤一样地响着，两眼外突，黑色的血液喷涌而出。女人鼓凸着双眼重重地倒下了。

八

早上。群来饭馆。被丁小谷用豆浆浇灌的几名男子坐在老位置上大声地说话。老板站在旁边正听得津津有味。其余几张桌子上吃饭的人也都专心地听着，脸朝着他们的方向。

那名少妇也在。她正一边哄孩子睡觉，一边望着他们的方向听他们讲。

他们说，昨天早上丁小谷听到他们的谈话，当时就很生气，后来就去找柳落花了，可是找了一整天都没找着。

他们说，傍晚时分，丁小谷看到柳落花的脑袋靠在谷小丁的肩头，于是怀恨在心，决定对谷小丁加以报复。

他们说，谷小丁勾引了丁小谷的前妻柳逐月，后来柳逐月不知从哪里傍了个大款，就和丁小谷离了婚。之后不到半年，大款一命呜呼，留给柳逐月大笔财产。从此柳逐月过上了自由自在的好日子，专门做起有钱人的情妇来。丁小谷看到柳落花跟谷小丁在一起，简直气不打一处来，一路跟踪到谷小丁的住所，偷偷地爬上天台，等候下手的机会。半夜里他用绳子缒到阳台上，潜入卧室杀死了谷小丁的老母亲。

他们还说，整件事情柳落花知道得一清二楚。柳落花在派出所证实说，她早就发现丁小谷有变态倾向。她之所以离开丁小谷，就是怕他哪一天也会对她下手。想不到她刚走，丁小谷就杀死了谷小丁的母亲。柳落花进一步证实说，要不是谷小丁的母亲身体不好，谷小丁孝敬老母亲，让母亲睡他的床，遇害的就是她和谷小丁了。

九

丁小谷睁开了眼睛。柳落花笑盈盈地坐在床沿上，温柔地抚弄着他的头发。

什么时候了？丁小谷问。

早上啊！柳落花娇滴滴地说，想睡就再睡一会儿吧！我已经做好早餐了。

早上——丁小谷看着柳落花干瘪无味地回答，又像是无意中对自己说的。哦，我真有一点儿饿了！

丁小谷穿好衣服，洗漱一番，跟柳落花一同走向餐桌。房间收拾得整整齐齐，地板和餐具也都擦拭得干干净净。窗户开着。窗帘挂了起来。阳光柔和地斜射进来，微风送进来一缕油菜花香。

丁小谷回想起小时候曾在油菜花田看到一男一女搂在一起。自那以后，他对油菜花就有了一种特别的记忆。

柳落花揭开了盖着饭菜的塑料盖子。丁小谷的内心顿时流出一种酸涩的苦味，同时夹杂着无限的悲凉。

丁小谷告诉我，他当时真想说点儿什么，却又什么也说不出来。桌子上全是他以前很少吃到的美味。他发现柳落花的脸上隐藏着什么，并在极力掩饰。

丁小谷望着满桌子的菜，举起筷子不知伸向何处。你不是已经走了吗？丁小谷说，依然盯着桌子上的一盘盘菜。

谁说人家走了！柳落花说，人家是去买菜了。柳落花的脸竭力躲藏着。

丁小谷想笑，抬起头来看着柳落花的眼睛。柳落花的眼睛分明在撒谎。

赶快吃吧！柳落花说，露出狡猾而迷人的笑脸，夹起一个红烧狮子头放到丁小谷面前的碗里，要不然就凉了！

丁小谷用筷子插烂狮子头，夹起一块翻来覆去地看，像是在欣赏一件艺术品。

吃饭的整个过程，房间里的气氛都显得极不和谐。阳光有些刺眼。墙壁也呈现出尴尬的气氛。柳落花跟丁小谷都意识到了这一点。柳落花一直处于一种不安的骚动中，一边用筷子在嘴唇上厮磨，一边偷偷地注视着丁小谷的动静。丁小谷埋着头大口大口地吃着，好像吃得香极了。

听说谷小丁家里遭劫了。柳落花说。一边用筷子在碗里翻着一块带鱼。

丁小谷没有回答，放下筷子，用餐巾擦了一下嘴角，看了柳落花一眼，放下餐巾，继续埋头吃着。

前天夜里，一名女子持枪破门而入，柳落花接着说，一边仔细观察丁小谷，结果抢走了100万元，并打伤了他的情妇柳逐月一条腿，伤得可厉害了，人现在还躺在医院里。

你从哪里听到的？丁小谷略带讽刺地问，继续吃着，头也没抬。

我——我——柳落花略微显得有些紧张，我是听别人说的。柳落花电光石火间找到了表达的感觉。你不知道？

我不知道！丁小谷干脆地回答。有没有抓到那名女子？

那倒没有！柳落花说。不过警察在接受新闻记者的采访时透露，他们已经掌握了整件事情的足够线索。我猜凶手很快就会落网。

你这么看？

什么？

没什么。你也吃。我差不多饱了。

警方一致认为，此番作案者跟最近连续作案的应该是同一个人，那名劫匪已经成为警方的重点通缉对象。

就在此时，丁小谷和柳落花同时听到了楼下的警报声，跟着有人重重地敲门——

十

现在轮到说说我自己了。我是个死人，死了上百年了。我叫梵高，文森特·威廉·梵高。

真没想到，一百多年以后，我的《加歇医生像》在短短的三分钟之内，竟以8250万美元的天价拍卖成功。

另外，《向日葵》等画作更是价值连城。可实话实说，我当时拿它竟换不到一碗稀饭！

幸运的是我没有不幸到缺少一颗子弹和一把手枪。

相反丁小谷就没有那么幸运了。

丁小谷是我在中国的唯一传人，也是我最忠实的信徒。

现在丁小谷跟柳落花入狱了。

一天夜里，两人串通好，一同持枪潜入一名单身男子的家中行窃，被发现后不慎失手杀死了该名男子。根据警方透露，那名男子曾以五万元买走了丁小谷的《太阳》，转手就以一百万元卖给了一位肥胖的贵妇。这名贵妇完全藐视艺术，视金钱为天神，居然当着丁小谷的面把画撕了个粉碎，还将碎片掷在丁小谷的脸上，狠狠地羞辱了丁小谷一顿。

丁小谷一气之下伙同柳落花将那名男子给打死了。

丁小谷原本只想好好教训教训那名男子，不料失手打死了他。

行动之前丁小谷对柳落花说，他知道那名男子很有钱，估计不下千万。反正他们的缘分也走到了尽头，不如尽早分手，也好各奔前程。

丁小谷说他没有什么可以补偿柳落花的，倒是可以利用这次机会帮她搞到一笔钱。

丁小谷还说，他之所以会遭受侮辱，主要原因在于那名男子。他低价买下自己的画也就算了，万万不该卖给那样一个女人。他非得教训教训那名男子不可，好让他知道我们这些从事艺术的人也有尊严。丁小谷要柳落花一同前往。他可以要求他赔偿自己的名誉损失费，弄到的钱全归柳落花，到时候她想干什么就干什么，愿意继续跟着他也可以，他不会再干涉她的事情。他只想捍卫艺术的尊严，为绘画艺术讨一个公道。

那天夜里，当他们顺利地敲诈到十万元的名誉损失费以后，柳落花当即惊呆了，一个劲儿大叫，妈呀——我一辈子也没见过这么多钱！一时贪心再起，想要继续勒索。男子趁他们不注意做出反抗，抓住柳落花的头发揍她的脸。丁小谷为脱身，努力将柳落花从男子手中往外拉扯，一不小心扣动扳机打死了男子。

可惜了这一桌子美食！

丁小谷撒了谎。他早餐还没来得及吃呢，就被警察带走了！

九重梦

醒来时，恐龙还在。

一

意大利作家卡尔维诺在《未来千年文学备忘录》中盛赞危地马拉作家蒙特罗索的一句话小说："当他醒来时，恐龙依旧在那里。"直译应为："醒来时，恐龙还在。"两种译法最明显的差别在于，一个有主语，一个没主语。蒙特罗索偶然闯进我的梦里，无意中发现了我和恐龙之间的秘密，遂逃出我的梦境，将其变成文字。作为一名小说家，蒙特罗索深深懂得省略主语对这篇小说的意义和价值到底有多大。

醒来时，恐龙还在。也就是说，我就在那里。我就在那里入睡，很有可能是在我入睡之后被人赶到了那里，关于这种说法，留在我鞋底的沙子可以证明。恐龙没有离开，或许恐龙离开过，甚至不止离开过一次。恐龙是自由身，可以随意前往任何地方，但在我醒来之前又回到了那里，回到我的身边；又或许恐龙在我熟睡期间偶然路过那里，突然不想再继续赶路了，于是稍作停留，直到我醒过来。

恐龙全身呈绿色，头上戴着一顶绿色宽檐帽。每当我就这顶帽子嘲笑恐龙时，恐龙都会略带忧伤地说，她是故意的。恐龙受了伤，肚皮上好几处都被磨破了，对此用恐龙自己的说法是，为了尽快赶来与我相会，最后一段路她是连跑带爬甚至像蛇一样，将重重的身躯挪到我身边的。为了应景，我表现出伤感的样子，差点儿掉下眼泪。恐龙明显很累，我醒来差不多一小时，但我们没说多少话，大多时候彼此之间只是默默对视着。

我注意到恐龙右眼中有一坨黄褐色米粒状的眼屎。恐龙早知道眼屎的存在。但我猜测她是通过我的眼睛才发现的。恐龙故意不擦去眼屎。恐龙的左眼流下一滴看不到任何一丝杂质的眼泪，这滴眼泪呈琥珀色，樱桃大小，可以照见我的影子，里面我惬意地躺卧在一张漆成青柠檬色的大床上，头枕在一条胳膊上，安静地望着某个地方（望着她），眼睛周围氤氲出轻纱一样的白雾。

我闻到一缕淡淡的清香。多年以前，我已不确定到底过去了多少年，我曾在一名女子的胸间闻到过同样一种味道。女子叫娟女，她也是我今生接触过的第一位女性。这种味道我曾以为就是夜来香的味道，后来发现夜来香的味道更浓烈，而且更容易让我躁动。然而这种味道却能让我随时随地安静下来，想一件复杂的事情，或者什么也不想，只是安安静静地任由思绪漫溢横流。我沉醉其间不能自拔，一刻也不能没有这种味道，否则难以呼吸，好在娟女很快答应做我妻子。没想到新婚之夜醒来，这种只应天上有的味道突然消失了，确确实实让我措手不及。现在重新闻到这种味道，我忍不住流泪了。

我是因感动才流下眼泪的，恐龙肯定知道了其中的缘由。

经过一段时间的休息，恐龙已经不像刚才那样疲倦了。我终于明白，恐龙是在等我随便问些什么，以便她向我表白。

实际上我正是按照恐龙的意思做的。

我问过恐龙什么，我已经忘了，好在我还记得恐龙对我表白的每一句话："由于你渴望的感召，我从远方赶了过来。我的四肢已经扭伤了，身体的下部也都已经擦伤了，已经不能再回到恐龙家族了。实际上我来看你，就已经被整个恐龙家族给抛弃了。在你我的家族之间我只能选择其一，我选择来看你。作为一只恐龙，总得有所选择。更何况是你才让我有了这个选择的机会。这一点很重要，我希望你能永远记在心上。也就是说我从遥远的地方赶来看你，是自愿的。我乐意前来，乐意向你展示我。接下来我要说的，希望你不要笑话我，那样我会害羞，会改变颜色，并且再也不能恢复。所有的恐龙当中，只有绿色的恐龙最值得疼惜，我要始终展示给你绿色的我。我在来的路上就已经想好了：如果你不显露出嫌弃我的意思，不赶我走，并且为我提供休息的地方，我将作为一只绿色的恐龙，始终守护在你身边，直到你离开人世，我再继续赶往另一个地方，赶到另一个人身边；如果你能够从心底理解我的离家出走，还能第一时间安慰我，愿意在我的伤口处擦红药水，我也就不会因为不能回到恐龙家族而忧伤了，那么我放弃在恐龙家族的公主身份也是值得的；如果你能用你的手指头为我擦去眼屎，或者借口吻我的眼睛用舌头舔去眼屎，或者借口舔去眼屎而吻我的眼睛，或者借口吻我的眼睛而吻我的嘴唇，我都会心甘情愿地顺从你，我会放弃恐龙的身份，做你温柔的甜心，或者你们男人朝思暮想的红颜知己……"

老实说，我被恐龙深深地感动了，既感动于她表白时甜蜜忧伤的美妙声音，更感动于她那些充满柔情蜜意的话语，因此才有了那句极度惋惜的感叹：

"可是，你只是一只恐龙啊！"

"应该说我是一只女恐龙，而且还保持着完整的女儿身呢。作为一只女恐龙，我希望把它献给你，今生今世只献给你。"

我从床上坐起来，捧着恐龙的脑袋，准备先亲吻她的眼睛，悄悄舔去眼屎，再决定是否吻她的嘴唇。

我突然有些紧张。

我从恐龙的眼中读出了急切和渴望。

我的嘴找寻着恐龙的眼睛。

我醒了。

二

娟女正在画板前给画添上最后一笔。

刚才梦中的经历，无非是娟女为我虚构的故事的现实演绎。娟女不但会画画，而且善于编织故事，故事的主角全是极品女子，都是她为我量身定制的。

娟女不止编织故事，还将故事中的女子画出来。她为我编织了无数个故事，也就为我画过无数个女子。每当她完成一个故事并且画出一个女子时，我就要与这个女子演绎一场凄绝而华美的故事，女子超凡入圣的极佳容颜和旷古绝今的美妙心灵都由娟女确定，我只需进入故事中，找寻一条与该女子萍水相逢的理由，进而根据意愿随心所欲地谈上一场或生离死别或缠绵悱恻或凄美决绝或荡气回肠的恋爱……

娟女还是第一次将故事的主角设定为一只恐龙，但她并未画一只恐龙给我。她正在画的仍然是一名女子，画中的女子只能够看到背面，绿色长发明亮飘逸，紫色薄纱长裙轻裹着曼妙的身姿，隐约可见光洁的嫩绿色长腿，两瓣儿屁股云蒸霞蔚，纤细的腰身具有某种律动的美。在我醒来之际，娟女刚好完成最后一笔，最后一笔是女子头上那顶绿色宽檐帽上面的红色飘带。

我望着画上的女子心神荡漾。娟女以前为我画过无数的正面女子，我能清楚地看到那些女子的一颦一笑，看到她们耳朵尖上的金色绒毛，脖颈周围浅蓝色的脉管，我甚至能闻到那些女子身上氤氲而出的淡淡幽香。画上这个女子，因为看不到正面，反而带给我无尽的期待，就好像一个深邃的谜，急等着我去解开。

　　我激动得说不出话来，痴痴地望着画上的女子，尝试进入女子的世界。

　　娟女搁下手中的画笔，慢慢地转过身来，以极度忧伤的语调哀求着问我："你能抱抱我吗？我就要离你而去了。对不起，我不能再陪你。今后再也没有人能够替你创造你想要的女子了，我为你画下最后这个女子，我的大限也就到了。如果有缘，你一定会跟她相遇的。我不在了，就让她陪伴你。现在我只求你抱抱我，让我弯成你怀抱的形状躺进怀里，慢慢地停止呼吸。"

　　我突然感到我将失去所有，没有了娟女我什么都不是。娟女老了，她好瘦弱。这么多年以来，我不曾认真地与她对视过：娟女的手跟鹰爪一样，头发稀疏枯黄，眼角周围满是鱼尾纹，眉毛跟眼睛一样，都呈灰色，嘴唇干瘪，衣服下面感觉不到有肉体的存在。我有多长时间没有注视过娟女了？娟女用她的生命和智慧为我创造了一个个鲜活的女子，我一直生活在娟女布置的魔境中，与一个个女子相识、相知、相恋、相守或者决绝。

　　我从画上收回目光，认认真真地注视着娟女，并从注视中呼吸到一股死亡的气息，那种气息充满了绘画颜料的味道。

我从凳子上抱起娟女，紧紧地搂在怀中。娟女的眼中滑落最后一滴眼泪。伴着嘴角一抹微笑的弧度，娟女像水一样，弯成我怀抱的形状，逐渐化作一团白雾。

而我依然保持着双臂圈起来搂抱娟女的样子。

好半天我才意识到，娟女不在了，娟女蒸发了。

我哭了，鼻涕眼泪混杂在一起。我望着娟女留给我的最后一幅画，望着只能看到背面的谜一样的女子，撕心裂肺地号啕着。

我一直哭，一直哭，一直哭到感觉整个身体已被掏空，只剩下依然圈起的双臂，而这双臂也因失去支撑即将摔落在地上变得粉碎。

我醒了。

三

我正靠坐在一棵树上，双臂围成一个圈，像是在拥抱着这清爽干净的空气。身后是一片充满诱惑的森林，里面什么故事都有可能发生。

我忘记了我是怎么到的这里。我的眼角还挂着眼泪。一名背对着我的熟悉如眼泪的女子站在面前。没花多少工夫，我就认出她来。

她就是刚才梦中娟女所画的那名女子，名叫似幻，这也是在我抱起娟女的时候她轻轻地在我耳边叫出的两个字。

我用衣袖擦干眼泪，问似幻为何不转过身来。似幻说，我能从千里之外不惜辛劳跋山涉水地赶来看她，累得靠坐在树干上都能睡着，还在梦中反复地叫着她的名字悲伤地哭泣，虽然她不知道在我梦里到底发生了什么事，但我一直叫着她的名字，还一直哭泣，想必她在我心里的位置一定非常重要，单凭这一点就足以让她抛开一切，毫无顾忌地主动朝我赶来，在半道上与我相遇。只是天意弄人，她不能与我正面相对，如果我想与她相伴终身，只能按照她目前编制的几种程序进行——

第一种：任何情况下的坐着、站着、躺着、走着，要么她在前，要么我在前，永远不可以并排着，可以牵手，我牵着她，她牵着我，都行。

第二种：如果非要正面相对也可以，不过必须是在漆黑的夜晚，若在白天就必须完全看不到一丝光。

第三种：她可以替我制作一套密不透光的眼罩，我可以依照春、夏、秋、冬或出现在不同的场合随意选取一副戴在头上，如此亦可与之正面相对。

第四种：如果我真觉得她是那么重要，完全可以学日本作家谷崎润一郎《春琴抄》中的男子佐助，用针刺瞎双眼。

第五种：我对天发誓，无论何时何地何种情况下，永远都不褪下她的衣裙，不对她的胴体存有一丝一毫的好奇之心。

我对第一种、第二种和第三种程序表示赞同。实际上我抱有侥幸心理，暂且同意了她提供的第五种程序，心里想着今后软的不行就来硬的。

我从地上爬起来，慢慢移步到似幻的身后，双手搁在她的肩上。

她在微微发抖。

她说她坚信我是个值得信赖的人，是一个顶天立地的男子汉，从来说一不二，这也正是她赶来在半道上见我的原因之一。

她说她不正面对我是为了我好，是为了我们两人可以地久天长。我们能不能相伴终身完全取决于我，她愿意将一切托付给我。

实际上我并不是一个有耐心的人，任何情况下都体现出我的急躁和急功近利。我的急躁和好奇心立马让我转到了她的正对面。我以为她会很生气，会立马挣脱逃走。但她只是愠怒地低下了脑袋，鼻息稍稍粗重了一些，身子随即变得不那么柔软。但我知道她很快就会原谅我的冒失，并且彻底委身于我。

与其说她担心的只是她皮肤的颜色，她的整个身子呈绿色，不如说她真正担心的是她身体的透明。更准确地说，她的整个身体就像一只鱼缸，或者玻璃橱柜，里面的心肝脾肺肾包括肾里面的腺管，都能够看得一清二楚。按照似幻自己的说法，今生她将是一个永远都没有秘密的人，人人都有秘密，唯独她没有，她的一切都暴露在外，但是稍有生活常识的人都知道，一个没有秘密的人，或者一个没有秘密的国度，是无法想象的。暂且不说我看到她胃部的食物被消化以及小肠、阑尾、大肠中进一步被消化后的残渣的样子会怎么想，单单是她随时随地都感觉裸露在光天化日之下，就让她羞愧难当、万分痛苦了。

我向她做了保证，尽管如此，我依然爱她，甚至今生今世都只爱她一个，她的独一无二让我执迷其中而不能自拔。

我说了二分之一的真话：我的确自得于她的独一无二，谋划着将她关进铁笼子里带到世界各地展览，我好从中获利；抛开绿色肌肤，抛开透明的肉体，单纯从身材和外貌上看，似幻绝对称得上一品仙女，而这正是我最看重的一点，当我真正享受她的灵魂跟肉体之际，我完全可以闭着眼睛品味她的美貌，同时将自己投放于她燃烧的绿色火焰中；但我想在有光的地方好好欣赏她的胴体一番，每每多番努力，仍难以持续，唯有退而求其次，欣赏她穿着衣裙时的曼妙身姿。

实际上我正是如此与她相处的，我们一起生活了三十年，在每个夜晚，在每个没有一丝光亮的白天，我享受着她的灵魂跟肉体，永远也不满足，永远带着遗憾。

好在我的这一遗憾可以从如梦那里得到些许补偿。

如梦是似幻的胞妹。

如梦比似幻还要美，肌肤也呈绿色，不同之处在于似幻是墨绿，如梦是嫩绿，因此如梦更见光鲜，更加粉嫩，更具弹性。最重要的，如梦的身体不透明。

所以很多时候我虽搂着似幻，实际上脑子里想的却是如梦，以至于有天清晨，就在我攀上快乐的峰巅之际喊出了如梦的名字。

我可以当作没听见，似幻却真真切切地记下了。她当即对我实施了残酷报复，让我攀上万丈悬崖上的那棵巨松，将一面绿色的旗帜挂上去。

我苦苦哀求，说我患有恐高症，但似幻态度坚决。我要么照她说的做，要么一直注视着她透明的身体，三天三夜，不许眨动一下眼睛。

我战战兢兢地走到悬崖边，全身就跟瘫痪了一样，突然之间感觉不到心跳了。我拖着那面巨大的旗帜，还未往巨松上爬，似幻从背后猛踹我一脚。

我向着谷底坠落。

耳边风声呼啸。

我醒了。

四

我一边拖着一面巨大的绿色"大"字形旗帜，朝着对面那片森林艰难地挪动，一边同这面旗帜说着话。这面旗帜将被我挂在那片森林最高的树上。作为一面旗帜，同时也作为这个国家的风向标。风往南吹、风往北吹、风往东吹、风往西吹，都由这面旗帜来决定。"风欲静而旗不止"，这里是风随旗动。

这不是一面普通的旗，这面旗具有生命，这面旗富有灵魂，因为这面旗曾经以人的形式存在着。

这面旗有一个动听的名字——如梦。

我是如梦亿万个粉丝中的一员，多年来一直追随着如梦的脚步，横跨太平洋，翻越阿尔卑斯山脉，只为向众生传达一种福音——爱。

我是作家兼作曲家，我将如梦及如梦传达的全部经文写出来印刷成书，并且努力将其销往全世界，但我觉得这还远远不够；我又将如梦及如梦传达的经文转化成为某种密码，并用音符将这种密码翻译出来，结果全世界的黑色钢琴和白色光滑的石头都能自动唱歌，自此以后整个世界只有一首乐曲——如梦之爱。

事实上正是因为这首乐曲，才让如梦从亿万粉丝中发现了我，并且垂青于我，甘心成为我一个人的女人。

如梦拥有世间最傲人的身材、最美妙的声音、最漂亮的脸蛋，加上那嫩绿色的肌肤和绿瀑般的长发，我感觉我就是人世间至高无上的王。

成为我女人的如梦不再四处奔走，但她从未放弃传播爱的使命。为了配合我那首令全世界自动演奏的钢琴乐曲，如梦提出将自己变成一面旗帜。

我们尝试过寻仙问药、机械拉伸，都不能令如梦变成一面旗帜，最后是我提出用擀面的方式才得偿所愿。

当然这万分痛苦，这得如梦天生具有可塑性和延展性才行。

我和如梦历时九万八千七百年终于将她变成了一面"大"字形绿色旗帜，我用积分学将这面旗帜的表面积计算了出来——九万八千一百平方米。

我现在要做的是将这面旗帜（也就是我的女人如梦）挂在地球上最大的那片森林中最高的那棵树上。

我拖着旗帜，喘如海啸，正艰难地朝着前面那片森林挪去。旗帜一点儿也不重，与其说我拖着旗帜前进，倒不如说旗帜拖着我向前迈进。

我的眼前突然漆黑一片，天光再次照亮大地，我已将旗帜挂在树巅。

旗帜带着风、带着我飘荡在地球最高峰，带出一股飓风，掀起四大洋的洋流，将爱融进每一个水分子，洒向地球每个角落。

我也如愿被如梦变成一个水滴，正飞向不知名的地方。

我醒了。

五

一滴从未知地方飞来的水滴落进女子眼中，女子眨眨眼睛，终于复活了。

从我决定造出这样一名女子的那一刻起，我的足迹遍及世界上的每一个角落，我对世界上各种肤色、各个种族的美妙女子如数家珍。最后锁定一百名，她们被我一一杀害，窃走她们身上的某一部位，得以创造出现在这名女子。也就是说，现在躺在我面前的这名女子身上的每一个部位都是世界上最完美的存在。我采用世界上最前沿的缝合技术，并采用纳米技术将其定色着色，结果就是任何人、任何高精密仪器也检查不出来，面前的女子实际上是一百名世界顶级美女的融合体。

唯一让我苦恼的是，这名女子制造出来已过百年，迟迟不能醒来，直到这不知从何而来的水滴落入她的眼中。

我想这个水滴应该就是传说中的天使之泪吧。

这名女子醒是醒了，可是还不能说话，也不能动弹，唯有眼睛能够活动，好在她能够跟我做心灵上的交流。

因为她不能动，我也就没有改变她躺着的姿势，或者将她固定并且立起来，因此我观察她、欣赏她总是从上边朝下看。

实在是人间绝品，想必天使诞生之前，天使的父母也会参照这名女子的容貌去创造他们的儿女。看来《国际歌》真的掌握了真理："从来就没有什么救世主，也不靠神仙皇帝，要创造人类的幸福，全靠我们自己。"我为了拥有世界上最完美的女人，完全靠着我的双手跟智慧残杀了一百名女子，并亲手创造了现在这个女人。

拥有了这个女人，就等于拥抱了全人类的幸福。唯一遗憾的是，我只能从上边这一个方位来观察和欣赏她，为此我不得不给自己安装一对翅膀。

久而久之，我开始过上了脱离地面的生活——漂浮的生活，执着于爱一个人。直到身上那对翅膀生锈、腐蚀，我重重地摔在我亲手制造的女人身上。

我醒了。

六

我正撑持在两条板凳上，做着俯卧撑，嘴里数着数字。我已经做了99999下，仍然没有累的感觉。我的腰上绑缚着一条极有弹性的绳子，在我向上撑起之时，并非我的双臂将我支撑起来，而是靠着绳子的收缩性将我提了起来，所以连做99999下也不感觉累。发现这一真相并未让我多想，相反做得更欢了。

渐渐地我的手脚脱离了板凳，只剩下绳子继续做弹簧运动，而我的双臂随着身子上下仍然配合着伸直和弯曲。

若是从远处来看，或者不去留意我的手掌跟脚尖，你定会以为我一直在做俯卧撑。

实际上我被绳子绑着吊在房梁上，身子平直，身体刚好与地面保持平行。我觉得这个姿势帅极了。

另外我发现从这个角度观察地面非常有意思。

屋子呈正多边形，每一边正中间都有一道半圆形的门。整个屋子足有广场那么大，而且还在不断扩大。

我感觉我在不断地远离地面，同时发现屋子的边数也在不断增加，相应地屋子的半圆形门也在不断地增加。

我能意识到自己是一名小说家。我告诉自己，这是一个非常不错的小说题材，一定要把它写下来，写成长篇，然后去布拉格亲手交给卡夫卡。

这时候，我听到了响起在屋子四周的脚步声以及脚步声所产生的回声。循着声音，我看到了一颗略微秃顶的圆脑袋。

我认出他是贝多芬。他的手中捧着我决定交给卡夫卡的那部小说手稿，正一边走一边嘿嘿笑着："不错！不错！真不错！"

尽管我知道贝多芬是搞音乐的，尽管我听到了他对我小说的肯定，但是我还想再听到他对我的褒奖。

我立刻说那是我写的，请您多批评。

贝多芬显然没有注意到头顶上的我。这时候我猛然想起贝多芬是个聋子，根本就听不到我说的话。

我又发现，我能听到他的脚步声跟回声，却不能听到我自己的声音跟回声。

我发现我的身体中发不出任何声音。

我失声了。

我甚至有些窃喜。我想起读高中时有天晚自习，为了引起女英语老师的注意，我整个晚上都装聋作哑，不时地指着自己的嘴巴跟耳朵，表示不能说也听不到。

不能发出声音，意味着不容易被人发现。我觉得这样其实也挺好的，没有人发现也就等于过上了隐逸的生活。

所谓"小隐隐于野，中隐隐于市，大隐隐于朝"，而我隐于屋内上方，在这个低头族盛行的时代，肯定很少有人会抬起头来注意到我，那我岂非从此逍遥自在？

实际上我的确感觉到了逍遥和快活，走过屋子的人，无一能够逃出我的视野。只不过我看到的人有些特别，大多数时候我看到的是人直立在平面上的投影。如果一个长得笔直挺拔的人路过我的下方，我看到的就是该人两肩长短的粗线段穿过脑袋形成的不规则的圆；女人尤其胸部挺拔或者臀部上翘的女人走过我的下方，我看到的更为有趣。实际上，从这个角度来欣赏胸部挺拔或者臀部上翘的女人最美不过了。如果这个人的后脑勺突出，或者这个人的鼻梁坚挺，或者这个人是个驼背，落在地面上的投影简直就是绝妙的写意画。

时间一下子好像过去了几百年，我看到一拨又一拨人从屋子不同的门走进来，又从不同的门走了出去，甚至有的人进门时尚且青春焕发，走出门时已是两鬓斑白。

实际上在我这个位置上收获很大，单是从脑袋上，我就发现了另外一个世界：我发现魏延的脑后真的长着反骨，我还发现爱因斯坦的头发中藏着一只调皮的蜘蛛……

直到有一天，我从人群中发现一个非常熟悉的女子走过下方，她的头顶别着一只绿色发卡，一边哭泣一边叫着我的名字。

我知道她在找我。如果这时候我能发声，我就可以告诉她，我在她的头顶上方。

眼看她就要穿过遥远处一扇半圆形的门，情急之下我终于喊出了声音。

我醒了。

七

别哭了！我不还爱着你吗？而且更爱了，简直都快发疯了！你不都看出来了吗？没有你我连一秒都活不下去了！你问我这些年都是怎么过的，怎么仍然活得好好的？老实说，没有你在身边，我过的都是什么日子啊！那也叫日子吗？我就跟机器似的，没有灵魂，整天恍恍惚惚。

到了晚上，人倒是清醒了，可是脑子里全是你，想着什么时候能够见到你，把你紧紧地搂在怀里，一直搂到清晨，搂到黄昏，就这么搂着，什么也不说，什么也不做，就这么一直搂着，我就很满足了。没错，刚才已经满足了，已经如愿地将你搂在了怀中。你知道我搂着你的时候，心里都想些什么吗？没错，我现在还不能一直搂着你，我们还不能一起过天长地久的日子。不！你不能！你不能跟我一起东奔西走，外面的风风雨雨不应该侵袭到你，我不能忍受我心爱的女人跟着我受罪，遭受生活的百般蹂躏。原谅我，亲爱的！相信我，我做的一切都是为了你。时间会证明我对你的爱。相信我，一定要相信我！你不用再等多久了，再等两年！过去你不是已经等了五年吗？在那五年时间里，你并没有失去什么吧？相反我们都变得成熟起来。我知道你过得并不好。没有我在你身边，你得自己照顾自己，还得忍受父母的苦苦催逼，让你赶紧找个人嫁了。可是你并不爱他们。

他们可能爱你，但却是冲着你的美貌来的，他们爱的只是你的肉体。我也爱你的肉体，但我更爱你的灵魂。最重要的，是你爱我，你也只爱我！你不是对天发誓说你今生只爱我一个男人吗？别的男人，就算他是皇室贵胄，是你最喜欢的明星，你也不会心动！你说你就是为我而生，你曾说过的这些话你不会忘记了吧！你说要将你的第一次好好珍藏，用来交给未来的丈夫。你说我就是你未来的丈夫。可是我曾三番五次地向你索取都遭到拒绝。我没生气，我怎么会生气呢？我开始跟你一起信守这份承诺。就算为了取得你的第一次我也会娶你，为你戴上钻石戒指，一起过幸福的日子。

别哭了，好吗？你哭，我会跟着一起伤心的！我的心难受极了！真的，我太爱你了呀！我真想一口将你吞了，吞到肚子里，这样你就住进了我的身体里，我也就不用再离开你了呀！我知道！我知道！我都知道！你父母一直在逼你！你去告诉他们，就说你已经长大了，你可以有自己的决定权了。你去告诉他们，说你要等我回来娶你。你去告诉他们，我到底有多爱你。如果他们一意孤行，硬要将你嫁给其他男人，那无异于将我推向死神。当然由你决定，他们不能强迫你，他们也强迫不了。你告诉我，说他们强迫不了你！你告诉我，说你不愿意嫁给其他人！你告诉我，说你永远只爱我一个人，要嫁也只会嫁给我！你说啊！你快说啊！哦——天啦！我刚才白说了！我要是现在就能娶你，我还说什么呢？我现在不是还不能娶你吗？我还要完成学业，取得博士学位；我还要创业、还要多挣些钱，有了钱我们才能过上安稳的日子！有了钱我们才能过上幸福的日子！有了钱我们才能白头偕老！我相信，我当然相信啦，只要能跟我在一起，你什么苦日子都不怕！你是多好的姑娘呀！你不介意，可我介意！好姑娘就应该享受生活，就应该沐浴在幸福中，不应该像药一样被反复煎熬。

你不是有个伯父在 S 市吗？要不你到 S 市。S 市跟 M 市那么近，你到 S 市找份工作，我一有空就过去看你！原来你早就想好了！太好了！春节过后你就去 S 市，并非投靠伯父，而是一边打工一边等我！你太懂事了！这辈子能够认识你真是上天的眷顾，我不知道我到底什么地方值得你为我牺牲！我感觉就像在做梦一样。你是说真的吗？你真是世界上最好的女人！

坐在我面前的这个女人是我的初恋女友，我们俩已经分开好些年了。此刻我感觉没有她就像没了空气，无法呼吸。

奇怪的是，当我的一只脚才刚刚跨到门外，望着外面晃眼的日光，有些伤感地对她说出"珍重"二字时，突然有种立马逃走的冲动。

另外我也意识到我早已另结新欢，并且早就对这个女人没什么感觉了。我对我刚才的想法跟举动感到大惑不解。

相比眼前这个女人，我更迫切地想要飞到另外那个女人身边。

另外那个叫娟女的女人。

我担心我若不立刻离开此地，就再也别想走了。我的心中充满了焦虑，结果是我逃走时步履踉跄，一不小心跌倒在门外的石阶上。

我醒了。

八

山不是很高，但若要问上面有什么，我确实不知道。一条极长极窄的高空索道桥自山脚直通到山顶，桥面铺设成台阶。

没有风，几十个人三五成群，排列成纵队分散在桥的底部、中部和顶部。有人正背靠一面钢缆绳，胳臂缠绕在钢缆扶手上。

父亲就在我的上方，背靠一面钢缆，跟背靠另一面的几个女人调笑。父亲的身子仰得很厉害，两条胳膊伸展着，铺在钢缆扶手上，而双手死死抓住已经生锈的钢缆扶手；我四肢朝天地悬挂在索道桥的钢缆扶手上面，面部朝向远方，裆部朝向山脚，钢缆扶手勒得我的两腿腕跟腋窝很不舒服。下面不远处有两位老年妇女，扇着蒲扇气喘吁吁地往上攀爬着，经过我的时候未做停留，直接从我身下钻了过去。

我转过头去，望了父亲一眼。

我告诉自己，其实父亲已经死去十多年了。我奇怪我居然从来没有去找过他！我奇怪我居然早就没有父亲了！

父亲只顾跟那几个女人调笑，刚才从我身下钻过去的两个老年妇女已经不见了。

我听到父亲说："不要乱晃！不要乱晃！是谁在晃？"

我意识到索道桥在剧烈地晃动，一直都在剧烈地晃动，只是听到父亲的话以后才想起自己患有恐高症——非常严重的恐高症。

我在惊恐中发现，索道桥底部两名青年男子正拽着右边钢缆扶手猛烈摇晃，索道桥这会儿就像秋千一样荡了起来。

我忙翻身下了钢缆扶手，站在一级台阶上，指着下面两名青年男子高声吼："你们晃什么？"

话音未落，只见眼前一片模糊，接着我不知道怎么就到了一片空地上。我发现，站在我面前的并非那两名青年，而是一个老年、一个中年，两人都已头发花白，老年人的唇髭也是花白的。我来回指着他们中的一个变着花样骂，骂他们猪狗不如、枉为男人、阳痿早泄。老年男人对中年男人说："疯了，疯了，这人疯了！"

我留意到一群女人中相对出众的那位站在我这边，拨打110威胁两个男人。我认出她是已为人妻的初恋女友。

两名男子很不屑地离开了。

我发现刚才一直很害怕，倘若动手，吃亏的必定是我。我想感谢前女友，又发现她正是那名年轻男子的妻子。

我朝旁边的厕所走去，有些想尿尿了。厕所在一分钟之前还不存在，此刻我已闻到刺鼻的尿臭。

还未走到门口，我的小学语文老师冲到了前面，在我拉开拉链撒尿的过程中，我的老师对我说："你赶紧去订两桌酒菜，买两条好烟，我帮你把刚才那父子俩请出来，你向他们赔礼道歉，钱我先帮你垫着，到时候你把钱直接交给我就行了！要不然等你死后尸体都不知道去哪儿找！随时都会有人来杀你！"

我干脆利落地拉上裤子拉链，掩饰好内心的虚怯，对老师说："你没看到刚才那么多学生就在旁边吗？我们吵架的时候很多学生都在偷拍，当场就传到了网上，现在很多人都知道我跟那两个男人吵过架，我要是真被杀了，人们一定知道是他们干的。"我很清楚那些学生并未偷拍，并未将吵架过程发到网上，可我注意到我的老师信了。

中间出现了一段小小的空白。

这会儿我正躺在一辆推车上。

我知道这里是医院，我的前面是一条极长、极安静的走廊，雾蒙蒙的，走廊尽头正对着一道双扇门，门的颜色跟水泥一样，是深灰色的。我正在等着那个前来杀我的人。他们果然没有让我失望。杀手真的出现了。我看到一个男人手持一把明晃晃的短刀破门而入。我没想到他那么快，我还没来得及动一下，他就冲到了跟前。

他抓住我的左脚，企图将刀刃砍进我的脚底板，没想到刀身却平黏上了脚底板，死死贴在我的脚底板上，而我的右脚大拇指钻进了他的左鼻孔。我想挣脱，用双脚将他蹬开，然后翻身下床，夺下他的短刀，架在他的脖子上，找到小学老师，让他转告那对父子：想杀我没那么容易！

结果他取不下紧贴在我左脚脚底板的短刀，我也动弹不得，我的右脚只能勉强地撑住他歪扭的头，右脚大拇指依然堵在他的左鼻孔中。

这时他突然打了一个响亮的喷嚏，将我的右脚大拇指给打了出来，那把短刀也脱离了我的脚底板，重新回到他的手中。

我看到他将短刀握成匕首的姿势，正朝我的脚底板猛刺过来。

我恐惧到了极点，心想这下必死无疑了。

我的双腿猛缩回来，用力蹬出去，跟射出的箭一样。

我醒了。

九

我和妻子娟女冒雨冲向一座小山头，跟射出的箭一样。

我们冲向那里，那里有人出租自行车。

我们的车子停在很远的停车场，我们租用自行车，正是为了赶到那里，然后开车赶到另外一个地方。

另外那个地方刚才还很清楚，这会儿却模糊不清了，或者说当我们骑着租来的自行车赶到停车场，根本无须多想，就知道开往何处。

山上一片荒芜，山头形似蘑菇。泥土湿润，泥腥味儿散布四周。太阳有些晃眼。

娟女一口气冲到山顶。我脚底下打滑，老是上不去。

我退后一段发起猛冲，还是冲不上去，每次都滑了下来。

我看到娟女正和那位出租自行车的男子手牵着手，完全忽略了我的存在。

我望着他们，望着那名男子："你把我妻子当你妻子了吧！"

我没看到自行车的影子。

我再次下滑，再次猛冲。那名男子已经骑在娟女身上。娟女正仰躺在斜坡上。那名男子不断地挠娟女的痒痒。娟女嘻嘻哈哈笑个不停。

我再次从即将到顶的地方滑下去，索性转身走下山去。

我对自己说："原来，他们才是一对。"

前方有一道石门，我直接走了进去。里面一片漆黑，只得摸索着前进。很快我就看到前方射进一道微弱的绿光。

我醒了。

十

醒来时，娟女还在。

黯 影

要看透一只盒子，不止从外看、从里看，还得让盒子开口讲话。

——题记

有关我的21世纪的那段神话，人们至今仍在传唱——清晨，太阳泣血，四野残红。我躺在凉床上，屋子挣脱大地，驶往遥远的太空。

我在时空之轴上自由来回。时空好比高速公路：笔直路段，我便向前，抑或后退；弯曲路段，我向左转，或是向右拐。

遥远的过去，在无限之中形同昨日。

我曾回到地球诞生之初，当时一片荒凉，孤魂遍野，游神乱窜，洪水泛滥，五颜六色的气体晃来荡去。

一个自称宙斯的小孩坐在奥林匹斯山上的一块巨型圆石上，目光茫然，脸色苍白，形同鬼怪，仿佛一个无家可归的流浪儿。

遥远的未来，在无限之中形同刚才。

我也曾到访过世界末日，那里垃圾遍布，江海翻腾，尸骨在黑色江面上漂浮撞击。随手抛出一枚石子，瞬间便被吞噬。

我又看到那个自称宙斯的人——双目失明，长发及膝，脏乱扭结，胡须缠绕在身下的那块巨型圆石上，脸上沟壑纵横。

他用苍老的声音告诉我，他是寿与天齐、上天入地的宙斯。我不相信，尽管他仍然坐在奥林匹斯山上的那块巨型圆石上。

我曾亲眼看到特洛伊之战，为了争夺美人海伦，希腊人同特洛伊人开战，双方军人不惜血战十年，饱受风霜的洗礼，饥饿、病痛、漂泊、思恋与战火的荼毒；也曾目睹周幽王为博褒姒一笑，烽火戏诸侯；也曾目睹亚历山大大帝驰骋在欧亚非大陆，征服古希腊文明；也曾目睹一代天骄成吉思汗统领他的铁骑，踏过红河，意图称霸世界；也曾目睹奥斯维辛直插云霄的锈色烟囱，升腾起煅烧老弱妇孺的黑烟；也曾目睹日本广岛、长崎两地原子弹爆炸时腾起的黑云；也曾目睹地球被人类彻底毁坏以后的闪电……

我也曾目睹文明与道德的城市隐秘的深处，一些人怎样出卖着他们的肉体与灵魂；为达目的，一些人编织的蜜语怎样将他人送进地狱；有些人一手扛着艺术与潮流的旗帜，一面在亚历山大广场一丝不挂地舞蹈……

我还曾目睹那裹着华丽盛装、闪耀着诱人光芒、充满温柔流动曲线的时代潮女以及曼妙仙女，潇洒地穿过华盛顿广场。

我的眼睛有些疲倦，我不忍再继续观测下去——多少血海翻腾，多少惨白刺眼，多少哀号惊心……为把当时发生在我身上的一切的一切，我知道的以及我不知道的，聚焦放大，我不知尝试过多少次。

在我的视野中，首先呈现的是四架民航客机撞向纽约世界贸易中心（双子塔）和华盛顿五角大楼。跟着烽烟四起，炮火连天，伊拉克土地上的人民呼天抢地，求助无门，另一些人不知所措，茫然若失。我看到了美国人，他们恨不得把头倒过来行走，改用屁眼儿讲话，改用鼻孔奏乐。在他们身上，我怎样也找不到血管的脉络，听不到人性的脉搏，尽管他们齐声高唱着《人性与民主》；南斯拉夫上空浓烟滚滚；本·拉登孤独地坐在半山腰上，迎着夕阳进行新一轮恐怖袭击的谋划；中国载人航天成功了；海地地震了；玉树也跟着地震了；日本也跟着地震了；新冠病毒肆虐全球了……

在世人眼中，我不过是一则神话。不同的是，我脱离了大地，飞向了太空，步入了时空之轴。

我只想找到可以感知、可以触摸、可以呼吸、可以与人交流的那个我。那个曾经生活在中国四川东北部的一个小山村的我。

那个山村叫什么名字已经不重要了，重要的是我曾在那里生活过，也可能仅仅只是在那里生存过、存在过而已。

我是否真的存在过？还是我仅仅只是个神话？或者我也是那参与传诵神话的人？

到头来，我们无非生活在一个或然性的世界里。就拿飞天来说吧，我怎么也没想到我会飞上天，更不知道我会在今天重新回头，审视自己以及曾经生活过的那个小山村。我有太多的谜团解不开，比如那个我每天在镜子里面看到的女人，她夜里出门所为何事？比如整天坐在门外说话的老妇人是谁？比如出现在我门口的小女孩儿又是谁？她总是用奇怪的眼神瞪着我，她跟我到底有什么关系……

我走进一条漆黑的隧道。前方闪进一道光，第一道光，可能只是假象、新的诱惑或是遏止我前行的幻影。

我绕过无数道弯，经历过无数个昼夜。那真是孤独的旅程。隧道已经缩小到了我身子的尺寸。我像影子一样，可有可无了。

时间虚脱了，掉了链子，脱轨了。

我来到隧道尽头，那里只是一道悬崖，下面也只是神秘莫测的深渊。我听到下面深切的呼唤。黑云在下方飞奔，飞鸟在云层上方撒下孤寂的哀鸣。

我像走在云上，脚踩着软绵绵的云；脖子像被一根极易断掉的绳子套着，一头攥在某个人的手中，此人一不留神，一松手，绳子就会滑落，我便会跌进深渊。

我听到了血管被堵塞的闷响。下面深渊的呼唤仍在继续，我的渴望显得更热切了。我抗拒不了，手脚已麻木，我都感觉不到它们的存在了。

我正脱离躯体，想要逃逸，再也附着不到我的身上。

就在我逃逸的瞬间，绳子断了，我坠入黑云之中。我听到自己凄惨的坠毁声，同时听到数万只怪兽互相撕咬与争斗的声音……

我的脸上淌着冷汗。

她仍在镜子里，正在看书。

我知道刚才只是做了个梦，也可能只是我的幻觉……

镜子中的女人我认识，但却知之甚少。

我只知道她是个女人，二十五六岁的样子。

在阳光耀眼的白天，二十一世纪的一切我都能看得一清二楚。

我看到一座土坯房子，正房的门大开着，我就平躺在进门左侧靠墙的凉床上，脸上正淌着汗。进门右后傍墙放着一架雕花木床，被子整齐地叠放着。右面墙上靠近床头，挂着一面巨大的镜子。镜子左上角有张面具，挂在钉子上面，大概是某个大人挂上去的。某个大人很可能就是我，因为我根本无法否定站在门口的小女孩儿跟我有关，这张面具也与她无关。

事实上我并不认识她，只不过她经常出现在门口，一直痴痴地望着我，一听到别的小孩儿吵闹就会转身跑开。

镜子下沿紧靠着梳妆台，台面上放着木梳、箅子、眉笔、口红、发油、香水、发夹、手镜、清凉油、雪花膏、睫毛膏、指甲剪……

台前坐着一个二十五六岁的女人，正在如痴如醉地阅读着。

至于书的内容，我从天上、从镜中都无法看清。但镜子里的那张脸告诉我，书的内容一定非常有趣，一定能够满足她的胃口。

她似乎忘记了一切，忘记自己只是个人。也可能只是假象，甚至假象本身也是假象。

她将自己完全融入书中（也许只是我的猜测），把自己当成了书中的主角。她正在书中耀武扬威、横冲直撞、我行我素、意气风发，四处青翠欲滴，淡雾缭绕眉际，百灵欢快歌唱，谈着情、说着爱。那些花儿，牡丹、芍药、金菊、山茶……竞相扭动腰肢，开在她的眼际。她从一丛花走向另一丛花，弯下腰去，轻轻抚弄，就像抚弄情人，时不时地将鼻子凑上去，微闭双眼，深深吸气，吸取它们散发出的淡淡清香。对面亭子里，几个小男孩正追着一个小女孩，想要抢她手中的皮球。他们朝她跑过来，小女孩躲在她身后，露出小脑袋，朝追她的孩子嚷嚷：来呀，来抓我呀！也许小女孩儿是她最最疼爱的女儿，是她跟山外或村里或对岸某个爱得死去活来的男人所生；而她整日在园子里厮守的，正是此人。

先前，她从不看书。梳妆打扮也是近来的事。她并未走进书中，仅浮在书上。她看书可能因为寂寞，可能因为空虚，可能为了达到某种不可告人的目的——这个目的只有她和她每晚私会的某个男人最清楚。也可能仅有她自己一人清楚。说到底，她每晚外出可能什么人都没见，到目前为止，还没人发现她确实跟哪个男人约会。

六个零呢还是六个一？她苦思冥想。都不是的。她随即否定，他（也就是我）不可能这么简单，不可能让我随随便便就猜到的。都怪我啊，上次本来可以，太可惜了！该死！我再也不能忍受了！她蹙眉想，我得赶快想个法子，离开这个废物，离开这个死人待的鬼地方。早上，乌鸦又在房屋后面的大树上叫得死去活来。老天爷保佑，千万别让他就这么死了，等我拿到钱再带他走也不迟！隔壁老娼妇死了就好了，保不准他就会一股脑儿讲出来。唉！还要等到什么时候？唉，还是耐心等着吧！她换了个姿势，揉揉脖子。看样子他也熬不了多久了，我再耐心点儿吧！要是月底还没结果，我就得想点儿法子了。我得让他快点儿。也不知行不行，要不然这书就白看了。这些小人书，不知为什么叫小人书，是个男人就会喜欢。

该死的，最近睡得越来越晚了，说不定他已经知道我每天晚上都会出去了。前几晚我从外面回来，他睡在凉床上，总要睁着眼睛瞪我，好像要瞪掉我一块肉一样，瞪得我脸直发烫。幸好他总会问，你干什么去了？我说上茅房了。他似乎并没有怀疑。只是我有些不太明白，他总是怀疑我身后跟着人，并且问我那人为什么不进屋来。

也不知道为什么，我每天晚上走出村口，走向河边树林时，河中那块石头上总坐着那个小孩，特别是在月明星稀的夜晚，我看得清清楚楚，我感觉他的头一直随着我的移动而移动，就好像是在监视我。也不知道他是哪家的小孩，为何三更半夜坐在那上头？

该不会是……

黑暗的幕布罩住了房屋。

灯亮着。

灯就挂在镜子旁，离面具很近。借着灯光，我看到面具上爬满了灰尘。

我看到面具的眼睛眨了眨，漆黑的眼睛（只是眼睛一样的两个孔，嘴巴也只是嘴巴一样的孔）散发出幽暗的光。我向它望，它的眼睛总是盯着我，偶尔也会动一下。

她又从镜子中消失了。

我看到镜子里她那焦急的样子：她在屋中来回走着，不时朝镜子里望，企图从中观察我是否入睡。我早就发现她骗我了。半年以前我就知道了，她晚上有外出的习惯，回来总要装模作样地说："我上了趟茅房！"我知道她在撒谎。她每次回来总要先在门外待一会儿。我是听到她的呼吸才知道的。

其实还有一点也可以证明，拴在柴棚里的狗，先前在她每晚同一时间回来之际总会吠叫几声，然后复归沉寂。人在未进入狗的视线范围，狗凭借耳朵判断；等进入它的视线，发现是自家人，它就会闭嘴。当然，现在即使狗听到她的脚步声，也不再吠了。对狗来说，这也近似谎言——一个重复的、不真实的脚步声。

因此，我现在也只能通过她的呼吸来判断了。

至于近来才有的另外一种呼吸，我不知道是谁发出来的。只是我不明白，这人是否跟她有关，是否跟她很熟悉，甚或他们是不是一伙的。至于他们有什么目的，会不会联起手来对付我，好让我从这个地球上消失，我就不得而知了。当她的喘息声进入我的耳朵时，我就装着打呼噜。事实上，我睡着以后也不会打呼噜。这一点她应该很清楚，只不过是不愿意清楚罢了。她进屋后，我继续打呼噜，还把眼睛闭上。

一听到我打呼噜，她就会轻轻地推开门，踮着脚尖，像猫一样走到梳妆台前。

近来我又改变了主意。我不再打呼噜，等她进屋以后，我也不再闭上眼睛。当然，她还是会在门外站上一会儿，然后进屋，重复头一天晚上的问话。后来，她出门的时候干脆将门开着，相反非得把灯关上。这样一来，在她外出的时候，我反而看得更加清楚了。在月明星稀的夜晚，屋内一片漆黑，门外一片银白，整个大地好像撒满了盐。

我总是看到她朝村东头走去。我得伸着脖子，使劲地伸，将脖子扯长，再扯长，扯得跟蛇那样细，脑袋龟缩成鹅卵石一样，眼睛就能看到了，看到她朝村东头走去。

她走得无声无息，尽管脚步声在半山腰啪嗒啪嗒地回响。

每晚出门之前，她总会坐在梳妆台前仔细地打扮一番。打扮的整个过程，包括先怎样后怎样，上粉时脸上会有什么样的表情，抹口红时右手的肘关节会产生怎样的细微动作，我都看得一清二楚。好像这并不是什么记忆，而是我脑子里一直就存在的画面。她回来后也总要站在梳妆台前对着镜子发呆。

近来几个晚上，她从外面回来，不但站在镜子前发呆，往往还脱得一丝不挂，对着镜子翻来覆去地欣赏。我总是同时看到她的前胸和后背。我从镜子里面看到她的前胸。如果她侧转身子，扭转脖子看镜子，我就可以同时从镜子中看到背部、臀部和两个半张脸了。每当这个时候，我总是会忍不住亢奋起来，身上会有燃烧的感觉，巴不得她走过来。

我隐约有一种感觉，我曾跟这个女人发生过关系，并且不止一次，只是不知道什么时候中断了。我曾多次努力回忆，但每次都没有结果。有的时候，我试图回忆的同时，发现其实是在进行重复的幻想，所以也就搞不清楚了，到底真跟她有过，还是自始至终都只是出现在我脑子里面的幻觉。

她在欣赏镜子里的那个她时，总会旋转身子，企图从镜子里看到自己的后背。她强扭着脖子，可镜子中只会出现半张脸。

我就是这样从镜子里观察她的。也许我看到的根本就不是她，而只是产生在我脑海中的一朵白云、一个幻影，就和我感觉同她发生过关系一样。

最近我又发现了一个秘密，其实算不上什么秘密，仅仅是个早已发生的事实：每天晚上她都要出门两次，并且完全不同。第一次出门会打扮，而且一丝不苟，包括衣服上的每一个褶皱，她都要把它们抚平。第二次出门全然相反，除了睡觉时穿的内衣，有时候甚至衣服也不穿，鞋也只穿一只，手里提着一只。回来时脚上的鞋不在了，身上沾满了泥土。似乎她自己也知道，好几次她都把手举起来翻来覆去地看。

我从镜子里看到，她的眼睛有些呆滞，眼珠一动不动，脸部肌肉僵死，脸色发白。

接着她转过身来，脚也不洗就爬上了床，坐在床头，僵硬地扯过被单，盖住双腿，再慢慢地倒下去，又突然坐起来，动也不动，再猛地倒下去，发出一连串凄惨的呻吟。

呻吟中满是疼痛、悲伤、绝望，进而呻吟转为呼噜、磨牙、呓语。

我曾留意，她每晚第二次出门，差不多总是凌晨两点三十分，几乎一分不差，出了差错也是时钟问题，而她回来，往往是在天亮前一小时左右。早上，她很晚才会起床，起来后呆坐在梳妆台前，一副无精打采的样子，好像没有睡醒。可能又发现了手上的泥巴。每当这时，我就会从镜子里看到她的脸顿时变得煞白，眼皮乱颤，然后她就会起身翻被子，发现上面也有，再看鞋少了一只，便匆匆地跑出门外。

在我的记忆中，仿佛只有这个时候她才会着急。

不多一会儿，她就回来了，手里提着那只头天晚上穿出去的鞋子。

今天晚上，她又坐在梳妆台前，仔仔细细、前前后后、上上下下地打扮一番，末了对着镜子努嘴，一副极其满意的样子。双手支在梳妆台上，噘起嘴，露出两排洁白的牙齿，摆动脑袋，挤掉嘴角的一颗粉刺。动动下颌、舔舔嘴唇、瞪瞪眼睛，把鼻子弄响几声，就好像是在考验我，看我是不是睡着了。然后坐着，双手捧着下颌，安安静静地望着镜子发呆。

我知道她又要出去了，大概已经等得不耐烦了。我便又装着打起了呼噜……

我感觉到她已经来到了我的身旁，正弯下腰来，将她的脸凑近我的脸。我始终没有睁开眼睛，眼皮上的一团酡红时而变为暗绿，时而变为黛色。我感觉到了她的鼻息。我听到了她的心跳。她的心跳得很厉害、很不均匀。她的鼻息喷到了我的脸上。接着喷在我脸上的鼻息变得轻了。她的心跳变得弱了。接着传入我耳朵的是鞋子在门外摩擦时发出的细微而慌乱的响声。虽然微弱，但不细腻，那响声中夹杂着粗暴和凌乱，以及一种久经压抑的沉闷和焦急的迫不及待感。

再接下来我听到了屋后笨重的脚步声。从那声音可以断定，那人走得很快，也很慌乱。

我睁开眼睛。灯亮着。门大开着。床上空无一人。镜子里没有了她的影子，只剩下一片惨白，就像一个巨大的旋涡，要把整个屋子吞噬。

墙上的面具邪恶地望着我。我从它的嘴上发现了一丝笑意，那笑中隐藏着杀机。

就在这时，就在我正要睡着之时，我听到了一声猫的惨叫。

那是猫叫，我听得清清楚楚。

叫声从窗口传来。只叫了一声，一声就足够了。一声这样的惨叫，足以让我这样的人魂飞魄散。

这声惨叫又让我想起了十几年前的那一声惨叫，同样地凄惨，同样地瘆人，同样地让人堕落、沉沦、麻木和昏厥。

电灯熄灭了。

玻璃窗向外开着，窗栅变成了一张交织得天衣无缝的网，一张只为我而存在的网，而我早已身陷其中。

我迅速从窗口扫过，什么也没发现，除了屋前的那几棵树在月光下呆立着。但我肯定刚才猫的叫声一定是从那个地方发出来的。

我不确定隔壁房间里的人是否也听到了。我只听到隔壁房间里传来的怪异鼾声，那鼾声凝重而迟钝，夹杂着死亡与疲倦的气息。每当听到这种鼾声，我的心就会一阵阵抽搐，跟着额头发凉、脊背发寒。可是如此刺耳的猫叫声，他们怎么会听不见呢？莫非那不是猫叫而是一种死亡讯息，专门为我而发出来的？

屋外一片雪白。我从瓦缝中知道，这又是一个月明之夜。这样的月夜，跟我记忆中的月夜一模一样。

记忆中的月夜，对面山头就像覆盖着满山的雪，河上偶尔有人捕鱼，深黛色的河流从月旁静寂地流过。那个时候，捕鱼的人总要到河中间那块青石上坐坐，抽上一袋烟。

我就曾多次和父亲在这样的夜晚下河捕鱼，每次捕鱼，我们都要到青石上坐坐。

只要天上有一段时间不下雨，河水就会下降，大青石就会露出水面。

有一次我跟父亲坐在上面休息，父亲抽着烟，一句话也不说，火星子一闪一闪。

远处河面上偶尔有鱼跳的声音。我向鱼跳的方向望去，只见一团团不成规则的涟漪被流水冲散开，冲淡了。

每当那时，我就会问父亲："娘呢？"

"你没有娘！"

"人家都有娘，草娃子有，狗娃子有，牛娃子有，大家都有，为什么我没有娘？"

"不懂别问！你就是没有！"接着他就生气了。

他总是气得猛吸几口烟，吸得快要燃烧起来，紧跟着一声长叹，或是伴随着扔下烟头骂一句"妈的，这什么世道！"要不就是"日他祖宗，这日子怎么过！"

有一次我们父子又坐到青石上。

那晚的月亮有些残缺不全，月亮周围布满了乌云。爹吸着烟，对我懒懒地说："你本来有个娘，你小的时候，她也很疼你。我记得你那年出水痘，晚上通宵哭闹，她就抱着你在院子里走来走去，一直走到大天亮。你想要吃肉，她把头发卖了，割回二斤肥肉，你一个人吃了半碗。后来她跟别的男人跑了。唉——不说也罢！"

"我想娘了——"

"想她干什么？她是看不起咱爷俩才跑的！难道她害咱们爷俩还不够吗？"爹说完将头埋进了臂弯，长吁短叹起来。

我不敢再问。我很清楚，再问他又要骂我了。也不知道他们之间到底发生了什么。在我的印象中，娘对爹就像恶魔、流感或是病毒，就像见不得人的暗疮。

我抬起头来，望着满村房檐下吊着的电灯，从中找到我家亮着的那一盏。那盏灯显得特别的冷清、孤独、黯淡。

月夜的山村，从河中望去，就像一座硕大的坟茔。我总是看到那些灯火随意游走，一会儿明，一会儿暗。

我安安静静地坐在大青石上，坐在爹旁边，常常听到村里有怪叫声。爹说我身子弱，所以才会产生幻听。

月光下，爹的脸看起来特别吓人，就像月光照在积雪上一样煞白，一样寒彻。可能他是担心我会在哪一天突然死去。

又一个月夜，我跟爹打了好多好多鱼。我们坐在大青石上谈着当晚的收获。爹从衣袋中取出烟叶，卷了一支点上。

我望着村后的那座山，看到整个山头耸动了一下，伴随一声哀怨的叹息。我把我看到的和听到的告诉了爹。

"胡说八道——"

"是真的，爹，你自己看吧，还在动呢！"

"你再胡说！"

爹给了我一巴掌。我至今还能感受到爹的那一巴掌所蕴含的力量，那种力量只有魔鬼才具有。我曾怀疑爹是人还是鬼。我几乎跌进河中，幸好及时抓住了爹的衣袖。爹在打我之后就后悔了，但他并没有向我道歉。事实上，爹从来就没有向我道过歉，每次打我之后，总是以一声长长的叹息表示悔恨。

那天晚上，他又叹息起来，接着开始抽泣。我分明感觉到爹的身子在颤抖，抽泣的同时身子抽搐着。我因为小，不懂事，加上从来就不懂得安慰人，况且他又打了我，我在心里诅咒着他，咒他手臂和肩膀断掉，咒他下次打我的时候突然动不了，连话也说不出来。我望着岸上的村庄，望着村子里的房屋，看到那些房屋像被施了魔法的棋子，相互移动，相互交错，相互碰撞。

我看到山的脊背躬了起来，像条蚯蚓，向东面爬行着，伴随一声近似老人的喘息。

那天夜里，我在生爹的气。我没娘疼，爹又不相信我。我想大哭一场，但我明白，哭的结果只有自己收场，爹不会理我。

反正以前打我之后，我总是哭上一阵子就会停下来，变为抽泣，最后还得妥协，毕竟他是我爹。

我定眼望着村后的山，真希望爹也正望着。

山还在动，动一下喘息一声。可惜爹没看。突然在我的眼前闪现出一道白色飘带，在山腰间晃动着，一端好像绕在树上。

我仔细再看，那飘带正好在那个山洞前，正围着洞前的那棵树飘荡着。那个洞口，据说是当年红军打仗时凿的。在我八岁那年，曾跟几个小朋友攀上洞口的那棵树爬进洞里。我们一行共有五个人。里面足有一间会客厅那么大，我们在那里发现了头骨和一些弹片。我们把那些头骨和弹片带回家，我被爹狠揍了一顿。他用打牛屁股的藤条抽我，让我跪在他的面前，保证以后不再到那里去，甚至提都不要再提。

后来，我从一个同去的小朋友父母那里得知，以前也有一个人进去过，回来的当天晚上就死在了床上，死得莫名其妙，早上发现孩子没有起床，去叫才发现身子都凉了，床单上留有一摊尿。从此我就开始担心，万一哪天夜里，我一觉睡着就再也醒不来了。但那晚我的的确确看到了一条白色飘带在洞口荡来荡去。

我一动不动地望着，不敢再对爹讲了，怕又吃他耳光。

我望了爹一眼，爹已经停止抽泣。

他将脸埋在手心，手背靠在膝盖上。等我望向山腰时，洞口闪现出两张脸来，两人的脸都发着光，望着我们。我肯定他们在看我。我只眨了一下眼睛，两张脸就都不见了，白色飘带也消失了，洞里突然射出两道暗黄色的电光，跟着"哇"的一声尖叫从洞里传出。那尖叫声在河两岸的山间来回震荡，回声不绝。

整个河面瞬间亮了一下。在离我不到两米的河面上，出现了一个巨大的漩涡，污浊的河水在里面翻腾起来。一群山间的栖鸟扑棱棱地飞了起来。几乎同时，河岸上林子间所有的飞禽都蹿了出来，沿着河岸乱飞乱撞。跟着一声枪响，枪声从树林深处传来。爹抬起头，慌乱地抓住我的手，声音颤抖着说："快走！今晚这里不安宁！"

"怎么了，爹？"

"不要问了！赶紧走！我们赶紧回屋！"

爹一定是听到了什么。那怪叫太吓人了，要不然他不会那样惊慌失措。从此以后，我再也没有和爹在夜里下过河。

第二天早上，村里死了两个人，一个是村东头的光棍刘三，一个是马江北的婆娘。

听大人讲，马江北的婆娘不守妇道。

马江北的婆娘下葬那天，我也去看了。当那些人将棺材放进新挖的坑中，摆放端正，就要往上盖土时，我看到棺材盖抖动了一下。我没有告诉任何人。我很清楚，即使说出来，也没有人会相信。后来我几次三番从坟前经过，都看到坟头在抖动。马江北的婆娘就葬在我家屋左的坟茔里，坟前是一片古山，马江北的婆娘就葬在古山旁。

那天傍晚，我从学校回来，经过马江北婆娘的坟前时，故意不去注意坟头，怕又见到它动。我闭上眼睛，边走边唱，不过是乱叫乱喊，以此分散注意力，掩饰内心的胆怯。然而就在我走到坟头的正前方时，却分明听到有人叫我的名字。我立即睁开眼睛，同时还应了一声。没有人。我没有看到任何人。刚才的叫声还未完全消散，那是女人的声音，听着非常耳熟，但当时就是想不起来。

我脑子里冒出来的第一个念头就是赶紧跑，等我想到马上回家的时候，人已经跑到屋檐下了，口中不停地叫着"爹——爹——爹——"

当晚我躺在床上，虽是六月天气，但我冷得发抖，身子像蛇一样冰凉。不一会儿就发起了高烧。

在一片熊熊烈焰中，我见到了刘三跟马江北的婆娘。两人坐在山洞口向河中望着。我的身子燃烧起来，爹急了，又是请医生，又是求巫婆，又是找端公（男巫师）。

那天傍晚，也是个月亮惨白的傍晚，爹又请来个巫婆。她捉住我家的公鸡，左手死死地攥住鸡脖子，右手提着一把明晃晃的菜刀，气势汹汹地冲到我的床前。我看到公鸡的翅膀无助地拍打着，两条腿乱蹬乱踢。她一点也不在意，嘴里叽里咕噜地唱着，眼望屋顶，一只脚在地上猛踩，除了一句"各路小鬼，拿钱快滚"之外，我再没听清她唱些什么。

我家的猫一直围着她打转，撕心裂肺地叫着，两眼发出幽蓝的凶光，虎视眈眈地盯着她手中的那只大公鸡。

她唱完了，对着屋顶翻了几个白眼，向屋中扫视一圈，将刀柄和鸡脖子攥在一起，腾出来的那只手抓起一把爹手上端着的碗里的白米就向床上猛撒。有些米溅在了我的脸上，溅得脸生疼。她把米撒得整张床上都是，又抓起米朝屋顶撒，朝四个墙角落里撒，最后干脆一把将碗夺过去，全部撒在了床底下，又将碗扣在我头上，大吼一声"太上老君"，一刀斩断了鸡脖子。

我的身子一惊，立马虚汗直冒。霎时鸡血四溅，喷得满屋都是。整个过程——其实只是很短暂的一瞬，鸡始终没有发出一点儿声来，只听到翅膀在空中扑打的闷响。

巫婆吼了一句："无头小鬼，猖狂够了，还不快滚！"

她蘸了几滴鸡血，抹在我的太阳穴上，嘴里又唱起来，感觉不够，干脆将鸡头断口当笔来用，在我的额头乱写乱画。停歇当儿，她端起一碗水，灌进嘴里，右脚使劲踏着地面，将水喷在我的脸上。伴随几声怪叫，提着无头公鸡，猛地冲出门外，围着我家房屋飞跑着。我家的黑猫一直追在她身后。她绕屋子跑了三圈，猫也追了三圈。当她提着鸡进屋时，我发现无头鸡的毛耸立着，两腿伸得老长。

猫就围着她，就在她未注意时，猫跳起来，咬住了鸡脖子断口处。巫婆慌了，用尽全力使劲往地上一摔，猫被摔出一丈多远，刚巧撞在了窗栅上。

我只听得一声惨叫，只有一声，就看到猫从窗台上笨重地砸落在地上，抽搐几下，也许只是我的幻觉，就一动不动了。

我到现在才明白，那猫为何叫得如此摄人心魄，完全是因为那只无头鸡。本来应该是鸡叫的、喊的、痛的，却让它叫了、喊了、痛了。那一声尖叫在我的脑中冬眠，几乎就要忘记，恰巧又在今晚听到同样的惊叫。而且两声惊叫竟如此吻合。我甚至怀疑，这一声惊叫就是当年那一声的重播。

我沿着时间稍稍回溯，印证了刚才所讲述的大概。

这并不能告诉我什么，我似乎比以前更茫然了。我甚至搞不明白，为什么一直躺在凉床上。我想放弃，不打算再继续观察下去……我爹显然已经不在了，除开河中那几幕，他再也没有进入我的视野……我不甘心，何况我想知道那个窥视者，以及她到底会怎样。那个长胸毛的男人到底对我做过什么。

我想知道，我要知道，我必须知道，我在21世纪的命运。

起风了。树枝在瓦片上刮出"沙沙沙"的响声，夹杂着铁蹄跑过的粗犷的轰鸣。

我断定那不是猫！一定是有人在瓦上面跑动，寻求一处可以揭去瓦片的地方，好从房顶下来，进到屋内。可我不明白，门大开着，为什么不直接从门口进来？莫非我认识？

肯定是我认识的人，但他对我有所企图？

灯又灭了。她又从镜子里面消失了，可能还需一小时才会回来。通常她都是零点三十分才回来。我静静地等待，不知等待什么，甚至那是不是等待我也完全不能确定。我仿佛听到屋顶上有一片瓦正被某双手揭去。尽管风吹动树枝摩擦瓦片的声响要响得多，但我仍然辨别得出来，那里面夹杂着瓦片被揭去的声音。

接下来是漫长的沉寂。谁也无法保证，在这沉寂中会不会神不知鬼不觉地发出一种出人意料的怪叫。尽管我做足了相应的心理准备，但还是担心。一种莫名的恐怖笼罩着我。我的肌肉开始绷紧，太阳穴像被什么东西剧烈地挤压着，脚底开始冰凉，就像有一根冰针直穿透我的脚心，沿着两腿慢慢上移。

我得赶紧制止这种移动，这种恼人的蔓延。我得尽快摆脱这该死的冰针。我在等着房顶上的人揭去第二片瓦。可能他早就得逞了，并沿着系在椽子上的绳索滑进了屋内，躲在一个我永远也猜不出的角落，静待机会，然后对我下手。此刻，他正偷偷地注视着我，考虑用什么方法让我可以莫名其妙地死掉。

他需要做到万无一失，不留下任何的蛛丝马迹。

或许他想到用绳索将我勒死，但被勒死的人是会伸出长长的舌头的，在我死后就会有人怀疑，我是遭人暗算，一定会有人出来查明真相。最好的办法就是设置一道陷阱，诱使我自己跳进去，而又给人以这陷阱是我自己挖出来陷害别人不成反而害了自己的假象。同样这也让人起疑，像我这样的一个人，是不可能给自己挖掘陷阱的。最有可能的是，他们有一套我凭借想象不能明白、而又万无一失的对策用在我身上。

现在，我最关心的就是他们会让我怎样死。

要是像先前的猫那样，我可真受不了，就在我横空射出去的那一瞬间——真是临刑前漫长的等待。

可能他们会让我安静地死去，而又持有我的遗嘱。

遗嘱上面明确写着：×××之死与任何人不相干。遗嘱上面还有我的亲笔签名。或者整张遗嘱上的笔迹跟我的笔迹一模一样。

冰针加速了上移。

我将目光对准了那天下午。我也回忆起了那个下午。一个面熟的男人走了进来，蹲在我的凉床边用一种极其平易的口吻关切地问："认得我是哪个吗？"

我在脑子里急速地搜索着，一边望着他，想从他的脸上找到答案。

"不认得？好好想想——"

好像他知道我正在极力地猜认他似的，又带着近似恳求的口气再次问我："现在想起来了没有？"

我摇头表示否定，尽管仍在努力回忆。我花了很长时间完成这一永无结果的回忆。

他显得极有耐心。他的眼睛显得那样亲切，那么清澈。他的嘴总是冲着我笑。而在我看他的时候，他总是热情地提醒我："慢慢想，你会想起来的！"

到现在我才明白，他之所以要不断重复让我想起来，恰恰是为了确定我已经完全记不起他来了。

可我真的什么也想不起来。

"你是谁？"

"想不起来啦？想不起来也没有关系。我是谁并不重要。你只需知道我是你的好兄弟就行了！你慢慢想吧，别着急，总会想起来的！你只是一时脑子出了点问题，放心，我会照顾你的！我们是兄弟嘛！你要是感到累，可以先睡一会儿！我不会走！她也不会走！我们两个都在这里陪着你！你看，我们多关心你啊！她生怕你受了凉，挨了饿！可是你的脑子受到了损害！你还经常骂她！不记得了？哈哈，你不记得了吧？好了，好了！你不认得我了，总还认得她吧？你也不认得她了吗？哦——你想睡一觉对不对？"

"我不想睡！我想到外面去走走！"

"外面有什么好呢？风大，再说医生——"

"医生？"

"对喽！医生说你不能吹风！吹风会加重你的病情！还有，你行动不方便。哦——我自个儿掌嘴！你怎么行动不方便了？可话又说回来，医生经常胡说八道，胡乱吓人，一丁点事儿说得就跟你快要死了一样！你什么问题都没有！对，你什么问题都没有！医生乱说的！外面的空气好，对你有好处！以前我们不是经常在外面疯吗？"

"你说我有病？"

"没——你没病。嗯——还是有那么一点点，你知道的，就那么一点小问题。说完全没病也不太准确！放心吧，没什么大不了的！"

"我们经常在外面疯？你跟我？在哪儿呢？"

"在——在——"他向门外随意指了指，"外面呀！外面嘛！那儿——那儿——"他指指村外那条河，"就在河边，那片林子，我们经常在那里的小木屋捉迷藏——"

"林子里有木屋吗？"

"啊——"他的嘴巴张得大大的,随即点了点头。

"哦——"我像记起了点什么,眼前莫名其妙地闪过一串数字,大概是因为她最近老跟我玩数字游戏引起的。

我望着眼前从左飞往右的数字喃喃念道:"3——3——5——4——6——9。"

"三三五四六九?"他转过头去望了她一眼,两人脸上同时冒出惊喜之色,"对,我就是三三五四六九!我说你会想起来的嘛!确定就是三三五四六九?"

"3——3——5——4——6——9。"我重复了一遍。他立即由惊喜变为快活,高兴得差点儿跳起来。就在这时,我发现他们在互递眼色。他们以为我不知道呢!我没有看他们。我望着墙上的镜子。我是从墙上的镜子里发现他们互递眼色的。她走向梳妆台。他重新蹲在了我的身旁,问我:"还记得我们喜欢玩什么游戏吗?"

我摇了摇头。

"这个——"他亮出一个红色的圆盒。

"什么?"

"印泥——"他说,随即揭开了盖子。

"印泥?"

"印泥。你最喜欢了!你用它印在姑娘的额头上,说那是美人痣;你还把它印在她的屁股上,说那是胎记;你还在纸上印成梅花。我们每次玩都是你赢！要不要再比比？"

她递给他一张事先准备好的白纸，他用大拇指在印泥中摁了一下，再按在那张纸上，一个红色的指纹就在纸上产生了。

"给！——"他将印泥递给我，"轮到你了！"

我照他所做的那样，也在另外一张纸上摁了一枚指纹。瞬间，他的笑容就消失了，立即盖上盖子，"好好躺着，我以后再来看你！"说完站起身来，带着那张留有我指纹的纸走到了门外。紧跟着她也从镜子里消失了。我隐隐约约听到了他们在门外谈话，一句也听不清。不一会儿他们像是吵了起来……

从此以后，我就再也没见过他。

我很幸运，总算找到了那个陌生人。

就在此人离开我家的第二天早上，在村里的一家柴棚里面，我看到了他的尸体。

在他身边躺着一把沾满血迹的弯刀，一只印泥盒子。

而那张纸，我没看到。

回想起来，着实让我身心凝固。

一直以来，我都在向着别人挖好的陷阱靠近。他们拿走那张有我指纹的白纸，就为了再模仿我的笔迹，在那上面伪造一份遗嘱。

如前面所提到的，我将安静地离去。

我的脊背开始冰凉，全身的血液开始凝固。我将毯子裹紧，它不能给我半点温度。我已嗅到死亡的气息，这种气息正从四面八方肆无忌惮地袭来，将我包围，将我吞噬。

我不敢呼吸，我听到呼出的气息中发出"死——死——死——"的声音。

我感到一双巨大而冰冷的手停在脖子上方，来回移动，试图找到一个恰当的位置，然后对我下手。

我等了很久，像有几个世纪，那双手仍未滑下来，以至于我的瞳孔放大了许多倍。

我感到那双手移动了，一只滑向了我的背心，来回地抚摸着，另一只正抓着一把锋利的斧子，抚摸的同时，唰唰几下就将我的脑袋劈成两半。

我正等着死神向我招手。柴棚里面的狗"汪汪"地叫了起来，叫声渐渐加强，像喷泉一样射向高空，在某个特定位置停住，然后跌落下来。

灯亮了起来，镜子里面什么也没有。

屋外响起一阵急促而厚重的脚步声，通往坟茔的方向。

窗外有人监视！

我的心慢慢恢复了跳动，呼吸也均匀起来。我朝墙上的镜子望了一眼，镜子里出现一副骷髅——眼窝深陷，脸色清癯而带灰色。我并未表现出恐惧。我很清楚，那个人就是我。

门外再次响起脚步声。狗叫了两声。脚步声极其轻灵。我知道零点三十分了，是她从外面回来了。

她走进镜子里，望着镜子里躺在凉床上的我，一直走到了床前。

"外面好像有人。"

"有人？"

"有人偷窥——"

"偷窥？"

"脚步声又重又急促——你没听见？"

"没——没听见——你别胡思乱想！告诉我——是不是六个零？"

"你又上厕所了？"

"对！你睡醒了？还是一直没睡？啊——你的生日对不对？"

"真没听见？"

"什么？"

"脚步声——偷窥者的脚步声——"

没有回答。

灯灭了。

她从房檐下走出来。我的目光一直追随着她。

她朝着坟茔的方向走去，并不时地回头，估计是要确定有没有被人跟踪。当确定屋内的人再也听不见自己的脚步声了，便自自然然地走了起来。

她从马江北婆娘的坟前经过，直奔村东而去。

月光好像白色恐怖，笼罩着整个村庄。

河岸偶尔飞起几只白鹤，翅膀扇动的声音在山间激起回响。

她似乎受了惊吓，频频转身。

她经过几条田埂，踏上一条小道——两旁是绿油油的稻田，在夜的穹顶下，绿色被暗黑取代。风吹得树叶沙沙响，藏在枝头的猫头鹰扑棱棱地扇动着翅膀。不知哪家的狗一直猖猖地叫着，就像女人的哭泣。那叫声中带有凄婉与哀伤，把宁静的夜划出道道伤痕。她明显加快了步伐，一直走出村口，才又稍稍放慢脚步，并向河中间望了望。

到底是谁家的小孩儿？为何每个晚上我都看到他坐在那里？莫非他在监视我？每晚我来的时候他都坐在那里。等我回来他还在，姿势一点儿也没变。可我白天从没见过他。他到底是哪家的呢？河面上又没有其他人。他在等我？开什么玩笑！我跟他又没有什么关系！何况等也用不着坐那上头呀！直接站在路中间，既然知道我每晚都要经过这里。他从来就不曾在我出现时表示过什么。他好像是站着的而不是坐着的。

妈呀！他怎么没有脚啊！他是怎么爬上去的？哎呀！好色之徒！竟然盯着我的胸，小小年纪……我又在胡思乱想些什么呀！一会儿到了他那里我就安心了……我离他这么远，根本看不清他的眼睛，怎么说他在看我呢？说不定他正坐在上面打盹呢！他似乎动了一下，要走了吗？不会！他只是将脑袋插进了水里……山上有人在唱歌——不对——歌声好像从下游飘来——小孩的家长？好像我也会唱。唱的是《刘三姐》？《刘三姐》比这清脆，尤其荡漾在两山之间的河面上……

下游好像有人，用竹竿撑着渔船正往上划……

还是快点儿离开吧！去晚了他又要不高兴了！近来我跟他都越来越强烈了，巴不得他整个儿钻进去！

她来到那片树林的入口处，兔子般一蹿，没几下就钻进了树丛中，消失了。

我怎样努力也找不着，不管我怎样调整视线、细心搜索，仍不见她的踪影。我只见到群鸟齐惊，直刺天空，撒下一阵凄厉的哀鸣，接着是一声枪响。

我仍不愿放弃。我定要找到她的去向，弄清她到底干了些什么。一个女人，大半夜的无缘无故钻进树林，究竟想干什么？难道她是只野兽，为着林中野性的呼唤？

我细心地移动着目光，却在视线的边缘发现了那个山洞。洞中一片漆黑，洞口的大树只是黑色的树影。

我正打算改变视线，一张熟悉的面孔出现了——出现在洞口。那人将一条白色的飘带往洞口一抛，飘带就在洞前荡漾起来。

那人好像对着我的目光轻蔑地笑了，似乎在说：看吧！我早就知道了！

接着，那张脸消失了。

我听到洞中发出一阵快活的喊叫，一男一女两个人的喊叫。

我清楚地听到，女人的声音正是我千辛万苦试图从树林中搜索的女人声音。她明明走进了树林，怎么突然到了山洞？莫非我看到的、听到的、了解到的并不是同一个夜晚？毕竟我面对的是整个历史，游走在时空之轴，就算整个21世纪，也短暂得几乎可以忽略不计，更何况是一个夜晚。就在我思索的当口，我的视线偏移了，刚好对准了夜晚河中的青石。

我不能确定，这是否仍是刚才看到的同一个夜晚。

大青石上面好像坐着一个人，我有些看不清……我看到了，但我没有看到脸，从他的身形判断，应该是个小孩。

我看了半天，他动也没动。我甚至怀疑那不是人，毕竟我没有看到脸。

河面上一个人也没有，倒是林子边上，仿佛有人向上游走来，嘴里还叼着烟，烟火在夜色中一闪一闪。那人走得很慢。这时石头上的人动了动，他头上像头发似的东西慢慢地向两边分开。我终于看到了那张脸。这张脸是多么熟悉呀，跟我小时候照镜子时看到的一模一样。

我失败了。我没看到她从树林里面出来。我只看到几只白鹤歇在林中高树的顶端。月亮显得有些冷清，好像病了，就像我长期遭受咳嗽的爷爷的脸。当我再次看到她时，她已经来到了村口。

我不知道她是从山洞里面走出来的还是从树林里面钻出来的。她正站在村口向河边痴痴地望着。

她将灯关上了，一切又重新跌入黑暗的王国，但我不再害怕了。有她在的时候，我什么都不怕。自然，事实本身更值得我担心。但我当时完全没有意识到，不过很快就明白了。隔壁的鼾声更响了。狗在柴棚里吠了几声，那声音逐渐离我远去……我知道，在我睡着以后，凌晨两点半以后她又外出过。

她还未醒。床前只有一只鞋。她躺在床上，头发很乱，脸上带着倦容。嘴唇动了动。

又是一个艳阳天，阳光从瓦缝中照射进来。我听到狗在柴棚中吠了起来，接着响起了一阵脚步声。

在我抬头向门外望的时候，那脚步声已经停了下来。我看到门口站着一个六尺长的粗壮大汉，正一个劲儿地朝她看，时不时对柴棚里的狗骂上一句。

可能因为狗叫的缘故，她终于醒了过来。她也发现了站在门口的大汉，便拉过被子把头罩了起来，像是受到了惊吓。

我敢肯定，在她看到门口的大汉时，脸上闪现出的捉摸不定的表情里面一定隐藏着不可告人的秘密。

我朝大汉瞪了一眼。他的脸上毫无表情，压根儿就没注意到我。或许，我和我所躺的凉床在他眼里都是不存在的。

就在这时，我听到屋外有人叫了他一声。他转过身去，跟那人聊起来。

那人请他坐，他没答话。

叫他的人是位老妇，紧接着是一场莫名其妙的对话——

老妇："枪——"

大汉："枪——"

老妇："老头子——不知什么时候轮到——"

大汉："迟早的事情——对了，你跟他都不行了，我跟她也商量过，你看怎样——"

老妇："我还能动个几年——"

大汉："快七十了吧？"

老妇："五岁不到。"

大汉："五岁？"

老妇："没错。"

大汉对我说："她很疲倦！"

我根本没有把心思放在对话上面。我在回味刚才他跟门外老妇人的谈话。什么枪呀，大概是说抢吧？昨天上午，我听到门外有人谈起村里哪家人被抢了，东西全被搬空了，就剩下一口水缸了。还有老妇人提到的老头子是谁？跟我有关系吗？我本来可以思索下去，自然也有可能寻出答案，可我不得不放弃。

大汉推了我一下，扯过一把椅子坐到了我身旁，说话时与我靠得很近。

"她怎么样？"他莫名其妙地问我。

"什么怎么样？"

"你说呢！"他显得神秘兮兮的，并不时地朝她望。

她已掀开了蒙在头上的被子。

"我不明白！"事实上，我并没有明确地发出这几个字的音来，只是在我摇头的同时嘴里发出近似这几个字的声音。

"她有没有骑到你身上过？"

"有——"我见他的神情没变，立马改口，"没有——"

"有还是没有？"他显得有些焦急。

"有！"

"好！很好！好极了！"他将两手合在一起，脸上顿时露出喜悦的神色来，"那——你感觉怎么样？"

我不知道怎样回答。我觉得这是我的私事，不应该告诉他，他给我的印象远不如跟我玩印泥的那个人可信。

我摇了摇头。

我知道，他定是误解了。

"慢慢来，会好起来的！你还有什么心愿没有完成的，都告诉我，我们会帮你的！比如有什么后事要交代吗？"他说话很快，一直抓着我的手，放在他的手上搓着。

"你跟谁？"

"她呀！"他指指床上的少妇。

"为什么？"

"因为我们都是你的亲人！都是为了你好！你看，你都这个样子了，她还一直在这里照顾你！人要懂得感恩才行！告诉我，想吃什么？只要你说出来，我们都给你弄到。"

他停了一会儿。我一点反应也没有。

他似乎有些失望，于是接着说："你看她都累成这个样子了，你真的忍心吗？你还是说了吧！你把那些统统都告诉我们，也就没有人再来烦你了，你想睡多久就睡多久。"

"没有！"

事实上我的确想不出有什么好说的。就是现在，我也不明白他们到底要我说什么。他好像给我气着了，掀翻椅子走了出去。

门外老妇正在扫地……

她掀开被子，露出惊慌的神色。

我从镜子中看到，她举起双手，不停地翻转着。她的手指甲里嵌满了泥巴。她的脸变得铁青，半天才回过神来，好像发现了什么不对劲儿。

她从床上下来，发现鞋少了一只，于是光着脚跑了出去，但很快就进来了，手里提着另外那只鞋。

"小孩子搞的恶作剧。"我望着镜子中的她说。

"恶作剧？"

我望着她眨了眨眼，表示肯定。

"你说，密码是不是你的生日？"

"什么密码？"

"装吧！继续装！"

她没继续问下去。她又坐到了梳妆台前。从镜子里，我发现她的眼圈乌黑，眼珠暗淡发灰，整个一副失魂落魄的样子。

我也不知道为什么，近来她老是跟我玩数字游戏，又是二三二三二三，又是六五六五六五，又是九八七六五四。我都不明白，她到底要干什么。

下午两点左右，她不在镜子中。

我正在做梦，我梦见自己躺在凉床上做梦。门外有两个妇女在说话，其中一人的口音我勉强辨得出来，就是跟大汉讲话的那位，另一位好像也挺熟悉……

"死猫。"跟大汉说话的那个女人说。

"我家男人在井边拣到一只死猫。"另一个女人说。

"死猫？"

"一只黑猫。我男人说，可能是吃了耗子药，就死在你们家屋后的枯井旁边。看样子死之前就已经把坑挖好了，爪子上全是泥。"

"这阵子没有哪家屋头放耗子药呀！"

"你我又不是人家肚子里的蛔虫！你怎么知道就没有人放药呢？有些人总喜欢干些短命的缺德事，你说是不是？迟早会遭报应的！"

她从门外走了进来，怀里抱着一台影碟机，将它放到了电视旁……

天就要黑下来了，一群晚归的鸟儿从屋顶飞过，直蹿向山腰。小路上响起了儿歌，鸭子在田埂上扑棱棱地扇着翅膀。

我记得小的时候，爹从镇上买回来四十二只鸭子，从此我就监护起它们来。早上我把它们赶出去。一下水，就是它们的天下了。它们一会儿屁股朝天，一会儿脑袋左摇右摆，一会儿扇着翅膀挺着胸脯互相追赶……快活极了。黄昏的时候——也是在这样的黄昏，我就站在田埂上唤起来。唤鸡"咕咕"，唤狗"啰啰"，唤鸭"来来"……只要我对它们唤"来来"，它们就一个个爬上田埂，排成一列，摇摇摆摆地，跟在我身后，和我一起回家。它们真听话！每当那个时候，夕阳总不放过我们，给我们的身上撒满金粉，把我家的墙壁映成橘红色……河岸上那片树林的树顶上歇着几只白鹤。在夕阳下，白鹤似乎忘记了归巢，或许它们根本就无家可归呢！河水从它们身边漾漾地流过，遇到石头，就溅起一簇水花。

现在田埂上又传来鸭子扇动翅膀的声音。以往这个时候，爹总会坐在屋檐下，抽着卷烟望着西天的那一抹夕阳凝神叹气……黑夜缓缓来到了门口，白天的喧嚣都被挡在了墙外。

我感到天空就像一张不透光的大口袋，正把我的房子慢慢地装进去。

门口闪进一个黑影，我认出是她，接着灯被打开了。

她回到门口，将门关上，上了门闩，并用锄头柄抵住。她这样做还是头一次。我以前从未见过她闩门。

天空完全失去了在人脑中的形象——事实上，天空早已经没有了形象。

月光已经漫上了台阶。我猜。我想象着。她打开了影碟机，一个人专心地看起来。她用身子将整个屏幕挡着，把声音调到了最低，低到只有她一个人可以听到。

事实上我也听到了，也知道她在看些什么。

我在内心向生命发出了召唤！突然，我感到什么东西从我的体内飞离了，晃晃荡荡地浮游在我的头顶上方，对我的燃烧冷眼旁观。

烧吧！燃烧吧！你这废物！我嘲笑我自己！

我来到一处沟壑。

在我的前方，有一群人正手拉着手围着一堆熊熊烈火转圈。我看到一个大胡子男人正用一柄铁叉烤着剥光了皮的野兔，浓浓的香味从火焰上飘进了我的鼻孔。

很快我也就加入了他们的行列中。一个漂亮的女子抓住我的手，示意让我跟她一起转圈跳舞……

尽管火这般大，我却未感到一丝温度。相反，一股寒流朝我汹涌袭来。

就在漂亮女子拉我的瞬间，寒流袭击了我的心脏。我跟他们仅仅转了两圈半，火突然熄灭静寂了，所有跳舞的人一起消失得无影无踪。

山腰间飘荡着绿火。

我好像坠入了万丈深渊，周围死一般沉寂。

她掀开了我的毯子……我不敢多想，决定不予反抗，要发生的总会发生。况且我的心早已经向她发出了召唤，就等着她向我走来了。

她离我这么近。这是我第一次跟她靠得这么近。或许这是她行将远去的前奏，她在向我靠近的同时也在逐渐离我远去。

事实上我的想法一点儿也没错。不久以后，她便与我银河相隔了。

我感到我的它正抬起头来，逐渐变得挺拔、有骨气、斗志昂扬！

她的两眼像蛇盯着青蛙一样死盯着我。

我的身子在抽搐，骨头好像被研成了粉末，脑袋也被磨成了糨糊，四散开来，一群饿狗直奔而去，相互撕咬着。

我仿佛听到我的头骨在狗的牙齿下面发出嘣嘣巨响。

她骑到了我身上，像个英武的战士骑着千里马，手中挥舞着鞭子，一路呼啸过去，直奔广袤无垠的大漠，直奔光辉灿烂的太阳。

她狠狠地赏了我几巴掌，咆哮着说："装疯卖傻是吧？好啊，老娘让你装疯卖傻！老娘让你装疯卖傻！……"她说了多少句"老娘让你装疯卖傻"，我也就挨了多少个耳光。

我没有回答，我不敢回答，我不知道该怎样回答，我不知道该不该回答。我只感到脸上一阵剧烈的灼痛。

她怒了——海浪袭击了巨轮——全船人员被卷进了海底……

我这才发现，一直以来，在我面前的不只是女人，而是从未涨潮狂啸的大海，而是行刑场上威严、冷酷的行刑官。

她的两眼露出豹子的凶光，尖牙利齿，粗糙如挫的舌头舔食着嘴角的鲜血……我们一行罪人站在行刑队面前，站在闪光的沙滩上，站在刺眼的烈日下，背后是狂啸着的大海，前方是无尽的蛮荒。我们一行不知道有多少人，全都被捆绑得结结实实，站成望不到头亦望不到尾的一行，站成绝望而恐惧的一行。而她，就是我们的行刑官！

第一个人倒下了——被现代文明的机器给活活绞死，鲜血染红了整片大海。

第二个人倒下了——在他身上沿用了历史的智慧，是被五马分尸。

第三个人倒下了——饿虎齐上，啃得连骨头都没剩下，甚至连骨头的因素都被吞噬。

第四个人倒下了——在烈火中的十字架上挣扎、号叫着死去。

第五个人倒下了——被割了一千刀，血流干了，干瘪的躯体在烈日下闪着黑光。

第六个人倒下了——钩子钩住舌头，挂在行刑柱上，耳朵里也被灌满了沸腾的铅水。

第七个人倒下了——几十条莽汉轮番上阵，将其暴搡而死。

第八个人倒下了——抬头的瞬间头已飞到沙滩上，嘴里啃满沙子，脸上尚且淌着两行绝望的泪水。

第九个人倒下了——他的阴囊被割破，精巢暴晒在烈日下。

第十个人倒下了——被油煮过一天一夜的檀香木，自尾椎穿进，自颈椎穿出。

……

第九十九个人倒下了，第一百个人倒下了……我正等着宣判，等着她对我用刑……

"快说！"她的眼珠血红一片。

"什么？"我的声音响在远方。

"还装！"

"没装——"

"我早就知道你的把戏了！难不成你死了，也要带进棺材中去？"

"我真的没装！我真的不知道说什么！"

"你不知道谁知道？你说，我在这该死的地方陪你多久了？"

"我不知道！"

"你到底有没有良心？"

"什么是良心？"

我的声音离我越来越近了。我找回了自己。她被我彻底打败了！

战争终于结束了，行刑队剥夺了最后一个人的生命——我离开了意识，飞升了——或者精尽而亡——我逃逸了——

一场剧烈的大火就这样被扑灭了，转而是绝望的惋惜之火！

她沉默了！海水也就退潮了！沉默的背后隐藏着什么谁也不知道。可能是力量，也可能是疯狂，还可能仍然是沉默。

我已经做好了准备，等待着她爆发的洪流再次将我淹没。我不再害怕了！一个经历了战火洗礼的人，什么也不怕了！

时钟变成了老朽——嘀嗒，嘀嗒，嘀嗒……像是拐杖拄在地板上敲击出的声音，沉闷而又单调。我数着墙上钟表发出的嘀嗒声，整整数到了第一千八百下——空缺——第一千八百零二下被门框上的撞击声所吞噬——第一千八百零三下……灯灭了。她气急败坏地疯跑了出去。

"你知道她干什么去了吗？"房间里有人。我的脑子里蹦出一个念头。

"我当然在房间里，这一点你最清楚不过了！"

"谁？你是谁？你究竟是谁？"我边问边在黑暗中搜寻。

"我是你——我是幽灵——"

"你是我？我又是谁？"我奇怪地问道。话音刚落，我便后悔起来。我估计他又会针对我的问题嘲笑我，但他没有。

"你知道她干什么去了吗？"他又重复了问话。

"不知道！"

"对，你不知道，你当然不知道！"

"你怎么知道？"我想知道他知道我不知道的原因，甚至大于知道她到底干什么去了这件事本身。

"那你想不想知道？我是说，你想知道她干什么去了吗？"

"当然想了——"

"你会知道的——放心吧，我会帮你的！"

"你怎么帮我？"

"你先别着急，我说了帮你就一定帮你！"

"被她发现了怎么办？"

"她不会发现的！这你大可放心，我保证她不会发现的！"

"我到底要怎样才知道？"

"很简单——跟我走！"

"我看不到你呢！"

"你会看到的！你只需要回答要不要跟我走——"

"我还没有看到你！"

"你已经相信我了对吧？"

"你在什么地方？"

"你朝镜子里看！——看到了吗？我在镜子里。"

"为什么不走出来打开灯？"

"我不喜欢灯！——我们还是快走吧！"

"我不能动。"

"你试试看！你一直能跑能跳——"

"是这样吗？"

"对！就是这样——"

我做出要起身的样子，在镜子中看到了他，一个毛头小鬼，说话极像大人。事实上他不完全处在镜子中，他的一只脚跨在镜子外面，一只脚仍留在镜子中。

我这时才发现，镜子早已不再是镜子，而是一条深邃的密道。

更让我惊讶的是，这个毛头小鬼正是我自己，我小时候照镜子时经常看到他。

他发出最后的召唤："走吧！"

我走下凉床，跨入了镜子。

我们走进一条漆黑的密道。路上到处都是小石子，几次差点儿将我绊倒。最后一次我抓住了他的衣袖。我们一起向前摸索，谁也没说一句话。他好像对脚下的路很熟悉，走得非常轻松。没走多远，几乎就是他拽着我前进了。他像跳舞，而我却像走在钢丝绳上，下面是波涛汹涌的大海，稍不留神就会掉下去。

我们就要走到尽头了，我是根据前面的光线确定的。光让人想到希望，想到生命，想到终点，我一直都是这么认为的。如我所料，我们很快就到了密道出口。

我首先看到的是月光，地上一片银白色。他没出来，只对我撂下一句话就消失了。他说他将每晚负责送我到这里，但是没告诉我他是受谁所托。

我想钻进密道，原路返回。但我转念一想，反正都出来了，到处看看也好，毕竟我已经很久没有出来过了。

一直以来，我就像被装在一只透明的管道中。终于出来了！我转过身，一点儿也没有意识到自己正处在什么地方。

我是先听到有人跟我说话才知道目前的所在。

"你也睡不着？"一位像是从遥远的地方赶来的女人问。

"啊——是的。"我不经意地回答。我发现说话的人正坐在马江北婆娘的坟头，而此人正是马江北的婆娘。

"也是，这夜真够长的。"

"是啊，你在这里等人？"

"对，等人。"她的声音缺少一种凝聚力，似乎是由一架破风琴演奏出来的。她正做着掏牙的动作。

"你刚吃过晚饭？"我又问，反正目前不知何去何从。她没

299

有回答，转而问我："是谁带你来的？"

"一个小孩。"

"一个小孩？"她有些吃惊。

"一个跟我小时候长得一模一样的小孩！是他把我送到这里来的！他刚把我送出来人就不见了——你说你在等人？"

"是的，等人！"

"等谁？"

"刘三。"她答得干脆利落。

"那个光棍？"

"村里没别的刘三！"她说着站了起来，走到我面前，"你要不要跟我回去？"她从我刚才出来的那个洞口钻了进去，探出脑袋来问我。

"回哪里去？你不是说等刘三吗？"

"他不会来了。"

"你怎么知道他不会来了？"

"他已经死了。"

"死了？"我在月光下打了个寒战，这才看清我面前正是那片古山，原来我刚才是从古山里面爬出来的，右边两根田埂尽头就是我家。

"死了！我也死了，你也就要死了！"接着她就消失在了密道——古山里了。她的声音还在我的脑际回绕。

我压根儿就没在马江北的婆娘的坟头看到马江北婆娘。我倒是看到了她。可是夜晚看得不甚清楚，也有可能不是她；也有可能就是她。没错！

　　灯打开了。她就站在我的身旁。"四三四六三六对不对？"她有些绝望地问我。

　　我跟着说："四三四六三六。"我不太在意她的问话。我在研究墙上的镜子，为何它在黑暗中是密道的入口，而在光线下就变成了镜子呢？

　　镜子总是给人以假象。我想。莫非它既不是什么入口也不是什么镜子，仅仅是我误以为它是镜子？

　　那么镜子旁边的面具该不会是假的吧？我不知道。唯一的途径就是问她。

　　"那是不是镜子？"

　　"不是镜子是什么？你少给老娘装疯卖傻！"

　　"答非所问！"我说，又重复了一句，"那是不是镜子？"

　　"那是不是四四四六六六？"她的回答与我的问题毫不沾边。

　　接下来是沉默，而沉默所引发的是一场谈话："我知道你每晚都会出去，我知道不是上茅房，上茅房用不了那么长的时间。"

　　"你不是睡着了吗？"

　　"我是装睡！"

　　"你真会装啊！"她的脸一直背着我，这样我可以从镜子里面看到她的表情，她的表情显示她对我的坦白并不在意。

"一开始我就怀疑了。"

"那你一定也知道我干什么去了吧？"

"这我不知道！"

"想知道吗？"

"不想——"说不想自然是骗人。但要是我知道了，又会有什么后果呢？她已脱掉鞋子坐到了床沿上。

"有人！"

"有人？"

"偷窥！"我仿佛看到一个人影从窗外闪过，那影子像是个男人。

"这么晚了谁会偷窥？大惊小怪！"她已掀开被子盖住了胸膛，不再理我。

灯亮着。

我真希望她把灯关掉，那样我就可以看到门外的一切了，说不定真能发现那个偷窥者并且认出他来。

我肯定我看到人影在窗口闪了一下。保不准现在仍然待在那里，就蹲在地上，注视着屋内的动静。

会是谁呢？为什么狗不吠呢？难道这人离我家不远，而且经常来？可以肯定的是，至少他在我家周围频频转悠。要不然狗一定会发出信号的。

会是谁呢？为什么要窥视？对于这样一个人，他必须等到别人睡着以后，或者他以为别人睡着以后，或者他正需要别人醒着呢，又或者只是她睡着而我醒着呢！

这样一来，他就可以清楚地窥视到我到底会在夜里干些什么——是否悄悄地从凉床上爬起来，走到哪个角落，寻找什么与他有关的东西，然后把找到的东西换一个地方藏好，以便不被人发觉，而他却全看在眼里了。只等我睡着以后，明确听到了我的鼾声——那鼾声即便是我装出来的——他就可以溜进来，径直走到目的地，然后把那东西取走。

当然，可能他窥视与我毫无关系。他窥视仅仅是因为好奇，窥视对他来说本身就是一件赏心悦目的事情。他也照样出现在别人家的窗口，也不排除他从那里窥视到了些什么。

他窥视，是因为他有一种窥视的欲望；比起窥视的动机，他更关注窥视本身。也可能窥视者正是受她所托，有意安排来监视我的。他窥视同样不排除有着明确的目的，但我并非他的猎物，他的对象是床上的她。毕竟床上躺着的是一个活生生的女人，而窥视者的身影明显是个男人。这个男人有在夜间寻找猎物的怪癖，整晚整晚地守在别人家的窗外，静静地等着下手的机会。

我又想起那晚窗台上尖叫的猫，虽然我不确定他们第二天在屋后枯井旁发现的那一只是否就是头天晚上在我窗口尖叫的那一只。但我想到了另一个问题，可能这个窥视者很久以前就已经盯上了我，那晚的猫就是他带来的，在他认为适当的时候对它动了刑，然后我就听到了那一声尖叫。天亮以后，他再把它扔到了枯井旁。

也有可能，她每晚第二次出门相会的人——如果她是出门与人相会的话——正是这名窥视者！他在窗外等她，他对我毫无企图，至于他们将干些什么，谁也无法知道。

当然，也不是说就真的与我无关，说不定他正是冲着我来的。而她每次出门，目的就是为了交换各自的发现，然后合起伙来加害于我。

我醒来后，太阳已经升起很高了。

她已不在镜子里了。我又听到了门外那两个妇女的谈话。最近她们老是谈些"死呀""猫呀"之类的话。

"我家男人今天早上又在枯井旁边捡到一只死猫。已经第九只了。"第一个女人说。

"那你们又可以饱餐一顿了。"跟大汉谈话的女人说。

"哪里敢吃！还不知道是怎么死的呢！"

"你们把它怎么样了？"

"还能怎么样？扔到粪坑里面沤粪呗！"

她们的声音有些吓人。我怎么听也听不出那是从人的嘴里发出来的，更像是从机器缝里挤出来的，或者只是有人用录音机把它给录制下来，故意搁在门外放给我听。

"昨晚你听到什么没有？"第一个妇女又问。

"什么时候？"

"大概半夜。很奇怪地怪叫。没过多久鸡就叫了，鸡一叫那怪叫也就停了。我男人骂我瞎说，偏说是我做梦。我哪里是做梦呀！我明明听到那叫声就从你们屋后发出来。可我怎样讲他都不相信，倒是他说他昨晚十一点半从河边回来，听到树林里有人讲话。他说讲话的是一男一女，女人的声音像是你们家的那位。他说他想都这么晚了谁会在里面？他很想知道讲话的人到底是谁。莫非是想偷树？他心里想，于是决定去看个究竟。他哪知道，刚走进树林就迷了路。他明明一直朝前走，但始终像是在转圈，而那两人的谈话声就在前面不远处。他还听到树上的猫头鹰叫，从树缝间，他看到了天上的月亮。地上也到处都有蛐蛐跟其他虫子唧唧唧地叫。四周都是大树。他明明双脚踩在一条白色的大道上，这条大道他是熟悉的，但他怎样也走不到讲话的人面前。抬头一看，自己却被陷在一团刺藤中。他本想大喊几声，可又怕把他们给吓跑了。他是来捉贼的。于是他从刺藤中走出来，继续朝着话音方向走去。走啊走啊，可他又回到了原地。他正想着要不要继续走下去，你猜怎么着？"

"莫非找到了他们？"

"他听到了一声枪响。"那个女人继续说道，"接着树林里的鸟全部惊起，扑棱棱地向天上飞。原来他仍待在林子的入口处。

他想，怕是撞鬼了，于是大声骂了几句，只听到回声在河对岸震荡不止。哪知他这一骂，让他有所发现，你猜他看到什么了？"每到关键处那女人总是喜欢卖关子。

"我哪里猜得出来！"

"他看到河中间那块石头上——那块石头你是知道的，他看到石头上坐着一个人。但是当他仔细看的时候，又看不到那人的脸。他以为那人是背对着他的，可他又分明看到那人的两只手就在前面，就是看不到脸。他想，管他呢！抬起手表一看，时间也不早了，差十分钟就到凌晨十二点了。可就在这时，他又看到了那张脸。你猜那人是谁？"

"谁？"

"唉——"

"他？不可能！"

"有什么不可能的？"

直到后来，我在天上才注意到了，她们所说的他，其实是指躺在凉床上的我。她们怕我听见，那女人说的时候就对着门口努嘴，听话的女人顿时脸色苍白。

"有什么不可能的？要不然你以为是谁？他当时也不相信！他忽然意识到了什么，于是赶紧转身朝村里走来。刚走到村口，他就碰到了你家女人。"

我很清楚，她所说的女人，指的是跟我同住一个屋的女人。

跟大汉谈话的女人慌张地说："小声点儿，别让他们听到了。"尽管她极力压低声音，可我还是听得一清二楚。

"她又不在，怕什么？我来的时候，看到她出去了——她还是那样？"

"可不是嘛！真是作孽！后来呢？"

"也没什么！反正就是我那男人走着走着，忽然一抬头，就看到了你家女人，她正向河边望。我男人问她，这么晚了，打算到哪里去呀？她说不到哪里去，睡不着出来走走。我男人没再多问，也把头扭了过去，向着河边望。石头上的人已经不见了。倒是岸边一个又高又大的男人——反正他是这么跟我说的——肩膀上扛着一根竹竿似的东西，向村口望着。他猜那是打鱼的。"

"怎么可能是打鱼的呢？打鱼应该在水面上。"

"也是！他当时转念一想，也觉得有问题。那男人正站在树林的入口处，好像正在望着他们两人，确切地讲是望着你们家那位。那竹竿似的东西好像是一杆火枪。他自个儿笑了一下——他可没让你们家里那位发现他笑了，他是在心里偷偷笑的——他也没给我说他为什么笑，就独自回来了。"

"那她呢？"

"他没说。"第一个女人说。

我还是第一次听说，河中青石上坐着个人。尽管我在此前几个晚上——确切地说是在无限的未来——就看到了。当我听到门外两人谈起那个人，我就在想，到底是谁呢？大人还是小孩儿？是大人的话我完全可以理解，正如我爹当年一样，打鱼累了，就到上面去坐一坐，抽一袋烟。要是小孩儿，就难说了，因为她们的谈话中并没有提到河面上还有其他人。

也许是听力的缘故，我只是模糊地记得她们好像还说了下面一些话。我不是很肯定。

"你家男人为何半夜三更还到河边去？是不是——"

"你别瞎猜啊！我那男人规矩得很！他到河对面赵家办点事，回来晚了。"

"他一个人？就没有见到其他人？平常夜里总有人打鱼。"

"他没跟我讲，可能没看到。"

我将目光再次对准事发当晚。那女人讲得一点儿不假——是有一个男人从河边走来，也真进了树林，最后还在村口碰到了她。

但他到底进树林干了些什么，我也没看到，我也不知道。

小女孩儿好几天没有出现在我的门口了："狗死了！身上爬满了苍蝇！"今儿一出现，就给我带来这样的噩耗。

我首先想到的是"孤独"与"寂寞"几个字。我这才想起，已经好些日子没有听到狗叫了。在这段时间里，门外总是那两个妇女在三道四，嘻嘻哈哈。

一到傍晚，窥视者总会如期而至。

她照样每晚出门两次，镜子里的小孩儿也时常会出现，只不过，谈不上几句，他就消失在镜子深处了。何况我也不再相信他。

或许是她每晚必看的影碟，让我忘记了一切；或许是她对我的引诱，让我忽略了那条狗的存在。这时候突然得知狗已经死了，真不知道怎样讲好。它长期被拴在柴棚里，大概已有八年了吧！在这八年里，它独自默默度日，靠着家里人定期定量的施舍维持生命，常常饿得站不起身来。吠叫时发出的声音极其微弱，又要忍受这般的寂寞与孤独，同时还有可能忍着兽欲的煎熬——如果说狗也有兽欲的话。

我突然自责起来。可能它一直都在努力向我发出信号，可是它无力将我唤醒。它对我始终是忠诚的，它是在孤寂中死去的。我可以真切地感到，它在死的瞬间——可能于它是一种解脱，一种超然，一种凌驾万物的空灵——是多么痛苦与绝望。生前所有的孤独与不平终于离它而去，天空完全变暗的瞬间，它的眼前一片漆黑，紧接着豁然敞亮，新的幕布随之拉开了，那里堆满了山珍海味。它离我而去了。

我的下肢早就麻木了，大腿以下的肌肉开始萎缩。就连我的脑子也日益混乱，只有她在引诱我的时候尚还清醒。我的身子日渐消瘦，可越是消瘦越渴望她骑上我的小腹。那渴望是行走在沙漠中的人对清泉的渴望，是流浪在异乡的人对故乡的渴望，是行刑前的人对生命的渴望，是淹没在大海中的人对一根稻草的渴望……甚至已不是渴望，而是呼唤——生命的呼唤或本能的呼唤。

前夜下了一场大雨，证明了窥视者的存在。昨天天亮，屋外那个老女人就抱怨说，有人在房檐下踩出了许多脚印。

我听她抱怨说，那脚印很大，是个穿水靴的男人留下的。脚印一直从屋外大路上延伸到我的窗前。

最近这一阵子，我老是做梦，甚至都不知道那是梦。有时，在我醒着的时候，反而以为是在做梦。而我真正处于梦中，又觉得我是醒着的。每晚镜子里的男孩儿都说带我出去，搞清楚她到底干了些什么，但我已经不再相信他了。今天我又发现了一件事——面具不见了，连挂面具的那颗钉子也被人拔走了，只留下一个小孔。

我怀疑是镜子里的小男孩儿故意所为，说不定明天它又挂在那个地方了。

我的脑子里莫名其妙地频频闪现一幅场景——两个大男人把我死死按住，一个女人对我狂笑，向我逼问，如果我想活命，就告诉她们我的秘密，至少对她来说这是秘密。但我到底没让他们得逞。最终他们对我宣判了，用刑的工具正是那颗悬挂面具的钉子。钉子从我的头顶插进去。等我停止了呼吸，他们再把钉子拔出来，重新钉在镜子旁边，把面具挂上去。

十天前的一个夜晚，我甚至萌发这样一个奇怪的想法，窥视者是一个会飞的男人。每次来的时候，我都听不到脚步声，尽管有天晚上整晚我都没有合眼，就为了听清楚他是从哪个方向来的。结果我什么也没有听到，只是好像感受到了他的呼吸，那呼吸非常均匀。唯一的解释就是他会飞，而不是在地上行走。

只是那夜的脚印让我无法自圆其说。

当她进屋的时候，那呼吸也就停止了。等她上床关上灯，那呼吸又在窗后响起来，一直持续到天亮。

然后我便听到柴棚旁边桉树上的猫头鹰叫，我就怀疑，窥视者正是那只猫头鹰变的。

我在天上找寻这么久，总算可以给大家一个交代，也给我自己一个交代。

那个窥视者，正是那晚从河边归来，在村口碰到了她，还跟她说过几句话的男人。那夜的脚印就是他留下的。每晚，等他老婆睡着以后，他便悄悄地溜到我的窗口。当她第一次从外面回来，他就躲进柴棚，屏住呼吸。她一上床，他又溜到窗台下，静观屋内的动静。同样我也捕捉到了他们夫妻间的一次谈话。

男人说："六位还是五位？"

女人说："当然是六位了。"

男人说："那张留有他指纹的白纸收好没有？"

女人说："你放心吧！你还不放心我吗？我把它收藏在了一个秘密的地方。"

男人说："那样最好！千万别弄丢了！千万别让人知道，那对我们极为重要！你这几天有什么发现没？"

女人说："没发现什么有用的。死老太婆的嘴巴紧得很！看来我天天跟她扯，也扯不出个所以然。我看她什么都不知道。再说她一个当姑妈的还能干什么？"

男人说："当姑妈的怎么了？总还是亲戚吧，好歹跟他一个姓——"

谈话到此结束。无头无尾。从谈话中可以看出，我不过是捕捉了一个极小的片段。可能他们的谈话跟他的窥视毫无关系，也许他们谈论的是另外一件事情。

也许，他的窥视是因梦游引起，可梦游的人都是无意识的，旁人的出现根本就不会影响到他。但每次当她从外面回来，他都要躲进柴棚，这就不像是梦游。

最近几个晚上，当她第二次出门时，他甚至会偷偷地跟上去，而她从来都没有发现过。

同以往一样，她的手里总是提着一只鞋，另一只穿在脚上。出门的时候，灯要是关着她从不开灯，估计是摸着墙壁走出来的，然后走进牛圈，在那里抓出一团黑黢黢的东西，绕着屋子来到屋后的枯井旁，将鞋子扔到井里，把那黑东西放在井旁，再向四周看看，好像是在看有没有人监视她，可是她的目光又只停留在地上。

那个男人似乎也发现了她的异常，知道她不会发现他。他就藏在离她不远的地方，静静地偷看着。估计是她发现周围没有人，便双腿跪地，用手指在地上使劲地刨啊刨。她把刨得的土扔进井中，一点儿也没注意周围。她越干越起劲，腰跟着动起来，屁股来回地抽动。他把这一切全看在眼里，未发出丝毫声音。

四周是墨绿色的田畦。田埂上是一个个黑影，那是树，矗立在各自的位置。

银色的月光洒在水田中，发出幽明的光芒。河中的青石上，那人始终不动。河面上杳无人影。那一片树林显得极其幽静，静得出奇。

整个村子，只有河水细细地诉说跟她的喘息。

她时而用衣袖揩拭一下额头，抬头望着月亮，莫名地笑着。她一直刨呀刨，眼看那个坑可以装下一个小孩儿了，她又跳进井里面，把土一捧一捧地捧起来，将坑填平。等重新找到鞋子了，她就把鞋子衔在嘴里，再从井里爬出来，坐在井边凝视着不远处的坟茔。要是村子里的鸡还没有打鸣，她还会来到马江北婆娘的坟头，坐在上面想些什么。

那黑黢黢的东西留在了枯井旁，也就是她们在我门外所谈论的那些死猫。

只要鸡一打鸣，她就会回屋。那个时候，她脚上的那只鞋子已经不在了，而手中的那只还提在手上。

等回屋后，她将鞋子放在床前，也不开灯，也不洗脚，就上床睡觉了。

那个男人也不再回到窗前，而是摸回他婆娘身边。他婆娘通常都会翻个身，嚅动几下嘴唇。他抱着她的身子，沉沉睡去。

我将目光转移到三年前的一个傍晚——我看到了什么呀！

小女儿（她身后的小女孩儿的确是她的小女儿）跟她来到井边打水。当时天已黄昏，群鸟归栖，群山敛迹。远处夕阳烧透的天空完全褪色，浓浓的夜色正向大地扑扇着翅膀。

村里各家各户陆陆续续地亮起了灯。

她将一桶水从井中提上来，旁边闪出一个魁梧的男人，双手将她拦腰抱住。

她转过脸去，看了男人一眼。男人对她嘿嘿地笑。她一点儿也没有反抗，只是说："一点儿正经没有！"

男人说："我就喜欢！"

女人说："喜欢咋了？喜欢也不该来这里呀！你就不怕小孩子乱说吗？"

男人说："她不还小嘛！——"

男人说着在她胸部抓挠起来。女人随即放下木桶，顺势将男人的脖子勾住。那男人便像野狗一样在她脸上乱啃。两人倒在地上打起滚来，空着的那只木桶也像他们一样，一直滚到离水井三四米处，滚到他们身旁。

在这二十多分钟里，两人双双丢失了自己，丢掉了肉身，摆脱了尘世。

男人说："明晚我等你！"一边系着裤腰带。

女人说："等你妈！"

男人说："你就是我妈！"趁机又在她的胸口捏了一把。

女人说："不要脸！"

男人没再说话。女人从地上爬起来，走近井边，发现女儿不见了，心里一慌，喊了起来。

一点儿动静也没有！很快她的喊叫中就带着哭声，搅扰了邻居。各家人出来了。男人已不知去向。

后来他们在水井里找到了小女孩的尸体……从此再没人去那里打水，久而久之，水井干枯了。

今晚屋中又多了一个男人，至少在我的视线内，还有一个男人。

这个男人我认识。我还记得他跟门外老女人的谈话：

老妇："枪——"

大汉："枪——"

老妇："老头子——不知什么时候轮到——"

大汉："迟早的事情——对了，你跟他都不行了，我跟她也商量过，你看怎样——"

老妇："我还能动个几年——"

大汉："快七十了吧？"

老妇："五岁不到。"

大汉："五岁？"

老妇："没错。"

同样，我也记得他跟我说的话——"有什么后事要交代吗……"大多数时候，我一想起这些话来，就感到毛骨悚然。

我说至少在我视线内还有一个男人，一点儿不假，因为他仅仅只在我的视线之内。

我们之间被隔开了！

只是我不明白，为什么要把我隔开。她在房屋中间挂着一道长长的布帘。男女一起有什么了不起的呢？他们想干什么，谁都知道。一道帘子真的可以隔断一切？

帘子挂得不高，刚好遮住他们两人在床上的影像。但我仍然可以从帘子上方，从镜子里面看到一切。

我也能够看到那盏灯。

很有可能，这不只是一道布帘，只是我误以为那是一道布帘。再说直到现在，我仍然不知道她每晚出去都干些什么。

已经到了她第一次出门的时候了，但她没有出去的意思，而是领进一个男人。

很可能她外出就是为了这个男人。

也可能是这个男人迷了路，误打误撞到了她的床上。

也可能呈现在我眼前的全是我的幻想，或者这一幕发生在数万年以前。

也可能是数万年之后才应该发生的事情提前发生了。

我说一道布帘根本隔断不了什么，事实证明我有多可笑。才几分钟，这道布帘就开始发挥功效了。在我跟他们之间，横着的不再是一道布帘，那分明就是一条银河。镜子变成了无限的星空，电灯变成了明亮的星辰。所有银河那边的一切，全都发生在数万年前，经过几万年的跋涉，终于进入我的视线。

很有可能，她是穿过时空的大门远离我而去，回到了她本应居住的地方。她原本属于另一片天空，突然出现在我的房间只是一时贪玩儿。

他们正离我远去……银河渐渐变宽，天外下起了暴雨。我从镜子中看到眼珠那么大的雨滴滚向遥远的大地。

我听到雨滴砸在房顶伴随着房屋一起倒塌的巨响，接着雨滴连成了珠串，从银河的上空直往下滚落。

两人正被洪水淹没，悬挂在高空，随着雨串坠落。雨串完全套住了他们弱小的肉体。他们正在雨串中摸索着探测对方的存在，拨开雨串的侵扰，以便抓住对方不放。

正当两人坠落之际，正当他们从镜子的天空向银河的大地坠毁之际，正当他们经历了战火的洗礼后重新赢得和平之际，正当他们抹去积聚在心头的战乱带来的悲戚之际，正当他们重新手拉手欢呼雀跃之际，另一个人——真正的我超然了，脱离了我的束缚，上升到无际蔚蓝的天空，鸟瞰这大地的弹丸。

我企图找到我的住所，找到贪睡的我，一次次来回在赤道上空。

结果我在一片无垠的沙漠上驻足：四周是无限的红色，太阳正从远方消失，地平线射来幻觉似的光芒。

我迷失了、累了、渴了、饿了……

远处是一片天然湖，湖水澄澈，波光旖旎。终于，我在红色之中发现了蓝色。我向着蓝色狂奔，向着家园进发，向着希望靠近。

蓝色始终在我的前方，向我招摇，向我呼喊。

我趴在地上，眼睛彻底蒙眬了。我迷失在一片峡谷之间，四周桃红争艳，黄莺在翠柳间自由穿梭，桃红自在飘荡，桃心羞涩地躲藏在充满春天气息的微风中。到处绿意盎然。泉水叮咚作响，欢快流淌。山腰薄雾轻绕。幽兰随风轻摆。就在我的前方，一位绝色女子，着装古朴，对我露出笑靥。我不由自主地走到她的面前，拉住她柔滑的巧手，踩着刚出土的青草及夹杂其间的野花，一路飞奔向上，一路欢歌笑语。笑声洒满峡谷，声声铮铮。

我们来到一处清澈的潭边。上面岩石上，翡翠般的琼浆从草尖漏下来，落在潭面上，溅起一圈圈迷离的涟漪。几只蜻蜓飞过，翼翅的扇动吹进了我的耳膜。而那滴水声，却滴滴弹拨我的灵魂，就像嘀嗒的钟声。她在我旁边的石头上坐下，撩起绸袖，将两只光洁圆润的小脚没入水中。我望着她的脸上有两只酒窝儿，就像潭中漾起的涟漪。

"你看——"她对我说。

"什么？"

"幽兰。好美啊！"

"像你——"

她笑了，倒进了我的怀中。我正要抱住她时，发出歇斯底里的叫声回到了现实：布帘已经揭去，银河已经褪去，镜子重新回复真身。那个男人坐在床沿上，死死地盯着我，面目狰狞，欲置我于死地。男人上身光着，胸口有一团黄褐色的卷毛。女人屁股上的那颗红痣闪闪发光。我不敢多看，不自觉地合上了眼皮。

隔壁的鼾声又响了。窥视者的呼吸正在离我远去。一阵脚步声从卧室延伸到门外，消失之际引发下面一段谈话——

男人说："要不了多长时间了——"

女人说："要是他不死——"

男人说："他会死的，照计划行事！"

女人说："就这么办吧！"

——沉默——三分钟——

男人说："还没找到那张纸吗？"

女人说："没有。"

男人说："你估计它会落在谁的手上？"

女人说:"我也想知道——我哪知道啊!当初让你收好你不相信。"

男人说:"先进屋去吧!"

女人说:"我——"

男人说:"狗的事——我叫人跟他说了——"

女人说:"好像没什么反应。"

男人说:"再等一段时间吧,放心,我们很快就能到手了!"

我准时捕捉到了这一分手场面——男人离开之前,将一团东西塞进女人手里,然后凑到女人的耳边咕哝了一阵……

村里鸡又叫了。

村口响起了枪声。

猫头鹰在树上拍动着翅膀。

这是一个风雨交加的夜晚。一道道煞白的闪电划破了夜的黑幕。闪电过去,整个苍穹重又漆黑一片——那些山、那些树、那些房屋、那些田畦、那些河流、那岸上的树林……全都融成一体,黑黢黢的夜空将它们融成一体,唯有闪电可以将其分割,只有雷鸣才能将它们唤醒,但又被黑暗吞噬,电光一停重又陷入黑暗,分不清哪是大地,哪是天空。

河水上涨了,河中间的大青石被淹没了。

所有栖息在林间的飞禽走兽在雷鸣之余发出凄惨的哀号。山上岩石直奔而下,谁家的房屋倒塌了。我听到村里有人求助上天的声音。

雨越下越大，越下越猛。

电光更加迅疾，雷鸣更刺骨髓。求助的声音时断时续，很快便被吞噬了。

灯在镜子里苍白地闪烁着。时钟停止在零点。

窗外窥视者的影子在晃动。她戴着面具站在我身旁。虽然戴着面具，但她的鼻息、她的身影、她的形体、她胸脯的凸起与塌陷、她屁股上的红痣，全都是我熟悉的。

她没有出去。也可能出去过，只是提前回来了，而且戴着面具。

我从面具中看到了她的眼睛，她的眼睛里充满了杀戮的欲望。我听到屋顶上的雨水哗啦啦响个不停。我已经听不到窥视者的呼吸了。

雷声从远古时代赶来，从异乡踏步归来。

她戴着那只面具。那只面具曾一度消失了，当时我断定是镜子里的小孩儿所为，现在他又把它还了回来，而且就戴在她的脸上。可她为什么要戴上它呢？难道这人不是她？那她又到什么地方去了？难道她真的远去了，跟我银河相隔了吗？她脸上有什么特别的表情？她脸上有什么特别的秘密需要面具遮挡？还是她的脸本身就是秘密、就是面具？

"面具！"我无意间喊出两个字。

"面具？"对方反问，声音有些奇特，像是狼的嚎叫。这声音一点也不像是从人的口中发出来的，我只需从隔壁的鼾声就能将它们区分开来。

"面具！"我又说。她没有开口，不由分说地撕破了我的裤子……我见到了，她那神奇的魔力将它唤醒了……

当我听到惊雷从我体内传来的时候，我虚脱了，土崩瓦解了。残肢堆砌在四周——干枯的残肢，血管堵塞着的残肢。

她从我身上跳起来，一丝不挂地冲出门外。出门的瞬间，屁股上的红痣最后一次灼伤了我的眼睛。

我听到她在门外剧烈地嚎叫："哈哈哈——"叫声很快被雷鸣给吞噬。

我感到整个房屋颤抖了一下，地基抽搐起来。镜子被震成了碎片。玻璃碎片发出刺耳的撕咬，映射出千万盏灯。

我要逃走，我在心里焦急地喊着。

隔壁的鼾声停止了，人醒了——第一次在夜里醒了，站在院中，站在雷雨中。一道电光划亮了院中人的脸——那是老妇跟先前常常出现在我门口的小女孩。

老妇呼喊着："房子要塌了！"小女孩儿惊恐的脸色跟电光一样煞白。

我的心一惊，身子在历史中最后一阵抽搐。我挣脱了自己，撞破屋顶，冲了出去。外面一片漆黑，我撞到了树上，身子正往下落，无意间抓住了什么东西……

我毅然迈开大步，走向通往太阳的路……

又是闪电！借着电光，我看到一具披头散发的煞白的裸体悬在院子外面的大树上，随着电光，裸体在风中摇曳，原来的下肢不知去向……

我逃离了！在逃离到太阳之前，我得赶去赴约——前世，前世就已注定的约会。我再次来到那条峡谷，那位历史着装的少女仍在等我。

没有雷声、没有呼喊、没有嚎叫、没有闪电，只有她的守候以及岩石上漏下的水滴和着她的笑语。

我牵着她的手直往山顶奔跑，抱住她，疯狂地吻她。我把她抱了起来，一同从山顶起飞了。我们在空中仍不忘亲吻——同历史亲吻，不忘呼吸——同时间呼吸。我们终于找到了归所，我们的归所。我们欣赏着共同划过天空的弧线。身下是一片蓝色深情的海洋，向着我们张开怀抱。沙滩上站满了人，手里捧着鲜花，正向我们呼唤。上方是蔚蓝色的天空，也向我们发出了召唤！

我们停留在半空，抒发着历史的爱恋，亲吻着历史的亲吻，亲吻着历史，亲吻着上帝的掌纹，亲吻着阳光的缎带。横过历史的上空，我们亲吻，我们创造，我们期待。我们停留在21世纪的上空。不再迷失、不再攻击、不再欺骗、不再偷袭、不再算计、不再受损、不再堕落、不再战争……所有的漂泊、所有的孤寂、所有的恐怖、所有的虚伪、所有的镜子、所有的面具，统统都见鬼去吧！

镜子的天空远去了，天空的镜子重生了。

天放晴了，太阳重新悬在天空，泣着血，四野残红一片。

村子里失去了往日的宁静，那半具尸体在阳光下闪着诱人的光芒。男人跪在地上，抱头恸哭。院里站满了人，老妇用手巾擦拭着眼泪，手里拉着常常出现在我门前的女孩。

我看到所有的人都围着那半具尸体，疑惑、惊叹、惋惜……可是另外半具呢？她的双腿去了哪里？似乎没人反应过来。

那半具尸体属于天天在我家门外跟老妇人说话的女人，也就是窥视者男人的女人，昨夜被雷劈成两段，一段不知去向，一段挂在了树杈之间。

……

我的卧室就在他们的悲痛中飞离了。

我在早晨醒来，眼睛已经睁不开了。

我已感觉不到我的身体。我知道，这完全不只是麻木那么简单。我想用手感受我肉体的存在，但我不知它在何方。我仿佛听到有个男人在门外恸哭，还有许多人在那里说话。紧接着我变得轻浮起来，同卧室一起缩小，慢慢地飞了起来。可能是我太轻，也可能是房屋本身就是一架飞行器，总之我飞了起来。

刚开始的时候，我还能听到狼嚎与北风。

我以为我停在了某个荒野。很快我又飞了起来，什么也听不见了。我飞得很平稳，很快到了太阳身边。太阳只是一个光着屁股玩火的小孩。

　　故事到此就算结束了。叙述这段故事，我好像重历了世界大战，只是文明取代了战争，肉体取代了武器，床笫取代了战场。这是新的战争，使人堕落的战争，使人灵魂受损的战争。这是新的恐怖，文明的恐怖，历史的恐怖。这就是文明，这就是道德，这就是新时代的创举。可到底是文明还是堕落？还是文明的堕落正日益取代道德的堕落？还是二者共同取代昔日战争与人性的堕落？

　　我试着问自己。我不知道。我只知道，没有读者相信故事将会这样结束。我就再把一些零碎的材料加进去，以宽慰读者沉重的心灵。

　　这并不是个轻松的话题，也不是让人愉悦的故事。

　　这是血淋淋的战壕以及滚滚的硝烟——

　　三天以后，河水退去了。

　　河边树林入口处躺着一具庞大的尸体——脸朝上，面目全非。

　　从胸口的那团黄褐色的卷毛可以断定，那是个男人，他的身旁横着一杆火枪，而枪杆已经开始生锈了。

河中间的大青石重新露出了水面，在阳光下呼吸着。

就在我发现河边那具尸体的当天，有人在她枕头下找到了一团揉得皱皱巴巴的纸，那是一张药方。

用法：煎水冲服，每日两次。

功效：刺激女子性欲，狂如野马，似奔草原。

就在我无意移动目光时，我还听到村子里面有人说，隔壁的那位老妇人在枯井里找到了那只面具。

我在21世纪的上空不知不觉停留了三年，那是令我伤心绝望的三年。原本以为，我不明白的一切通过这次努力，都可以弄个明白。事实上，我失败了，我变得更加迷糊了。我所观测到的只不过是表象、琐碎和零乱……事实的真相永远留在了21世纪，留给我的仍只是困惑与无知。我只想尽快逃离此地，逃离21世纪，逃离那些魔鬼数字。

就在我收回目光的同时，总算听人谈起了我。

那是村里一家人茶余饭后的谈资。此时窗外明月高悬、凉风习习，屋内灯火在窗帘背后轻轻地晃动着。伴随着晃动，我听到了下面一场对话——

男人的声音："这人真够绝的，到死都没说出钱藏在哪里。"

女人的声音："坐骨神经断了的人，就算不死也没什么用了，死了倒是落得清静——"

男人的声音："那几十万的存款不知进了谁的腰包。唉，在内蒙古挖了几年的煤，虽说是挣了几个钱，可是把命给搭上了。要只是把命搭上了也不要紧，坏就坏在钱上，当女人的勾引外面的男人来骗，当姑妈的也要跑来争，全不当娃儿一回事。你看看那些人，有哪个落得了好下场！"

女人的声音："这种钱就算是弄到手，也花不安心——"

男人的声音："……"

女人的声音："……"

有 态 度 的 阅 读

微　博 小马BOOK	抖音 小马文化	全案营销 小马青橙工作室
公众号 小马文艺	淘宝 小马过河图书自营店	
小红书 小马book	微店 小马过河图书自营店	投稿邮箱 xiaomatougao@163.com

图书在版编目（CIP）数据

梵高的早餐 / 方东流著 . -- 北京：华龄出版社，
2023.5

ISBN 978-7-5169-2532-4

Ⅰ . ①梵… Ⅱ . ①方… Ⅲ . ①短篇小说—小说集—中
国—当代 Ⅳ . ① I247.7

中国国家版本馆 CIP 数据核字 (2023) 第 085371 号

责任编辑	梁玉刚	责任印制	李未圻
策划监制	小马 BOOK	内文制作	异一图文

书　　名	梵高的早餐	作　　者	方东流
出　版 发　行	**华龄出版社** HUALING PRESS		
社　　址	北京市东城区安定门外大街甲 57 号	邮　　编	100011
发　　行	(010) 58122255	传　　真	(010) 84049572
承　　印	定州启航印刷有限公司		
版　　次	2023 年 7 月第 1 版	印　　次	2023 年 7 月第 1 次印刷
规　　格	880mm×1230mm	开　　本	1/32
印　　张	10.5	字　　数	202 千字
书　　号	ISBN 978-7-5169-2532-4		
定　　价	45.00 元